O CORAÇÃO ENVENENADO

KALYNN BAYRON

O CORAÇÃO ENVENENADO

Tradução
Karine Ribeiro

1ª edição

Galera
RIO DE JANEIRO
2025

PREPARAÇÃO

Rafael Santos da Silva

REVISÃO

Beatriz Seilhe

Rodrigo Dutra

TÍTULO ORIGINAL

This Poison Heart

CIP-BRASIL. CATALOGAÇÃO NA PUBLICAÇÃO
SINDICATO NACIONAL DOS EDITORES DE LIVROS, RJ

B347c Bayron, Kalynn
O coração envenenado / Kalynn Bayron ; tradução Karine Ribeiro. - 1. ed. - Rio de Janeiro : Galera Record, 2025.

Tradução de: This poison heart
ISBN: 978-65-5981-516-6

1. Ficção americana. I. Ribeiro, Karine. II. Título.

25-100011.0 CDD: 813
CDU: 82-3(73)

Carla Rosa Martins Gonçalves - Bibliotecária - CRB-7/4782

Texto revisado segundo o Acordo Ortográfico da Língua Portuguesa de 1990.

Direitos exclusivos de publicação em língua portuguesa somente para o Brasil adquiridos pela
EDITORA GALERA RECORD LTDA.
Rua Argentina, 120 – Rio de Janeiro, RJ - 20921-380 - Tel.: (21) 2585-2000,
que se reserva a propriedade literária desta tradução.

Impresso no Brasil
ISBN 978-65-5981-516-6

Para os amantes de plantas.

CAPÍTULO I

Rosas brancas. Gênero: *Rosa*. Família: *Rosaceae*. Nome comum: "Estrela da Noite".

O sr. Hughes levava uma dúzia delas para o túmulo da esposa todo fim de semana, embaixo de chuva ou de sol. Fizera isso durante um ano inteiro. Ele não fazia distinção de gênero ou espécie, apenas exigia que houvesse doze delas esperando por ele todo domingo, embrulhadas em papel kraft e atadas com barbante. Minha mãe teria que dizer a ele que o caminhão de entregas não viera noite passada como deveria — tinha tombado na via expressa entre o Brooklyn e o Queens. O motorista não tinha se machucado, mas nossa carga de Estrelas da Noite estava espalhada por seis faixas de alguma rua.

— Sinto muito, Robert — disse minha mãe assim que o sr. Hughes apareceu na loja com suas melhores roupas de domingo. — Houve um acidente e ficamos sem o nosso carregamento. Receberemos uma nova remessa nos próximos dias.

Ele agarrou as lapelas do seu blazer azul-escuro recém-passado, o lábio inferior tremendo enquanto passava a mão na boca e suspirava. Ele parecia prestes a sumir dentro das roupas. O luto era pesado, capaz de deixar uma pessoa nesse estado.

— Temos peônias lindas — disse mamãe. — Da variedade Ann Cousins. São lindas, Robert. Posso prepará-las para você agora mesmo.

Ajustei meus óculos e espiei através do arranjo que eu estava preparando.

O sr. Hughes franziu a testa.

— Não sei, Thandie. As rosas brancas eram as favoritas dela.

Minha mãe apertou o ombro do sr. Hughes num gesto reconfortante enquanto ele pegava um lenço para secar os olhos. Havia uma única rosa branca em um vaso na bancada dos fundos, o que restara de um buquê de casamento que eu montara no dia anterior. Olhei para as minhas mãos, abrindo e fechando os dedos. Eu queria ajudar, mas não podia. Era perigoso demais.

— Sinto tanta falta dela, Thandie — lamentou o sr. Hughes, a voz embargada de tristeza.

— As pessoas que amamos nunca se afastam de verdade da gente — disse minha mãe. — Tente se lembrar disso. Sei que é difícil. A sensação é de que o mundo inteiro deveria parar de girar, mas isso não acontece. E precisamos encontrar uma forma de recomeçar.

Minha mãe sempre sabia o que dizer. O sr. Hughes e a esposa costumavam vir à floricultura juntos. Agora, era só ele, e aquilo me deixava tão triste que era difícil de suportar. O arranjo na mesa a minha frente começou a murchar.

— Espere aí, sr. Hughes — falei.

Ele me encarou, confuso. Olhei para minha mãe por um instante longo demais. Ela fez cara de preocupação.

Peguei a rosa solitária do vaso, desci apressada o corredor curto e saí pela porta dos fundos. O pedaço de terra de dois metros por três que o proprietário tinha a pachorra de chamar de jardim era onde mantínhamos as plantas maiores que não cabiam na floricultura. Nosso carregamento mais recente de agnocasto ocupava todo o espaço, suas flores espinhentas e violetas começando a desabrochar no calor úmido do verão.

Minhas mãos tremiam enquanto eu me ajoelhava e arrancava da rosa suas pétalas aveludadas, até chegar ao pistilo, o coração cheio de sementes da flor. Qualquer parte da planta teria sido suficiente para fazer outra igual, mas o pistilo tornava a tarefa mais fácil. Um formigamento familiar se espalhou pelo meu braço, começando no ombro e serpenteando em direção ao cotovelo até chegar ao antebraço. Olhei para os piquetes de madeira recém-instalados perto da cerca dos fundos. Eles me lembravam do que poderia acontecer se eu perdesse o controle, mesmo que apenas por um segundo.

Fiz um buraquinho no chão e coloquei o pistilo lá dentro. Cobrindo-o com a terra que cavei, pousei minhas mãos sobre o monte, afundando meus dedos no solo, e fechei os olhos.

Apenas respire.

A sensação de formigamento se espalhou até a ponta dos meus dedos, quente e estranhamente reconfortante. Uma onda de expectativa se formou dentro de mim enquanto um broto robusto surgia da terra e rapidamente se ramificava. Os ramos se entrelaçavam entre meus dedos estendidos. Suor empapava minha testa e minhas costas. Cerrei os dentes até sentir dor nos músculos da têmpora. Os novos brotinhos se estenderam em direção ao sol, seus caules engrossando e espinhos brotando, mas sempre mantendo uma distância segura dos meus dedos para não feri-los. Botões brancos como neve desabrochavam entre as frescas folhas verdes, semelhantes a esmeraldas. Quando as pétalas estavam prestes a desabrochar, puxei-os contra o meu peito e fui tomada por uma tontura. Orbes de luz tremeluziam nas extremidades do meu campo de visão enquanto eu ofegava, inalando com força com o ar úmido do verão e, então, expirando. Os batimentos do meu coração desaceleraram até voltar ao ritmo normal.

Seis rosas brancas salpicavam os galhos recém-formados. Olhei ao redor do jardim. Novas raízes do agnocasto haviam crescido como gavinhas, rachando o vaso de plástico. As flores bem coloridas de lavanda se inclinavam na minha direção. Eu não podia arriscar fazer crescer outras rosas para dar ao sr. Hughes a dúzia que ele queria. Isso teria que ser suficiente.

Pegando uma tesoura de podar do bolso do avental, colhi as rosas e voltei apressada para a loja. Enquanto eu as entregava para minha mãe, o rosto do sr. Hughes se iluminou.

— Primeiro você disse que não tinha nenhuma, mas Briseis encontrou as flores mais belas que já vi — disse ele, alegre.

— Eu estava deixando-as especiais, só para você — respondi. — Só tenho seis. Espero que não tenha problema.

O sorriso no rosto dele fez minha mentirinha valer a pena.

— Elas são perfeitas — comentou ele.

Minha mãe me lançou um sorriso forçado.

— Vou embrulhá-las.

Ela colocou as rosas dentro de uma camada de tecido marfim e papel kraft, depois pegou um pedaço branco de juta do grande carretel no balcão e amarrou um nó em três movimentos.

— Angie e eu estamos por aqui, se você precisar de algo. — Ela entregou as flores para ele. — Não hesite em nos ligar.

— Não quero incomodá-las — respondeu ele.

— Não — disse mamãe com firmeza. — Não pense assim. Não é nenhum incômodo e nem você é, entendeu?

Ele assentiu, secando os olhos.

— Diga a mamis que eu agradeço pelo jantar daquela noite. Fico devendo vocês.

— Direi a ela — respondeu mamãe. — E você não nos deve nada, exceto, talvez, um pedaço da sua famosíssima torta de pêssego.

O sr. Hughes riu, os olhos ainda úmidos.

— Pode deixar. Eu preparo tudo do zero, a receita é da minha avó. Não tem nada igual no mundo.

Ele sorriu. Minha mãe deu a volta no balcão para abraçá-lo.

Me escondi atrás do meu arranjo e respirei fundo. Eu conseguira ajudar dessa vez, mas não podia fazer isso sempre. A última vez que utilizei minhas habilidades ao máximo foi após um desentendimento com a minha mãe. Nem me lembro sobre o que foi, mas a rainha do drama aqui estava chateada e decidi me sentar no jardim e fazer crescer camomila, para me distrair. Peguei um punhado de folhas de chá e as espalhei na terra.

Fui mais longe do que deveria. Fiz crescer dezenas de camomilas que pareciam margaridas, mas também fiz brotar as raízes do bordo da Noruega do nosso vizinho, abrindo a terra e fazendo um buraco na cerca. Mamis disse ao vizinho que às vezes as árvores crescem de supetão, como adolescentes quando chegam à puberdade, e, por algum motivo que não consigo entender, o bobo acreditou nela.

Ajudei mamis a consertar a cerca, mas toda vez que eu olhava para os novos piquetes, sentia uma pontada de vergonha.

As flores no meu arranjo inclinaram suas pétalas macias na minha direção. Quando eu ficava triste, assustada ou feliz, elas percebiam e reagiam do mesmo jeito. Luto e tristeza as deixavam murchas; alegria fazia com que se empertigassem; e medo e raiva as fazia atacar.

Desde criança, eu cultivava plantas em caixas de leite recicladas e potes de vidro vazios. Minha mãe costumava dizer que eu levava mais jeito do que qualquer um que já conhecera, mesmo quando eu era bem pequenininha. Ela descobriu o meu *potencial* exato quando me deixou, aos três anos, no solário da casa da minha avó. Ela foi buscar a bolsa e, ao retornar, me encontrou envolta nas videiras verde-intensas de um filodendro de folhas aveludadas — uma planta que estava morta e murcha quando ela saiu.

Daquele momento em diante, minha mãe e mamis fizeram pequenos testes comigo. Elas me colocavam ao lado de uma planta morta, que reverdecia e dava brotos se eu lhe dedicasse atenção. Quando fiquei mais velha, elas me deram sementes, que eu plantava e fazia florir dentro de minutos. As duas não entendiam de onde vinha minha habilidade, mas aceitaram, cuidaram e deixaram que desenvolvesse, assim como faziam com as plantas, até eu completar uns doze anos.

Depois disso, tudo mudou. Eu tinha mais dificuldade em controlar meu poder. Aonde quer que eu fosse, se havia algo verde crescendo, era como se um alarme disparasse, informando sobre minha presença. A flora queria minha atenção, e, sendo sincera, eu queria dá-la a ela.

O sino na porta soou quando o sr. Hughes saiu da floricultura, e voltei a trabalhar no arranjo que seria entregue em menos de uma hora. Cortei alguns ramos do cravo-de-amor e os coloquei junto às extremosas roxas, ervas-de-são-joão e rosas rosadas em um vaso alto. Passei os dedos sobre as rosas e elas se avivaram.

Minha mãe ligou o alto-falante Bluetooth, e a voz de Faith Evans soou enquanto ela balançava a cabeça ao som da música.

— Está bonito — elogiou ela, olhando para o arranjo. — Amei as cores.

— Obrigada. Estou trabalhando nele desde ontem. Daqui a pouco fica pronto.

Ela se aproximou e passou o braço pelo meu ombro.

— Obrigada por fazer aquilo pelo sr. Hughes. Aquelas flores significam muito para ele, mas... — Ela deu uma olhada no corredor, em direção à porta dos fundos. — Você precisa tomar muito cuidado.

— Eu sei — respondi, vendo a preocupação no olhar dela. — Tomei cuidado. Consegui as seis com um único pistilo.

— Jura? — Minha mãe abaixou a voz e se aproximou, embora estivéssemos a sós na floricultura. — Isso é um recorde, não é?

Assenti. Ela sempre ficara fascinada com minhas habilidades, mas sua curiosidade tinha uma pitada de preocupação. Eu não podia culpá-la.

Ela analisou meu rosto.

— Como está se sentindo? Tonta?

Assenti. Um lampejo de inquietação passou pelo rosto dela.

— Há algo mais que você precisa que eu faça hoje? — perguntei, evitando o olhar dela.

— Não, mas tem uma coisa que você pode fazer depois que terminar esse arranjo. — Ela tocou minha bochecha. — Tente relaxar um pouco. Você está de férias, querida. Sei que foi um ano complicado.

Ergui as sobrancelhas, fingindo surpresa.

Minha mãe semicerrou os olhos.

— Tudo bem. Complicado é o eufemismo do século.

O último ano letivo pôs à prova minhas habilidades de atuação. Não porque eu quisesse aparecer, mas porque a fileira de plantas em vasos que minha professora de inglês conservava no parapeito da janela cresceu raízes que eram do meu tamanho; as árvores no pátio se inclinavam em direção às janelas ao lado do meu assento na aula de ciências — e todos notaram. Eu precisava fingir estar chocada, como se achasse aquilo estranho. Precisei especular em voz alta sobre o motivo. Poderiam ser elementos químicos no solo devido a algum escoamento tóxico. Talvez todos os hormônios que o governo injetava na nossa comida estivessem se infiltrando pelo lixo do refeitório e entrando na terra, fazendo as árvores crescerem de maneiras estranhas e aleatórias. Não havia lógica nenhuma, mas algumas pessoas se apegaram à ideia, e agora eu era obrigada a comparecer a protestos exigindo que o solo da escola fosse testado, como se eu não tivesse inventado tudo para evitar ser descoberta. Se alguém estivesse prestando atenção o suficiente, teria percebido que toda a escola que já frequentei apresentara uma "contaminação" parecida.

— Adoro ter você na floricultura — disse mamãe. — De verdade. Mas não se sinta obrigada a ficar aqui.

— Eu gosto de trabalhar aqui — retruquei. — Você sabe disso.

— Quero que você se divirta neste verão. Nós damos conta.

— Mas posso *ajudar.* Sabe do que estou falando.

Minha mãe balançou a cabeça. Minhas mães gostavam de fingir que não se incomodariam caso eu passasse o verão inteiro à toa, mas a verdade era que elas precisavam da ajuda. Tinham pedidos chegando e clientes entrando, mas, embora o trabalho fosse constante, a revitalização do bairro estava aumentando os preços e diminuindo nosso lucro. Elas não tinham como contratar mais gente, então assumi a responsabilidade.

O sino soou outra vez, e mamis entrou equilibrando um vaso de plástico cheio de croissants sobre uma bandeja de papelão com três copos de café. Fui ajudar antes que caíssem.

— Boa — disse mamis. Ela beijou minha testa e colocou a comida no balcão.

— Está agitado hoje — comentou minha mãe. — Recebi uma ligação sobre o pacote básico para casamento. Queriam saber se conseguimos entregar na sexta.

— Conseguimos, sim. — Mamis juntou as mãos e se virou para mim. — Está trabalhando hoje, querida?

— Sim.

— Não — disse mamis. Ela pegou minha mão e me tirou detrás do balcão, me levando até a porta. Depois, desfez o laço do meu avental e o tirou, jogando-o para minha mãe. — Amo você, mas precisa sair daqui e ir fazer coisas de adolescente.

— Tipo o quê? — perguntei.

— Sei lá. — Mamis se virou para mamãe. — O que os jovens fazem hoje em dia?

— Não me pergunte como se eu fosse velha — retrucou minha mãe. — Eles gostam de assistir *Netflix e dar uns amassos*, né?

— Estou indo embora. — Peguei um dos cafés e dois croissants. — Por favor, nunca mais repita as palavras "*Netflix e amassos*".

— Ah, eles também gostam de fazer vídeos de dancinha pro TikTok — disse mamis. — Como chama aquela? *Renegade*? — Ela fez um movimento estranho com o braço e então agarrou o ombro, se encolhendo de dor. — Eu consigo fazer, mas esses meus ligamentos...

— Nunca vou conseguir desver isso, mamis — falei. — Valeu.

— De nada, querida. — Ela sorriu.

Enquanto as duas se acabavam de rir, fechei a porta da floricultura e subi a escada para o terceiro andar do nosso prédio.

Minha mãe comprou quase todos os móveis do nosso apartamento na IKEA. Mamis detestou isso porque, embora fossem de boa qualidade, montá-los às vezes exigia um nível de paciência que nenhuma delas possuía. Ainda assim, minha mãe estava determinada a ampliar o espaço, uma tarefa desafiadora com menos de setenta e quatro metros quadrados.

Alinhei as almofadas descombinadas no sofá e empilhei a correspondência não lida na mesa antes de ir para o quarto. Assim que abri a porta, o ar quente e úmido me atingiu no rosto, embaçando meus óculos. Ligávamos o ar-condicionado apenas quando era necessário, e minha mãe tinha um bilhete preso ao interruptor que dizia: "Tem dinheiro pro ar?" Eu não tinha, então o mantive a temperatura amena de vinte e seis graus. Meus pôsteres nas paredes estavam dobrados nos cantinhos. Tudo vivia sempre úmido. A única vantagem era que minhas plantas amavam o clima tropical.

As plantas sob a janela se voltaram para mim. As campânulas se abriram como pequenos gramofones, e o arbusto de cravo-de-amor que se apossara de um canto inteiro do meu quarto parecia respirar. As calêndulas e bocas-de-leão também se inclinaram em minha direção. Essas plantas eram quietinhas. Plantas quietas podem se empertigar perto de mim, mas não crescem raízes nem destroem cercas para se aproximarem. Suas cores naturais não se transformavam em tons chamativos quando eu estava por perto.

Me joguei na cama. A hera perto da janela serpenteou na minha direção, deslizando pelo chão e subindo pela estrutura da cama, crescendo folhas novas e enrolando gavinhas enquanto tentava me alcançar. A hera não era uma planta quieta. Era reativa e barulhenta. O único lugar onde eu podia mantê-la era no meu quarto, vista só por mim e pelas minhas mães.

Estar tensa o tempo todo, sempre prestando atenção e tomando cuidado para não provocar uma reação em um carvalho-vermelho ou uma samambaia, era exaustivo. Ignorá-los era a única coisa que funcionava — e às vezes, nem ajudava tanto quanto eu gostaria. A parte mais difícil era o sentimento de culpa por afastá-los, como se estivesse rejeitando algo tão intrínseco a mim quanto a cor dos meus olhos ou o meu cabelo. Mas, dentro do meu pequeno quarto, eu podia me soltar, e o alívio que vinha com isso era algo que eu ansiava mais que qualquer outra coisa.

O sol entrava pela janela, fazendo brilhar um grande e amarelado retângulo no piso de madeira. A luz tênue saturava meu quarto. Deixei as videiras se enrolarem na ponta dos meus dedos e subirem pelo meu braço. Sempre me questionei por que as plantas preferiam a mim do que o brilho do sol, quando era a natureza delas procurá-lo. Mamis me disse que *eu* era a luz, esse era o motivo. Eu a amei por falar aquilo, mas suspeitei que havia outra razão, ainda desconhecida. Por isso, me matriculei em um curso de botânica de nível universitário na City College durante o verão.

Minha mãe me deu um livro sobre botânica quando eu estava no fundamental. Ela acreditava que, ao me tornar uma cientista, eu poderia descobrir a origem do meu poder e qual exatamente era a finalidade dele. Parecia ser uma boa ideia, mas, conforme fui crescendo, o "como" se tornou menos importante que o "por quê". Não achava que um livro teria as respostas das quais eu precisava, mas não tinha ideia de onde procurar.

Abri meu notebook e fiz login no portal da escola para conferir minha caixa de entrada. Havia um novo e-mail da minha conselheira. Ao longo do ano letivo, suas mensagens geralmente envolviam dois temas: um alerta para que eu me empenhasse mais para melhorar minhas notas e garantir minha formatura no tempo certo, ou um elogio à minha excelência em ciência ambiental, acompanhado da sugestão para que eu me esforçasse igualmente nas demais matérias. Porém, tendo em vista que estávamos de férias, o assunto só podia ser sobre a aula de botânica. Meu coração acelerou.

Oi, Briseis,

Espero que você esteja tendo um verão excelente. Recebi seu pedido para se matricular na aula de Introdução à Botânica no City College, mas, infelizmente, essa disciplina exige que os alunos tenham uma média de 3.0 ou mais. É uma aula de nível universitário para créditos a serem usados na universidade. Sua média é de 2.7 depois do fim do semestre, então infelizmente você não se classifica. No entanto, você é uma excelente aluna de ciência ambiental. Por isso, vamos traçar um plano para aumentar sua média para que possa fazer essa aula depois. Por favor, não desista, Briseis. Continue se esforçando. Você se sairá muito bem no seu último ano.

Atenciosamente,
Cassandra Rodriguez
Conselheira Acadêmica
Millennium Brooklyn High School

Fechei meu notebook e o empurrei para o outro lado da cama, segurando as lágrimas. O cravo-de-amor se empertigou, a boca-de-leão se contorceu e a hera agarrou a estrutura de metal da cama com tanta força que ela chegou a ranger. Respirei fundo e as plantas se acalmaram.

Nada deu certo naquele ano letivo. Ser muito boa em ciência ambiental e oficinas de botânica não me tirou da educação física. Tentei convencer mamãe e mamis que correr e jogar badminton era um tipo de tortura, mas eu ainda precisava colocar roupa de ginástica e ficar perto de caras que achavam que desodorante era opcional. No entanto, educação física era o menor dos meus problemas. O temor que eu tinha de que alguém descobrisse o que eu podia fazer — ou pior, que eu fosse perder o controle e machucar alguém — era um fardo.

Olhei para a minha mesa, que era pouco mais que uma estante de madeira apoiada sobre algumas caixas de plástico que mamis encontrou no brechó. O microscópio ficava ali com meus cadernos e diários de pesquisa, post-its coloridos sinalizando as páginas. O livro de botânica que minha mãe me dera estava aberto, as páginas desgastadas e com orelhas, passagens inteiras destacadas e sublinhadas. Eu não queria ser cientista. Só queria me entender melhor, e algo que encontrei na pesquisa me impactou de uma maneira inédita — arrepiando os pelos da minha nuca.

Perto do fim do livro de botânica, havia uma seção chamada *Venenista* — uma subdisciplina de botânica que envolvia o estudo do veneno das plantas. Despertou minha curiosidade e fez algo se mexer dentro de mim — um misto de medo e empolgação.

Quando eu tinha oito anos, uma garota chamada Tabitha Douglass me desafiou a comer cinco frutinhas vermelhas de uma árvore com galhos baixos que ficava atrás da escola. A fruta era azeda e manchou meus lábios e minha língua, mas comi. Comi as cinco. Tabitha comeu seis só para bater meu recorde. Quando nossa professora veio nos levar de volta para a aula, Tabitha estava encolhida em posição fetal, gritando agoniada, vomitando sem parar. Nós duas fomos levadas ao hospital. Minha mãe entrou na emergência como se alguém tivesse dito a ela que eu estava à beira da morte, aos berros e chorando, com mamis ao lado, mas eu estava bem. Sem dor de barriga, sem dor de cabeça, sem batimentos irregulares. Tabitha sofreu de uma diarreia incontrolável durante uma semana e só pôde comer sopa e gelatina.

O médico concluiu que eu não tinha comido tantas frutinhas quanto Tabitha. Tecnicamente, isso é verdade. Eu comera uma a menos. Eu deveria ter tido os mesmos sintomas. Deveria ter sentido algo.

O incidente ficou na minha cabeça. Eu pensava nele toda vez que mexia com algo um pouquinho tóxico — ambrosia, hera venenosa, estramônio. Todas me faziam sentir como se eu tivesse colocado a mão sob a torneira fria, e, no dia em que comi aquelas frutinhas, fiquei com uma sensação similar. Eu não havia explorado todos os aspectos desse dom peculiar ainda e não parava de pensar nelas — as plantas venenosas.

Uma onda de animação passou por mim enquanto a lembrança girava na minha mente. Era a única outra coisa boa que eu teria naquele verão — cuidar de uma planta muito específica e muito venenosa. Peguei a mochila, desci até a floricultura e coloquei a cabeça para dentro.

— Vou dar um pulo no parque — avisei.

Minha mãe franziu a testa.

— Parque?

O medo na voz dela era sutil demais para alguém além de mim reconhecer. Para ela, estar em um lugar tão verde quanto o parque, com campos abertos e flores silvestres, era tentação demais, até uma ameaça. Ela temia que eu ultrapassasse os meus limites e acabasse provocando um incidente irremediável. Mamis não achava que eu precisava ser tão cuidadosa o tempo todo. As duas viviam brigando por isso. Ambas queriam que eu ficasse segura, mas sentiam um receio constante sobre as possíveis consequências, limites e origens do meu poder. Nenhuma delas tinha respostas, nem eu. Por enquanto.

— Está com o celular? — Mamis perguntou enquanto fazia o embrulho de uma dúzia de tulipas em papel dourado.

— Sim — falei.

— Vemos você no jantar então.

CAPÍTULO 2

Fiquei parada diante do memorial do Marquês de Lafayette do lado de fora do Prospect Park, tomando coragem para entrar. Um homem usando chapéu de safári posicionou os filhos diante da estátua e tirou fotos enquanto eles sorriam. Turistas circulavam pela entrada do parque fazendo selfies, sendo irritantes e inconscientes do perigo de estarem tão perto de mim. Encarei meus tênis e os tijolinhos do chão sob eles.

Ficar focada. Ficar na minha. Ir direto para a Ravina.

Dei a volta na estátua de Lafayette e entrei no parque. A grama era uma extensão verde, pontilhada com campos de softbol e afloramentos de árvores. Peguei uma trilha que cortava pelo Long Meadow, o gramado no qual as pessoas já estavam fazendo vários tipos de atividades. Eu entendia por que as pessoas faziam ioga, corriam ou observavam pássaros no parque, mas fiquei perplexa diante de um grupo de pais do bairro de Park Slope, carregando cartazes, prontos para espantar os vendedores de sorvete e gelato para que seus filhos não ficassem tentados pelas guloseimas à base de laticínios.

Parei perto das árvores do outro lado do prado onde a Ravina começava. Era a única floresta do Brooklyn, ideal para testar as teorias mais arriscadas sobre as minhas capacidades.

Entrei na trilha principal e continuei andando. O destino para o qual eu me encaminhava não estava ali, e fui ficando mais ansiosa à medida que me aproximava.

Calma.

As árvores flanqueando o caminho se balançaram como se tivessem sido despertadas de um sono profundo. As copas cheias de folhas se juntavam alto acima da minha cabeça. Ignorei o grunhido de seus galhos, que tentavam me alcançar.

Mantendo meu olhar baixo, virei à esquerda na trilha desmarcada, por um caminho fechado de samambaias pelo qual ninguém, além de mim, teria tentado passar.

Quando cheguei ao meu destino, a árvore à frente parecia tão comum quanto na minha última visita. O elmo alto parecia idêntico a dezenas de outros ali perto, mas essa era a ideia. Eu não queria que ninguém encontrasse o que eu estava escondendo. Nem crianças proibidas de tomar sorvete e em busca de doces, nem cachorros sem guia. Não havia ninguém nem nada que merecia o tipo de morte dolorosa que meu segredo traria. Eu não deveria cultivar aquilo. Ir ao parque era um risco, mas eu não podia manter a planta em casa, onde minhas mães teriam percebido e feito eu me livrar dela. As trilhas sombreadas, não marcadas e sem uso da Ravina eram minha única opção.

Na base do elmo comum, distante do caminho principal, me escondi na vegetação, distante o suficiente para desencorajar exploradores curiosos. Segurei a grama alta, revelando um pequeno arbusto pontilhado com flores brancas, semelhantes a guarda-chuvas. As sombrinhas lembravam renda. Pareciam o tipo de flor que eu poderia acrescentar a um buquê de noiva na floricultura.

Mas só se eu quisesse matar a noiva.

Os dois dias anteriores de chuva haviam deixado a terra toda enlameada, mas a planta estava aguentando firme. Tirei fotos dela com o celular, adicionando-as a um Google Doc que criei, chamado *Cicuta*. Eu acompanhava o crescimento dela, sua aparência nos diferentes estágios de desenvolvimento, que condições a fazia crescer melhor, e analisava o que não funcionava.

Fazia um mês que eu estava cultivando cicuta, tentando variáveis diferentes. Solo arenoso e úmido funcionava melhor do que solo seco e pedregoso, e quando enfiei meus dedos na terra perto das raízes, o arbusto ficou mais cheio, mais alto. Com bastante concentração, conseguia fazer brotar novas flores, porém não tão facilmente quanto nas plantas que não eram venenosas. Cultivar cicuta exigia muito mais esforço e concentração para evitar erros. A exaustão e a tontura que vinham depois eram bem mais intensas. Isso devia ter sido o suficiente para me fazer abandonar aquela tarefa perigosa, mas não consegui. Eu estava atraída por aquilo.

Meu celular vibrou. Uma mensagem de mamis.

Mamis: Vamos pedir delivery mais tarde. Quer *pad thai*?

Bri: Tá ótimo. Vegetariano, por favor!

Guardei o celular no bolso e peguei uma sacola plástica da mochila. Esse era o resultado de um mês de trabalho. Eu ia colher um dos caules menores e levá-lo para casa para estudar. Ficaria com ele por tempo suficiente para fazer algumas anotações, observações e, em seguida, o descartaria. Algumas horas. Era tudo o que eu precisava para a pesquisa.

Passando a mão por um dos caules, uma sensação formigante e fresca surgiu na ponta dos meus dedos trêmulos. As pétalas e folhas se esticavam na minha direção com uma urgência que não via em outras plantas. Era como se a cicuta mal pudesse esperar para tocar minha pele. Arranquei a coisa toda do chão, tomando cuidado para não tocar na raiz, e a coloquei na mochila.

Deixei a Ravina com a planta escondida na mochila e voltei andando para casa. Espiei minha mãe e mamis, que estavam ocupadas colocando arranjos pré-montados no cooler floral, antes de ir para o meu quarto.

Eu debatera por meses sobre cultivar a cicuta antes de tomar coragem de começar. Estava preocupada com a planta no parque e eu não conseguir evitar que as outras plantas notassem minha presença. E temia que minhas mães descobrissem. Tinha certeza de que elas não imaginavam que eu gastaria meu verão cultivando um arbusto venenoso no parque. Elas queriam que eu passasse tempo com os poucos amigos que eu tinha e fizesse seja lá o que achavam que os jovens da minha idade faziam. Não acho que entendiam minha dificuldade em equilibrar amizades e a necessidade de estar perto das minhas plantas. Manter meu segredo e navegar pelo mundo sem atrair a atenção de cada folha de árvore, cada grama, cada arbusto, era um desafio.

No meu quarto, fechei a porta e coloquei a mochila na cama. Pensei em trancar a porta, mas imaginei minha mãe surtando e decidi que era melhor não. Liguei meu microscópio e me sentei à mesa. Troquei meus óculos por um par com lentes de aumento e peguei um par de luvas de plástico. Tirando a cicuta da mochila, quebrei um galho e o joguei na bandeja de metal na mesa. Abri o caderno para fazer minhas anotações.

A cicuta podia atingir até dois metros de altura, entretanto, esta amostra possuía aproximadamente trinta centímetros. Suas folhas, com quinze centímetros, eram ovais e estavam dispostas de forma alternada. A planta era espinhosa e as veias de suas folhas terminavam na parte inferior, não na ponta.

A raiz era a parte mais mortal. Com o tempo, conforme as flores ficavam mais altas, o veneno se acumulava na parte inferior da planta, tornando as folhas e flores inofensivas, desde que não fossem ingeridas.

Separei as raízes. Pareciam pequenas e pálidas cenouras e tinham o mesmo cheiro. Conforme eu as cortava com um bisturi, saía delas um líquido espesso com cor de palha. Essa era a substância que provocaria a náusea, o vômito, os desmaios e, por fim, a morte.

Um par de mãos tocaram meu ombro.

O bisturi escorregou e cortou minha luva, entrando no meu polegar.

— Ai, droga, Briseis! Sinto muito! — disse mamis. — Eu estava tentando te dar um sustinho. Não sabia que estava estudando.

Tirei a luva. A ferida no polegar florescia como uma rosa e o sangue escorria pela palma até o meu braço em filetes.

Olhei para mamis, sem conseguir pensar direito.

— E-eu preciso…

— Vou pegar o kit de primeiros socorros. — Ela saiu apressada do quarto.

Senti um aperto de medo no peito, e minha respiração se tornou superficial. Uma sensação gelada de dor subiu do meu polegar até o pulso. Chequei a hora no celular.

Os segundos se passaram.

Mamis voltou com o kit de primeiros socorros e fez menção de pegar minha mão, porém me afastei dela. Não poderia permitir que o líquido venenoso a tocasse, pois ela morreria, assim como eu estava à beira da morte.

— Preciso ver, querida — disse ela.

— Não… não, é… pode me passar um pouco de gaze?

Ela me entregou algumas e eu as pressionei contra o corte. Eu não me importava com o ferimento nem com a dor. O veneno já estava em ação. Não havia como interrompê-lo nem como revertê-lo. Eu não conseguia formar as palavras para explicar a situação. Mamis nem sabia o que eu andara fazendo. Uma onda de remorso tomou conta de mim. Quando eu morresse, ela se culparia.

A hera de repente explodiu de dentro do vaso de argila, estilhaçando-o com um estrondo. Mamis levou um susto enquanto as plantas dobravam de tamanho para me alcançar, enrolando meus tornozelos.

— Ei, mamis — consegui murmurar. — E-eu te amo. Muito.

Ela se afastou das videiras enroladas aos meus pés.

— Você está bem, querida? É só um pouquinho de sangue. Não acho que vai precisar levar pontos. Espere. — Ela tocou minha bochecha. — Você está em choque?

Balancei a cabeça.

— Pode chamar a minha mãe?

— Hã, claro — disse ela, ainda com uma expressão confusa. Ela saiu e eu conferi a hora de novo. Três minutos haviam se passado. O veneno só precisava de quinze minutos para me matar. Era minha culpa. Eu cedera à curiosidade em vez de ser cuidadosa como mamis e minha mãe me ensinaram.

Quatro minutos.

Todas as plantas do meu quarto se viraram para mim.

Minha mãe entrou no quarto.

— Me deixa ver... Ah, meu Deus! Cortou o dedo fora? Se colocarmos no gelo, podem colocá-lo de volta!

Mamis apareceu atrás de mim.

— Thandie, é um corte, não uma amputação.

Cinco minutos.

Encarei minha mão. O formigamento estava presente apenas na ponta do meu polegar. Tentei respirar mais devagar para entender como eu me sentia.

Eu não sabia se meu pulso estava acelerado por causa da cicuta ou porque eu estava assustada. Ainda não estava suando, nem convulsionando, nem com visão embaçada. O bisturi estava na minha mesa. O sangue que o manchava começou a ficar preto. Era o veneno agindo nas células, quebrando-as. Se era o que estava fazendo dentro do meu corpo, eu já deveria estar sentindo alguma coisa.

Seis minutos.

Minha mãe se ajoelhou ao meu lado.

— Bri, querida, você está bem?

Ela olhou para o emaranhado de hera ao redor dos meus tornozelos. Afastei minha mão para que ela não a tocasse.

— E-eu acho que sim.

Eu não sabia.

— Vamos respirar fundo e nos acalmar — disse mamis. Ela pegou minha mãe pelo braço e a guiou até a minha cama, virando-se para mim em seguida. — Briseis, querida, sinto muito.

— Não, foi minha culpa — falei. — Está tudo bem.

Nove minutos.

Algo estava errado, mas não da forma como eu esperava. Não tinha nada acontecendo.

— Que susto que você me deu — disse minha mãe para mamis.

— Fica sentada aí e se acalme — pediu mamis. — Você parece mais em choque do que a Briseis.

Minha mãe olhou feio para ela, e então se voltou para mim.

— Tem certeza de que está bem, querida? — Assenti. — Coloque um band-aid e uma pomada nisso.

Mamis se aproximou e segurou meu rosto entre as mãos.

— Vou arranjar uma placa pra gente colocar na sua porta dizendo FUTURA BOTÂNICA TRABALHANDO, assim vou saber que não devo entrar desse jeito.

Forcei um sorriso superficial.

— Te amo — disse ela.

E então as duas saíram do quarto. Me livrei da hera e fiz um curativo no dedo. Coloquei o que tinha da planta e meu bisturi ensanguentado dentro de uma sacola, enfiei tudo em uma caixa de sapatos vazia e joguei no alçapão do lixo no corredor.

Me sentei na beirada da cama, sem entender nada. Trinta minutos haviam se passado e... tudo na mesma.

Peguei um dos livros empilhados ao lado da minha cama, folheando-o até encontrar uma página com a ilustração de uma cicuta. A exposição ao líquido contido em sua raiz é fatal, e esse tinha penetrado diretamente na minha corrente sanguínea através da ferida. Baseado em tudo que eu conhecia sobre a planta, eu deveria ter enfrentado uma morte agonizante. As paredes das minhas células deviam ter se desintegrado. Meu sangue não deveria ter coagulado, e sim fluído como água e escapado por todos os orifícios. No entanto, a cada instante, a minha respiração se tornava mais tranquila. O formigamento cessara. Restava apenas uma dor latejante.

Horas se passaram. Minha mãe fechou a floricultura, me trouxe *pad thai* e uma água, e então fui assistir a *Penny Dreadful* com mamis na sala de estar. Tentei comer um pouco, mas não parecia descer bem. Peguei o celular e fui até o nome de Gabby nos contatos. Comecei a escrever uma mensagem para ela, mas mudei de ideia e resolvi ligar.

— Oi, Bri. Quanto tempo — disse Gabby, parecendo levemente irritada. — O que tá rolando?

— Nada — falei. — Só fiquei com vontade de te ligar.

Fazia um mês que não nos falávamos. Trocamos algumas mensagens, mas ouvir a voz dela despertava um monte de sentimentos que eu estivera evitando.

Gabby tinha consciência de algumas das minhas habilidades, embora fingisse que não. No baile do fundamental, eu estava ao lado dela quando o seu namorado lhe presenteou com um corsage que parecia ter sido tirado do lixo. No entanto, após alguns segundos na minha presença, o corsage no pulso dela se revitalizou, como se tivesse sido recém-colhido. O namorado de Gabby estava ocupado demais olhando para o decote dela para reparar, mas ela percebeu.

O acontecimento se tornou algo não falado entre nós. Não discutimos sobre a grama ser literalmente mais verde onde eu estava. Também não questionamos por que a árvore de bordo em frente ao nosso prédio permanecia verde por mais tempo que as demais árvores da rua. Além disso, não entendíamos por que as flores que dei à sua mãe quando ela se formou em enfermagem viveram por quase um ano. Fazia anos que eu estava tentando contar para ela toda a verdade do que eu conseguia fazer, mas nunca parecia o momento certo para falar.

— Foi um dia estranho — falei.

— Todo dia é estranho para você, Bri.

Isso doeu. Eu queria contar a ela sobre a cicuta. Talvez essa também não fosse a hora certa. Decidi contar a versão que deixava de lado qualquer menção da minha habilidade peculiar.

— Mamis me assustou quando eu estava dissecando uma planta. Quase cortei o dedo fora.

— Eita — disse ela, rindo. — Você está bem?

— É. Acho que sim.

— Espera. Por que você estava dissecando plantas nas férias?

— É meio o que eu curto fazer.

— Não precisa ser, sabe? — disse ela. — Você poderia fazer algo que não tenha nada a ver com plantas. Já tentou, sei lá… não ser esquisita perto de plantas?

Houve um silêncio desconfortável. Pensei em xingá-la. Mas Gabby faria o mesmo, e então eu me irritaria com ela, em vez de ficar apenas decepcionada.

— Minhas mães têm uma floricultura — falei. — Não dá exatamente para fugir delas… das plantas, quero dizer.

Gabby bufou.

— Isso significa que você vai trabalhar aí durante o verão?

— Era essa a ideia, mas minhas mães querem que eu tire uma folga.

— Queria que minha mãe me desse uma folga — comentou Gabby. — Ela disse que preciso pagar pelo meu celular este verão, por isso estou trabalhando como babá para o pessoal do andar de cima.

— Babá? Quero dizer, imagino que seja tranquilo. Dinheiro fácil, né?

— Quem dera. O menino é um demoninho. Dia desses ele mandou a avó calar a boca e ninguém disse nada. Ele é muito malcriado. Minha avó teria acabado comigo.

Me perguntei se eu conseguiria sobreviver se mandasse minha avó calar a boca. Provavelmente não, mas nunca tive a chance.

— Ah, não. É melhor você tomar cuidado.

— É melhor *ele* tomar cuidado. Vou pôr o traseiro dele no cantinho aconchegante.

— O que é um cantinho aconchegante?

— Menina, é um canto no quarto dele com travesseiros e cobertores, onde ele fica refletindo sobre o próprio comportamento. É castigo chique.

— E funciona?

— Não. Só dá tempo para ele pensar em como vai ser mais terrível quando sair dali.

Nós rimos. Olhei para o corte no polegar. Latejava, mas não era tão ruim.

— Ei, Briseis?

— Sim?

Ela suspirou.

— Não sei, Bri. Talvez seja uma boa ouvir suas mães. Tenta se divertir neste verão. Você não precisa ficar plantando feijões ou batatas, ou qualquer coisa do tipo. Pelo menos não o tempo todo. Afinal, isso não é o que a maioria das pessoas costuma fazer. Podemos ir a um show ou algo assim. Sei que você já viu tudo, mas mesmo assim.

Eu não plantava batatas ou feijões. Eu gostava de cultivar flores, videiras e, de vez em quando, um arbusto mortal de cicuta. As palavras estavam na ponta da minha língua. Eu podia contar tudo e talvez — só talvez — ela enfim compreendesse.

Gabby riu.

— Se você puder se afastar das suas ervas daninhas…

Não. Nada havia mudado. Era por isso que não conversávamos mais como antes.

— Você tem falado com Marlon? — perguntei.

— Nos falamos ontem — disse Gabby. — E você?

— Faz um tempo.

Marlon se mudou para Staten Island com a avó nas férias de primavera e conversávamos cada vez menos. O problema entre eu e Gabby, porém, não tinha nada a ver com a distância. Eu sentia que todo o ano escolar tinha sido uma contagem regressiva para o fim de algo. Como se estivéssemos prestes a sair de uma montanha-russa na qual estivemos desde o quinto ano, quando nos conhecemos e nos tornamos melhores amigas. Com certeza não éramos mais melhores amigas e estávamos aos poucos nos tornando algo que parecia menos com uma amizade e mais com duas pessoas que mal se gostavam.

Voltei a me deitar na cama, observando o cravo-de-amor no canto do quarto se expandir e se contrair. Por um momento, tentei não pensar no meu polegar e na cicuta. Tentei fingir que aquilo que eu era capaz de fazer não havia invadido cada canto da minha vida como se fosse uma erva daninha. Eu queria entender seja lá o que essa coisa fosse, ajudar minhas mães com a floricultura, e talvez ter amigos que me entendiam melhor. Não sentia que eu estava pedindo muito.

— Poderíamos encontrar algo para fazer — sugeri, tentando ao máximo não me deixar levar pela melancolia. — A biblioteca ou o museu? Um lugar silencioso.

— E sem plantas — acrescentou Gabby.

Suspirei no celular. Isso fora uma alfinetada e ela sabia.

— É — falei, me sentindo derrotada. Passei para outra coisa. — Te falei que nosso prédio foi vendido? O aluguel da floricultura e do apartamento vai subir de novo.

— Caramba. O que vocês vão fazer?

— Não sei. — Havia muitas coisas acontecendo e eu estava preocupada sobre o que aconteceria se não fizéssemos mais dinheiro. Tudo estava uma confusão.

Uma voz guinchou pelo celular.

— Gabby! Você não tirou o frango do congelador?

— Merda — disse Gabby. Eu conhecia aquele terror em sua voz. A mãe dela, a srta. Lindy, era uma fera quando se tratava de comida.

Se mandou Gabby tirar o frango do congelador e ela não tirou, era problema na certa.

— É melhor você pegar o secador de cabelo ou algo assim.

— Mamãe, desculpa! Vou tirar agora.

— Trabalhei o dia todo e você não podia tirar o frango? — Escutei a srta. Lindy falando ao fundo.

— Preciso ir, Briseis — disse Gabby, desligando.

Deitada na cama, sentia as batidas do coração, consciente da minha própria respiração. Talvez o veneno não tivesse entrado no corte; talvez fosse uma quantidade tão pequena que não me afetou. Olhei para o meu polegar. O sangue estava vazando através do band-aid.

Pensei na época em que conheci Gabby e Marlon. Nosso professor de educação física, o sr. Cates, nos colocou no mesmo grupo para correr pela quadra. Fingimos que tínhamos nos machucado depois da primeira volta e passamos o restante da aula sentados no banco, no ar fresco do outono, falando sobre nossos filmes favoritos e zoando o sr. Cates porque ele usava shorts de academia que eram pequenos demais e seus joelhos e cotovelos sempre estavam ressecados. As árvores que enchiam o pátio murado não tinham folhas, estavam se preparando para o inverno — todas, exceto aquela perto de nós. Ela floriu enquanto ríamos juntos. Gabby foi a primeira a perceber. Pôs a mão no ombro de Marlon e apontou para as árvores. Os olhos delu se arregalaram, amedrontados. Se elu tinha medo de árvores, teria medo de mim também. Eu soube nesse momento que tinha que esconder o que era capaz de fazer.

Eu odiava. Devia ter feito as árvores ficarem verdes ou a grama crescer e dizer que eu mesma fiz aquilo. Talvez teria sido melhor que fingir. Eu queria saber como seria ser eu mesma, logo de cara. Sem segredos, sem me esconder.

No entanto, era tarde demais. Meus amigos começavam a se distanciar, minhas mães estavam preocupadas comigo, a escola era um terror, e esse poder escondido dentro de mim estava tentando se libertar. Quanto mais aguentaria antes de explodir? Antes que eu fizesse algo que não tivesse como voltar atrás?

CAPÍTULO 3

Na manhã seguinte, me sentei na beirada da cama apoiei os pés descalços no chão. Enquanto observava ao redor, esfregando os olhos para afastar o sono, o corte no meu dedo latejou. De súbito, a tensão do dia anterior tomou conta de mim.

Eu devia estar morta.

Durante a noite, cordões de hera serpentearam pelo chão e se trançaram como um tapete de folhas. Tropecei nelas para pegar meus óculos na mesa, e desci o corredor para começar a rotina matinal. Escovei os dentes e, entre o grande acúmulo de produtos para cabelo no armário, peguei um leave-in e um spray. Meu cabelo trançado molhado e destrançado seco seis dias antes estava uma tristeza, mas achei que dava para aguentar com um coque por pelo menos mais um ou dois dias. Passei gel nas laterais e penteei. Se meus baby hairs estivessem arrumados, não teria problema o resto estar meio bagunçado. Na pior das hipóteses, eu colocaria um lenço e pronto.

— Como? — Soou a voz da minha mãe da sala de estar, o tom tenso. — Não temos como pagar.

Me aproximei da porta do banheiro na ponta dos pés.

— A gente vai dar um jeito. Sempre damos — garantiu mamis.

— Não podemos fazer dinheiro aparecer do nada — disse minha mãe. — Já estamos economizando em tudo que é possível. Não podemos continuar assim.

— Eu sei — disse mamis. — Os custos dos pedidos estão subindo. O recipiente principal também precisa ser consertado. Não está esfriando como deveria e espaço desperdiçado nos custa mais dinheiro. Mas é o aluguel que o novo dono está cobrando que vai matar nossa margem de lucro. Vou revisar todas as contas, garantir que não estamos pagando demais por suprimentos, e depois teremos que falar com o contador e conferir os impostos, descontos...

— Já fizemos tudo isso — retrucou minha mãe.

A resposta de mamis foi um suspiro. A conversa delas sobre dinheiro envolvia mais agonia nos últimos meses.

— Posso trabalhar de noite, aos finais de semana, seja lá o que for preciso — disse mamis.

— Posso pegar mais bicos — disse minha mãe, a voz tensa, como se tivesse chorando. — Vou ver na faculdade. Sei que eles têm alguns cargos adjuntos abrindo no outono. — Ela suspirou. — Queria saber quando vamos conseguir aproveitar a vida um pouco. Levar Briseis para viajar ou algo do tipo.

— Não sei, amor. Também gostaria disso.

Terminei o que estava fazendo no banheiro e entrei na sala de estar.

— Posso arrumar um emprego de tempo integral no verão.

— Não — afirmou minha mãe. — De jeito nenhum. Você já está com dificuldades na escola e sei que é porque está estressada. Você precisa relaxar.

— Ficarei menos estressada se souber que podemos pagar as contas — falei. — Quem disse que dinheiro não resolve os problemas estava mentindo.

— Esse não é um problema para você resolver, nossa menina brilhante e linda — disse minha mamis, os olhos marejados. Minha mãe era quem chorava, não mamis. Ela era emotiva de uma maneira diferente. Vê-la à beira das lágrimas me deixou com um nó na garganta. —

Teremos que fazer alguns sacrifícios para nos manter após o verão. O aluguel aumentará no outono, então talvez possamos manter a floricultura e considerar nos mudarmos para um lugar menor.

— Podemos pegar um apartamento de um quarto — disse minha mãe, olhando para mamis. — Briseis pode ficar com o quarto, e podemos comprar um sofá-cama.

Mamis assentiu.

— Podemos parar de pagar o estacionamento também. Talvez vender o carro. Nós mal o usamos mesmo.

— Oi, dormir em um sofá-cama? Vender o carro? As coisas estão tão ruins assim?

Essas decisões eram importantes. Talvez as coisas estivessem pior do que eu imaginava. Minhas mães trocaram um olhar sério.

— Vai ficar tudo bem — assegurou mamis.

— Vocês não precisam mentir para mim. — Me sentei entre elas. — Sei que estão fazendo isso porque não querem que eu me preocupe, mas é tarde demais para isso. Então vamos parar de fingir que está tudo bem quando não está. O que vocês vivem me dizendo? "Tudo bem não estar bem." Não estamos bem agora.

Minha mãe assentiu e mamis sorriu. Mamis e eu tínhamos grandes olhos castanhos. Todo mundo dizia que éramos parecidas, e era bom ter alguém que se parecia um pouco comigo. Minha mãe e eu não tínhamos nenhuma característica em comum, mas tínhamos o mesmo senso de humor e a mesma risada.

— Vamos comprar bagels e abrir a floricultura — disse mamis, tocando a lateral do meu rosto. — Isso é complicado. Podemos resolver depois, porque agora estou morrendo de fome.

Minha mãe pestanejou e eu apertei a mão dela. Eu cogitava revelar sobre o incidente com a cicuta e minha confusão por ainda estar viva, mas decidi que não era a hora certa.

Nos vestimos e fomos caminhando até a padaria na Bergen Street. O ar da manhã estava quente e denso, e fomos andando de mãos dadas durante o primeiro quarteirão.

— Sinto como se tivesse cinco anos — falei.

Minha mãe segurou minha mão com mais força.

— Você sempre será meu bebê cabeçudo.

A questão de caminhar no Brooklyn era que as pessoas estavam tão ocupadas tentando chegar onde precisavam que nem sempre prestavam atenção no que acontecia ao redor. Elas não notavam que os carvalhos se empertigavam quando eu passava, nem que as flores murchas penduradas em cestas voltavam a florir. A mistura da selva de pedra e nova-iorquinos ocupados era a combinação ideal para eu não chamar atenção.

Dois grandes bordos ladeavam a estação de trem bem em frente à padaria e havia um carvalho magrelinho mais à frente no quarteirão, porém, fora isso, não havia muito com que me preocupar. Se a fila estivesse saindo porta afora, teríamos dado meia-volta. Mas não estava, então entrei e fiquei de costas para a grande vitrine de vidro. Com sorte, as árvores cuidariam da própria vida.

A padaria tinha cheiro de pão fresco, bacon e café. Pessoas conversavam enquanto esperavam na fila. Mantive o olhar fixo no que estava à minha frente. Quando chegou nossa vez, mamis fez o pedido e fomos para a lateral esperar pela comida. Um caminhão de entrega passou fazendo barulho e olhamos para a rua. Era uma reação natural ao barulho alto, mas não tinha sido minha intenção olhar. Vi os dois bordos altos. Eles se inclinaram à frente, os galhos roçando no pavimento. Raízes saíram do pavimento, fazendo voar pedaços de concreto. Rapidamente, me virei. Um murmúrio percorreu a padaria, sussurros baixos e olhares confusos. Minha mãe ficou tensa e mamis inspirou fundo.

— Deveríamos ir? — perguntou mamãe num sussurro agitado.

Ignorei as árvores enquanto as pessoas pegavam os celulares e tiravam fotos. Uma mulher gritou quando os galhos se arrastaram pela frente da loja. Fechei meus olhos e cerrei os punhos com força.

Agora não, por favor. Aqui não.

Comecei a ficar tonta e cambaleei para o lado. Minha mãe passou o braço pela minha cintura.

— Estão se afastando — disse ela.

Mamis pegou nossa comida e nos acompanhou para fora da padaria. A multidão também saiu para encarar boquiaberta os galhos enrolados enquanto nos apressávamos rua abaixo. Quando viramos a esquina, a sensação de mal-estar aliviou, mas ouvi atrás de mim o som de madeira estalando, gemendo como se estivesse sendo contorcida, prestes a quebrar. Precisei de toda a minha força de vontade para não olhar para trás.

Não paramos de trabalhar até mais ou menos uma da tarde, quando a loja ficou um pouco mais calma. Gabby tinha enviado uma mensagem dizendo que provavelmente não conseguiria se encontrar comigo e Marlon. Ainda não tínhamos nem definido uma data para o encontro. Era uma desculpa. Enfiei o celular de volta no bolso e fui até a pia para tirar pólen e pedacinhos de plantas debaixo das unhas enquanto tentava não chorar.

O celular da minha mãe tocou.

— Alô? — Ela atendeu.

Minha mãe olhou para mim e me deu uma piscadela antes que a expressão em seu rosto mudasse repentinamente. Ela passou de confusa para parecer entender o que era. A boca dela se transformou em uma linha fina, o olhar vagando pelo chão.

— Pode esperar um minuto? — perguntou ela. Minha mãe apertou o ombro de mamis e deu a volta no balcão. — Preciso dar um pulo lá em cima rapidinho.

Ela saiu apressada.

Alguns minutos depois, o sino da porta soou.

— Ei, Jake! — falei.

— E aí, Briseis? — disse Jake com um sorrisão.

Mamis costumava cuidar de Jake aos finais de semana, quando o pai dele estava fora da cidade a trabalho, e agora ele vinha à floricultura para ajudar duas ou três vezes por semana. Ele se recusava a aceitar dinheiro, então nós o pagávamos com bagels, wi-fi grátis e os mundialmente famosos jantares de domingo de mamis. Para ele, tudo isso já estava ótimo.

— Como vai a escola? — perguntou ele, me dando um abraço forte.

— Estamos de férias de verão.

— Eu devia ter tirado férias de verão — disse ele. — Mas estou fazendo três aulas on-line.

— Isso é bastante coisa.

— Nem me fala — afirmou ele. — Estou fazendo revisão de cálculo que não vai contar créditos, porque preciso cursar a matéria no outono e sou péssimo em matemática de nível universitário. Não tem nada a ver com meu plano de me tornar um guru da beleza.

— O que seria isso? — Mamis indagou.

— Não faço ideia, mas sei que eles ganham dinheiro — respondeu Jake. — Não deve ser muito difícil. Passar maquiagem no rosto, fazer as sobrancelhas. Um pouco de pó. Fim.

— É, suspeito fortemente que tenha bem mais coisa que isso, mas, quer saber, siga seus sonhos — falei.

— Viu — disse Jake. — É por isso que venho aqui. Vocês não me julgam.

O celular de mamis vibrou no bolso. Quando ela atendeu, ficou com o mesmo olhar preocupado que minha mãe.

— Briseis, pode vir comigo um instante? — E então ela se virou para Jake. — Pode cuidar da floricultura por alguns minutos?

— Sim, claro — disse ele, alternando o olhar entre nós duas. — Tá tudo bem?

Minha mamis assentiu, gesticulando para que eu a seguisse escada acima. Ela subiu dois degraus por vez.

— O que houve? — perguntei enquanto ia apressada atrás dela.

Ela continuou subindo sem responder.

Quando entramos na sala de estar, minha mãe estava sentada com as mãos juntas apoiando o queixo.

— O que aconteceu? — Me sentei ao lado dela. Ela pegou minhas mãos e as apertou. Outra onda de ansiedade me atravessou. — Mãe, você está me assustando. O que foi? É o aluguel? Vamos precisar nos mudar mais cedo do que imaginávamos?

Ela balançou a cabeça.

— Alguém... alguém morreu?

— Não, querida, não é nada do tipo. — Ela inspirou fundo. — Eu recebi uma ligação de uma advogada que representa o patrimônio da irmã da sua mãe biológica.

Eu ouvi as palavras, mas elas não faziam sentido. Minha mãe biológica havia morrido quando eu era pequena. Eu não sabia que ela tinha uma irmã.

— Não entendi.

Minha mãe apertou mais minhas mãos.

— De acordo com a advogada, ela faleceu e deixou a propriedade que tinha para você.

Minha mente ficou em branco.

— A propriedade dela? O que isso quer dizer?

— Não tenho certeza do que está envolvido — disse minha mãe. — A advogada entrou em contato com a agência de adoção, que me repassou a mensagem. Sua... sua tia não queria complicar sua vida aqui, mas parece que você é a única parente viva dela. Ela deixou algo de valor grande o bastante para uma advogada de patrimônio ser envolvida.

Mamis estava quieta. Esperei que ela falasse porque ela sempre tinha bons conselhos, mas mamis apenas ficou ali, parecendo preocupada.

— Não sei o que dizer — falei.

Minha adoção fora aberta, mas minha mãe biológica nunca entrara em contato. Não importava muito. Era só como as coisas eram; mas agora, alguém que era parente dela, parente meu, havia me deixado uma propriedade? Eu não conseguia entender.

— Está tudo bem, querida — disse minha mãe. — Também não sei o que dizer.

Mamis estava perto da porta, nos observando, e então olhou para as mãos unidas.

— Não temos que fazer nada — disse minha mãe baixinho. — Podemos ou não… como você quiser. Não quero tomar a decisão por você.

A preocupação surgiu nos olhos dela e nas leves rugas ao redor de sua boca.

— Então alguém que compartilha o meu DNA me deixou algo em seu testamento. Legal. — Olhei ao redor. A porta estava entreaberta e eu conseguia ver a hera subindo na minha cama. — Vamos ver o que é.

Minhas mães eram as duas pessoas que eu mais amava no mundo, e me deixava triste ver o quanto aquilo as estressava. Falar sobre minha família biológica sempre causava certa tensão nelas, principalmente por me amarem e não quererem me chatear. Quando eu era mais nova, elas respondiam a todas as minhas perguntas, com as informações que tinham disponível. Conforme cresci, o assunto diminuiu, mas nunca era uma questão proibida.

— Talvez seja uma pilha de dinheiro e vocês não vão precisar fazer bico como dançarinas exóticas para pagar as contas — comentei. — Eu não as julgaria se fizessem, mas sei que vocês dormem às nove e meia. — Minha mãe riu, e me inclinei para apoiar meu rosto no pescoço dela, como eu fazia quando era pequena, sentindo seu cheiro, sendo tranquilizada pela batida do coração dela. — Vamos entender tudo e agir a partir daí. Chega de estresse, tá?

Mamis se sentou e nos abraçou. Ficamos quietinhas por um tempo antes que ela e minha mãe voltassem para a floricultura. Fiquei ouvindo as videiras farfalhando atrás da porta do meu quarto.

CAPÍTULO 4

Dias depois, aguardávamos com ansiedade na sala de estar pela chegada da advogada, a sra. Redmond. Enquanto nos acomodávamos no sofá, a porta do meu quarto se abriu, revelando um emaranhado de videiras rastejantes pelo chão. Com um salto, rapidamente as enfiei de volta no quarto, fechando a porta em seguida.

— Essas videiras não vão sair do quarto enquanto ela estiver aqui, certo? — questionou minha mãe.

— Acho que não — falei, ainda incerta. — Você esteve no meu quarto? É uma selva. Todas as minhas plantas estão saindo dos vasos.

— Acha que é por você estar ansiosa? — perguntou minha mãe.

Dei de ombros.

— Talvez?

Eu não tinha parado de pensar o que a herança poderia significar para nós. Pesquisei no Google que significava quando alguém te deixava uma propriedade e recebi todo o tipo de resultado, desde mansões enormes e coleções de carros a pilhas de lixo. Um homem na Flórida virou notícia quando um tio que ele quase não tinha contato deixou para ele um depósito inteiro cheio de antigas bonecas sinistras. Eu preferia não ter meu futuro arruinado por uma Annabelle da vida real, então disse a mim mesma que meteria o pé se houvesse qualquer menção a bonecas.

A campainha soou.

Todas encaramos a porta da frente por alguns segundos até que Mamis se levantou.

— Tá — disse ela. — Vamos ser otimistas.

Do outro lado da porta havia uma mulher alta usando um terninho marrom que não caía muito bem nela. O cabelo dela era escuro e estava preso em um coque, com uma mecha de grisalho bem no meio. Tinha pele negra retinta, olhos escuros pequenos e a boca larga.

— Olá — cumprimentou ela, estendendo a mão. A maleta que segurava se abriu, atirando uma chuva de papéis ao chão. — Aff. Desculpe.

Ela se ajoelhou e começou a enfiá-los de volta na maleta, me lançando um olhar rápido enquanto mamis a ajudava a reunir o resto das coisas.

— Por favor, entre e sente-se — disse minha mãe.

A mulher fez isso de maneira meio desajeitada e se sentou na poltrona diante de mim.

— Gostaria de beber alguma coisa? — perguntou mamis.

— Ah, não, estou bem — disse a mulher. — Você deve ser Briseis. — Com um sorriso caloroso, ela se dirigiu a mim. — Briseis, este nome me soa bastante familiar. — Seus dedos tamborilaram na pasta. — É da mitologia grega, não é?

— Sim, senhora — respondi.

— Fãs de mitologia, hein? — acrescentou ela.

— Não muito — falei, olhando para a minha mãe.

— Desculpe — disse a mulher, parecendo desconcertada. — Nem cheguei direito e já estou desviando do assunto. — Ela abriu a pasta, mexendo em alguns papéis. — Sou Melissa Redmond. Represento a propriedade de Circe Cólquida. Pelo que entendi, a irmã mais nova dela, Selene, era sua mãe biológica.

— Não sabíamos que a mãe biológica dela tinha parentes vivos — comentou minha mãe baixinho. Ela cruzou as pernas e começou a balançar o pé ritmicamente, como se estivesse marcando o tempo. Ela fazia isso quando estava estressada ou nervosa. Me aproximei mais dela.

— Ah, vocês não sabiam? — perguntou a sra. Redmond, parecendo surpresa. — Bem, então isso tudo deve ter sido bastante inesperado. — Ela franziu o cenho e balançou a cabeça. — Peço desculpas pela surpresa repentina. Normalmente, quando alguém herda uma propriedade, já está ciente que isso vai acontecer. Esta, sem dúvida, é uma situação pouco comum, não é?

— Devo concordar que sim — disse mamis.

A sra. Redmond assentiu.

— Não estou a par de muita coisa, mas, se não sabiam sobre Circe até agora, presumo que não saibam nada sobre a propriedade, correto?

— Tudo isso é novidade pra gente — disse minha mãe.

A sra. Redmond suspirou.

— Bem, então vou direto ao assunto. — Ela pegou uma pilha de papéis e a colocou na mesa. — A propriedade é considerável, o que foi o motivo de eu ter sido envolvida. Foi deixada apenas para você, Briseis.

— Então é uma casa? — perguntei. — Tipo, uma casa grande?

A sra. Redmond riu.

— Sim. Uma casa grande. Mas também há bens pessoais e o terreno onde a propriedade se encontra. Cerca de dezessete hectares.

Mamis arfou.

— Dezessete hectares? O que isso significa? — perguntei. — Aqui a gente mede as coisas em termos de quarteirões.

A sra. Redmond pensou por um momento.

— Pense num campo de futebol americano. Ele teria mais ou menos meio hectare.

— E nós temos dezessete? — Meus pensamentos ficaram a mil. Era muita terra, e isso significava várias coisas vivas e em crescimento.

A sra. Redmond assentiu. Eu conseguia sentir a mão da minha mãe tremendo onde estava apoiada na minha perna.

— Onde fica? — perguntei.

— Ao norte. Perto de Rhinebeck.

— E é minha?

— É sua — confirmou a sra. Redmond. — Isso é empolgante, não é? Como eu disse, a maioria das pessoas já fica na expectativa de serem beneficiadas quando se trata de testamentos e propriedades. Mas vocês parecem estar realmente chocadas. Peço desculpas. É legal não precisar ver pessoas debatendo sobre quem fica com o quê.

Mamis deu de ombros.

— Parece desagradável.

— Heranças são mesmo complicadas — disse a sra. Redmond. — Principalmente quando envolve algo de valor. — Ela voltou a atenção para a papelada. — Tudo foi organizado antes que a srta. Cólquida falecesse. Poderemos pular a autenticação do testamento se você tiver um guardião legal que possa assinar a papelada por você. E, quando fizer 18 anos, tudo vai passar para o seu nome. — Ela me entregou um grande envelope de papel kraft. — Eu pediria que vocês mantivessem a mente aberta quando virem o lugar. A srta. Cólquida era uma pessoa excêntrica. No envelope há bilhetes e chaves que ela pediu que fossem entregues a você, Briseis.

— Que tipo de bilhetes? — perguntei.

— Não tenho certeza — respondeu a sra. Redmond. — A intenção é que apenas você os leia. Meu trabalho é garantir que os desejos dela sejam cumpridos ao pé da letra, e sou muito boa no que faço. — Ela sorriu com orgulho. — Uma vez, uma mulher deixou uma casa inteira e vários milhões de dólares para três gatos malhados e um cão bassê. Os filhos dela tentaram contestar o testamento, mas estava tudo bem detalhado e eu garanti que os animais recebessem tudo.

— Animais sortudos — disse mamis, incrédula.

A sra. Redmond assentiu.

Mamis pegou o celular.

— A propriedade é perto de Rhinebeck? Fica a duas horas e meia daqui.

— É um pouco contramão — disse a sra. Redmond. — Talvez bastante contramão, mas é toda de vocês. Há algumas determinações que preciso revisar com vocês. — Ela leu um papel amarelo. — A srta. Cólquida pediu que você não venda nem mude a propriedade até ter pelo menos 18 anos. Ela parecia achar que você gostaria do imóvel quando tivesse a oportunidade de vê-lo. A propriedade está na família dela há muitas, muitas gerações.

— Que tipo de impostos teríamos que pagar em um lugar desse tamanho? — perguntou minha mãe.

Ela já estava analisando todos os ângulos.

— Impostos, seguro e serviços são pagos por um fundo — disse a sra. Redmond. — É desse jeito há anos. É mais fácil quando uma casa não tem custos, menos coisas com que se preocupar.

Abri o envelope e duas chaves caíram no meu colo: uma pequena com cara de nova, e uma maior que parecia bem mais velha, como uma chave-mestra.

— É uma casa grande, com vários cômodos — disse a sra. Redmond. — Acredito que a chave maior deve destrancar a maioria das portas internas. Vocês terão que fazer uma limpeza, talvez redecorar um pouco, mas tenho certeza que irão adorar.

Segurei as chaves. Uma casa espaçosa parecia atrativa, porém implicava deixar o Brooklyn, onde eu tinha a opção de evitar áreas verdes, se assim desejasse. Mesmo vivendo dessa maneira, era desafiador simplesmente existir. Esse novo lugar soava como se estivesse literalmente no meio de dezessete hectares de natureza. Eu estivera disposta a ouvir o que sra. Redmond tinha a dizer, mas depois de ouvir, não tinha certeza se queria lidar com isso.

Um som de arranhado soou detrás da porta do meu quarto. Nem olhei naquela direção.

— Qual é a pegadinha? — indagou mamãe. — Parece bom demais para ser verdade, então provavelmente é. Qual é a pegadinha?

— Nada nunca é tão bom quanto parece, não é? — disse a sra. Redmond. Ela endireitou a saia. — Serei sincera. Rhinebeck é pitoresco. É turístico. Mas quando se acostumarem com isso, verão que não é bem o que parece.

— Como assim? — Eu estava procurando por uma saída. Com tudo o que estava acontecendo, isso não era o que eu precisava. Eu não queria ir para um lugar onde o dia a dia seria mais complicado para mim. — Não é o que parece? Parece meio assustador.

A sra. Redmond riu e o rosto dela relaxou.

— Olha eu, assustando vocês antes mesmo de chegarem lá. O que quero dizer é que Rhinebeck é cheia de gente diferente, mas que isso não é motivo para desanimá-las.

— Morei em Nova York a minha vida inteira — disse mamis. — Já conheci bastante gente diferente.

Minha mãe se virou para mamis.

— Sou pessimista. Explique como você vê, já que você sempre enxerga o lado bom das coisas.

Mamis pensou por um momento. Eu torcia para que ela dissesse para a minha mãe que isso era complicado demais para gente, e o melhor era mesmo ficarmos no Brooklyn.

— Talvez isso seja exatamente o que a gente estava precisando.

Senti o coração ficar apertado.

— Estamos com dificuldades — prosseguiu ela. — E ainda vai ter o aumento do aluguel. Vamos pagar quatro mil e duzentos por mês.

— É sério? — Eu não sabia que o aumento seria de mil dólares. Olhei ao redor do apartamento. Era fofo, mas não a ponto de valer quatro mil e duzentos dólares. Um aumento de aluguel nesse nível parecia ilegal, mas os proprietários viviam fazendo coisas suspeitas.

— Uma das suas mães terá que assinar para você, e eu trouxe cópias de todos os documentos — disse a sra. Redmond. — Assim que assinarem, podem ir ver.

— Podemos ir no verão — disse mamis. — Dar uma olhada na propriedade?

— Espere — falei, me levantando. — A gente nem sabe nada sobre esse lugar. É longe. E… é no interior? No *interior*.

Minha mãe me entendeu e ficou do meu lado na mesma hora.

— Ela tem razão. Isso é demais. Eu não acho…

— Por favor — disse a sra. Redmond, a voz gentil. Ela se aproximou e pousou a mão no meu ombro. — Esse lugar pertence a você agora. Se não tomar posse, tudo irá para o estado e eles farão o que quiserem. Vendê-lo, colocá-lo em leilão para construtoras. — Ela parecia incomodada com a ideia. — Eu odiaria ver isso acontecer. Tantas propriedades antigas acabam sendo destruídas para construir casas novas ou lojas. A propriedade é parte da história de Rhinebeck, e é longe da cidade. Vocês teriam privacidade e a oportunidade de explorar em paz.

— Um pouco de privacidade parece bom — disse mamis, assentindo para mim. — Estou cansada de saber sobre o que nossos vizinhos estão discutindo. Quando eu os vejo no corredor, sinto que preciso escolher quem estava certo na história.

— Quem vai cuidar da floricultura? — perguntou minha mãe.

— Jake pode cuidar — disse mamis. — Teremos que pagá-lo, mas tenho certeza de que ele aceitaria.

Minha mãe apertou a ponte do nariz.

— Não temos como pagá-lo, Angie. Queria que tivéssemos como, mas não podemos.

Olhei de mamis para a minha mãe. Os olhos de mamis estavam iluminados e minha mãe estava tentando ficar ao meu lado, mas eu quase podia vê-la imaginando ter uma casa grande que já era nossa. Elas precisavam disso. *Nós* precisávamos disso.

— Podemos pagar o Jake se reduzirmos nosso inventário — falei.

Minha mãe suspirou.

— Querida, se reduzirmos nosso inventário, não faremos dinheiro suficiente para…

Apertei o braço dela gentilmente e ela parou, trocando olhares preocupados com mamis.

Elas poderiam reduzir as compras de abastecimento para a floricultura se eu ampliasse o nosso estoque, mas então eu precisaria usar as minhas habilidades, o que sempre parecia ser um risco. Elas nunca haviam pedido que eu criasse flores para a floricultura, e eu tinha medo demais para tentar. Se eu fizesse algo errado, poderia prejudicar todo o negócio.

— E... eu gostaria de tentar — falei.

Minha mãe me puxou para um abraço, e nos sentamos no sofá.

— Vamos revisar tudo tim-tim por tim-tim — anunciou mamis. — Como sua mãe mencionou, parece bom demais para ser verdade. Não quero assinar nada que vá ser um caos.

— Posso ficar pelo tempo que precisarem — disse a sra. Redmond, animada. — Ficarei satisfeita em responder quaisquer perguntas que tiverem.

Quatro horas mais tarde, após esmiuçar todo o documento, fazer perguntas e dar uma pausa para ir à floricultura convencer Jake a trabalhar nela durante o verão, mamis assinou os documentos. Jake concordou em ajudar com mais frequência e em troca concordamos em deixá-lo ficar no nosso apartamento pelo verão, assim ele não teria que pagar aluguel para dormir no sofá do amigo.

No começo da noite, a sra. Redmond reuniu suas coisas e foi na direção da porta.

— Estou muito feliz de ter conhecido vocês.

— Foi bom conhecê-la também — disse mamis. — Espero que isso tudo dê certo.

— Tenho certeza de que vai — disse a sra. Redmond. — Lembrem-se, me liguem se tiverem mais perguntas. Entrarei em contato depois que enviar toda a documentação para o condado. O título da propriedade terá que ser mudado pessoalmente, mas posso ajudá-las quando a hora chegar. Por enquanto, pensem no assunto.

Depois que ela partiu, ficamos em silêncio por um longo tempo antes que mamis falasse.

— Temos o aluguel garantido durante o outono. É quando vai aumentar, mas não precisamos assinar outra vez. Podemos nos mudar, se quisermos.

— Acho que estamos colocando o carro na frente dos bois — disse minha mãe. — Não sabemos em que condições está o lugar, nem se dá para viver lá. E o deslocamento? Só de pensar, já fico com dor de cabeça.

— Mãe, você passa duas horas no trânsito tentando chegar no Home Depot, que fica, tipo, a sete quilômetros daqui.

Eu estava insegura sobre como isso tudo poderia dar certo, mas era essencial para a minha família que eu estivesse confortável com a situação. Sair do Brooklyn não era algo que eu quisesse fazer. Era o meu lar. Mas se fossemos para Rhinebeck, se essa propriedade fosse algo com que conseguíssemos trabalhar, minhas mães ficariam menos estressadas e eu poderia fugir de tudo que acontecia aqui. Poderia recomeçar em um lugar onde ninguém sabia quem eu era nem o que era capaz de fazer.

— E quanto aos seus amigos? — perguntou minha mãe. — E a escola?

— Tá falando de Gabby e Marlon? Os amigos que eu nunca vejo porque me acham esquisita? — Senti um nó se formando na garganta. Engoli em seco, tentando afastar o desconforto. — E as aulas que mal estou conseguindo notas para passar porque não consigo me concentrar? Vivo com medo de perder o controle e machucar alguém. Quando não estou aqui, tudo o que desejo é ir ao parque cuidar de... — Parei antes de revelar demais. — Não há nada aqui que eu me importe de deixar de lado por um tempo. Desde que eu tenha vocês duas, estou bem.

— Eu sabia que algo não estava certo com seus amigos, querida — disse minha mãe gentilmente. — Vocês viviam juntos o tempo todo, mas não vi Gabby nem Marlon nem mais ninguém ultimamente. Nem vejo você falar deles. Pelo menos não da forma como costumava. Pensei que era porque vocês estão crescendo, focados na escola, talvez se afastando. Porém, é mais do que isso, não é?

Assenti, segurando as lágrimas.

Ela segurou minha mão com força.

— Talvez sair daqui durante o verão nos faça bem. Vamos ver como é mesma essa situação toda e seguir daí. Está bem, querida?

Apoiei minha cabeça no ombro dela.

— Está bem — falei. — Vamos.

Mamis bateu palmas, assustando minha mãe e eu.

— Vamos fazer as malas e partir em alguns dias — disse ela. — Posso vir pra cá algumas vezes durante a semana para ajudar Jake. Todas as contas são on-line, de qualquer maneira. Podemos fazer isso dar certo pra gente. Isso pode nos ajudar a pegar de novo no tranco.

O entusiasmo dela era contagiante, mas mesmo enquanto eu me permitia imaginar que tudo isso fosse funcionar, não conseguia me livrar de uma sensação inquieta aumentando dentro de mim. Eu não sabia se conseguiria manter minhas habilidades controladas em um lugar longe dos altos prédios de concreto e das ruas pavimentadas da cidade, mas, ao que tudo indicava, eu estava prestes a descobrir.

CAPÍTULO 5

Minhas mães passaram os dias seguintes planejando nossa viagem a Rhinebeck. Quando Jake passou na floricultura, elas informaram tudo o que precisava ser feito enquanto estivéssemos fora. Mamis disse a ele que estaria na loja às segundas, quartas e aos sábados para ajudar.

Minha mãe enfatizou a importância de mantermos nossos pedidos regulares para a maior parte do nosso estoque. No entanto, expliquei que queria reabastecer nosso suprimento de rosas vermelhas, que era a flor mais vendida. Fui até o jardim nos fundos da casa, alinhei os vasos, preenchi-os com terra e coloquei rosas em plena floração. Eu recusei a oferta da minha mãe para me acompanhar, preferindo não ter ela ou mamis por perto caso algo desse errado.

Mexendo na terra com meus dedos, o formigamento familiar fez minha pele se arrepiar. Fechei os olhos e me concentrei o máximo que pude na sensação cálida nos dedos.

Apenas cresçam. Só estas flores. Nada mais.

O caule de uma roseira empurrou a terra. Meu coração disparou e minha cabeça doía enquanto eu passava por cada um dos outros vasos. O jardim dos fundos se transformara em um oásis de pétalas vermelhas, folhas verde escuras e caules. Devia haver duzentas flores prontas para serem colhidas, tão impecáveis que pareciam falsas. Eu sabia que elas ficariam assim por semanas, talvez mais. Esperei que Jake não questionasse a longevidade peculiar daquelas rosas.

Minha visão ficou embaçada. Eu me sentia esgotada, como se tivesse percorrido uma longa distância, e tão atordoada que me faltou o equilíbrio ao levantar. Apoiando-me na parede dos fundos da floricultura, deslizei até o chão, segurando minha cabeça com as palmas úmidas de suor. Tudo o que eu desejava era que funcionasse sem o temor do que poderia acontecer.

A porta da floricultura se abriu. A cabeça de mamis apareceu; ela me deu uma olhada e me puxou para dentro. Me afundei em uma cadeira atrás do balcão e tirei meus óculos. Mamis encheu um copo de água e me deu. Bebi devagarzinho, com medo de vomitar se bebesse rápido demais.

— Chega disso — disse ela. — É o suficiente. Ficaremos bem.

— Não, posso ajudar — falei. Tentei me levantar e uma onda vertiginosa de náusea me derrubou no mesmo instante. — Preciso de um momento para me recuperar.

Mamis umedeceu uma toalha de papel na pia e a colocou na minha testa. Em seguida, me entregou meus óculos e pôs a mão sob meu queixo.

— Não. Deixa. Compraremos o que precisarmos. Não desperdice mais nenhum minuto pensando nisso, está me ouvindo?

Mamis olhou para o corredor e então de volta para mim. Havia algo no olhar dela que me assustou. Era incerteza, talvez medo. Ou o quê? Poderia ter sido cinquenta coisas diferentes, mas naquele momento eu temia o que poderia ser. Ela me pegou pelo braço e me levou para fora da floricultura.

Na manhã seguinte, enchemos o carro. Antes de partirmos, dei a Jake minha chave de casa e pedi a ele que regasse minhas plantas.

O GPS informava que chegaríamos a Rhinebeck em duas horas e vinte e três minutos. Minha mãe logo apontou que era o tempo exato da trilha sonora de *Hamilton*, e eu soube o que ouviríamos na viagem. Mamis era Hamilton, mamãe era Eliza, e eu era Angelica, Peggy e Mariah Reynolds — mas elas me pediam para ficar quieta durante "Say No to This" porque, aparentemente, minha performance imitando uma "vadia" estava boa demais. Era apenas um monte de giros e gestos dramáticos, mas elas não gostaram.

Mantivemos as janelas abertas e o volume alto durante todo o caminho. Quando chegamos à cidade de Rhinebeck, os acordes finais da última música terminaram. Minha mãe chorou na despedida de Eliza enquanto mamis segurava a mão dela dramaticamente, como se ela fosse mesmo o fantasma triste de Alexander Hamilton, e eu morri de vergonha no banco de trás.

— Em que tom vocês estão cantando? — perguntei. — Não acho que nenhuma dessas notas exista na vida real.

— É em Si-lêncio — disse mamis, virando-se para minha mãe. — Estamos quase chegando. Você está bem?

Minha mãe assentiu, secando o rosto na camisa.

Segundo o Google, Rhinebeck tinha uma população de 7.700 pessoas. Eu convenci a mim mesma de que isso já era o bastante para gente não se sentir no meio do nada. Contudo, enquanto dirigíamos pelas ruas cheias de lojas de uma vila, percebi que os sete mil habitantes dali, comparados com os mais de dois milhões do Brooklyn, era como se mudar para a lua. Não havia trânsito. As pessoas caminhavam pelas calçadas como se não tivessem compromisso. Havia faixas para ciclistas e os carros de fato as respeitavam.

E havia árvores. Tantas árvores ladeando as ruas. Aonde quer que eu olhasse, havia bordo vermelho e freixo americano perfeitamente floridos. A beleza deles atraiu minha atenção por apenas um segundo antes que eu entendesse como as coisas seriam difíceis para mim ali.

— Não sei se é uma boa — falei.

Minha mãe riu.

— Amor, isto aqui é o paraíso.

— É? — perguntei. Eu estava pensando em outro lugar.

Dirigimos no limite de velocidade de quarenta quilômetros por hora pela cidade, e várias pessoas acenaram para nós. Enfiei minha cabeça entre os bancos da frente.

— Devo acenar de volta?

Mamis deu de ombros.

— Acho que sim?

Acenei para um senhor, que sorriu e fez um sinal de joinha. Voltei a me recostar no banco.

— Aff. Viu? É que nem *Corra!* — falei. — Não quero uma mulher branca morando no meu corpo, mãe.

— Para, menina — disse mamis, e ela e minha mãe deram uma risadinha. — Sei que estamos acostumadas a sermos reservadas, mas não parece que é como eles vivem por aqui.

— Já odiei — falei.

Minha mãe me olhou pelo retrovisor.

— Quer voltar?

Ela falava sério, e teria feito isso se eu a pedisse.

Me apoiei contra a porta e pensei em Gabby, em Marlon.

— Não, senhora.

Viramos em várias esquinas que acabaram nos levando a uma estrada estreita de duas faixas que dava para fora da cidade. Depois de alguns minutos, não havia outros carros à vista, e o triângulo azul no nosso GPS começou a girar em círculos.

— Ótimo — disse minha mãe. Ela enfiou a mão sob o banco, pegou um mapa de verdade e o entregou para mamis.

— Hum, ok — disse mamis. — Deixa só eu… — Ela girou o mapa algumas vezes e então o desamassou sobre o colo. — Se por ali é norte… — Ela literalmente apontou, e eu cobri minha boca com a mão para não dar um berro. — Então temos que continuar por esse caminho e… onde é que o sol se põe mesmo? Esquece. Esses números na lateral são a latitude, certo?

Minha mãe sibilou.

— Não preciso saber a latitude.

— Não? — perguntou mamis. — Está bem, acho que estamos, tipo, a seis quilômetros de distância.

— Quilômetros? — Me recostei. — Nós vamos nos perder muito.

— Não quero ficar perdida aqui, Angie — disse minha mãe.

— Não leio um mapa desde que estava na escola — retrucou mamis. — E depois disso começamos a usar o MapQuest, então…

— O que é MapQuest? — perguntei.

Minha mãe grunhiu.

— Bri, amor, você tem me feito sentir muito velha e, pra ser sincera, eu odeio isso.

Mamis abafou uma risada.

— MapQuest são instruções impressas.

— Tipo, no papel? — perguntei. — Você tinha que ler enquanto dirigia?

Mamis deu um suspiro exausto.

À medida que seguíamos, a mata ficava mais fechada, ocupando a estrada, suas copas tão densas que ocultavam o céu. Através de seus troncos, eu enxergava vislumbres da escuridão que indicava a vastidão da floresta além. Fiquei inquieta.

Meu estômago se contorceu enquanto a estrada serpenteava entre as árvores, e nós atingimos uma interseção aproximadamente três quilômetros depois. Minha mãe virou à direita. As placas indicando os quilômetros desapareceram, substituídas por placas feitas à mão que diziam PROIBIDO ENTRAR e PROPRIEDADE PRIVADA.

— Tem certeza de que esse é o caminho certo? — checou mamis.

Minha mãe se virou para ela.

— É você que tem o mapa.

A estrada se estreitou e então, de repente, chegou ao fim diante de dois pilares altos. Parecia que um dia houvera um portão, mas era nítido que não existia mais, e os pilares apagados de tijolo estavam se desintegrando. Minha mãe parou na entrada e a casa entrou no nosso campo de visão.

— É aqui? — Ela parecia confusa. — Não pode estar certo.

Era como se tivesse brotado do chão, como uma coisa viva. A fundação estava coberta por um grosso musgo verde. Uma cerca de treliça na lateral estava tomada por videiras folhosas. Centenas de gavinhas se espiralavam, se esticando por praticamente todos os lados da casa cinza-ardósia. Elas serpenteavam pela torre em forma de cone, se entrelaçavam no corrimão, traçavam os arcos pontudos acima das janelas e portas como se fossem molduras. A moldura preta como tinta destacava todos os ângulos. Havia uma grande caçamba de lixo verde na lateral da residência e, pelo que pude ver do terreno, alguém havia deixado de cortar a grama.

— Eu… eu herdei a mansão da Família Addams?

Minha mãe estacionou o carro e saiu. Mamis a seguiu, mas eu fiquei. Estávamos bem longe da cidade, e era possível ver a extensão do terreno da casa, emoldurado pela floresta por todos os lados. Não vi mais nenhuma casa ou construção. Se eu acidentalmente fizesse algo acontecer, ninguém estaria por ali para testemunhar. Esperei que essa possibilidade me jogasse numa espiral de pensamentos sobre controlar meu poder, sobre me preocupar com manter a mim mesma e as minhas mães seguras. Em vez disso, uma onda rápida de animação pulsou pelo meu corpo. Fui pega de surpresa por sentir algo além de medo e incerteza.

Mamis gesticulou para que eu saísse do carro, então peguei minha mochila, inspirei fundo e abri a porta.

Enquanto eu saía do carro, as videiras mais próximas da porta da frente farfalharam e dezenas de flores cor-de-rosa aveludadas brotaram. Desviei o olhar de imediato.

Mamis pegou a minha mão.

— Está tudo bem. Me dê a mão. Respire.

Peguei as chaves que a sra. Redmond me dera. A onda de animação havia passado e tudo o que eu queria era entrar. Subi os degraus da frente, atravessei a varanda ampla e coloquei a chave na fechadura. Um sopro de ar parado nos recepcionou enquanto eu abria a porta pesada e antiga. Minha mãe pôs o braço ao meu redor enquanto mamis procurava o interruptor. Quando ela encontrou um e o acendeu, a entrada foi iluminada por uma luz amarelada.

O interior da casa me lembrava de um daqueles prédios de tijolinhos nos quais o povo rico da cidade morava, com móveis de madeira bruta, estantes embutidas e escadaria largas que levavam a amplos cômodos no andar superior. Cada cômodo que se ramificava além da entrada era maior que nosso apartamento inteiro e estavam cheios de móveis cobertos por tecidos encardidos. A luz solar se infiltrava através dos vitrais azul e verde, formando padrões geométricos acima de cada uma das estreitas janelas que ladeavam a porta principal. Poeira flutuava no ar. Um sabor mineral se espalhou na minha boca.

Minha mãe chutou uma pilha de jornais e um rato saiu correndo de lá de baixo.

— Este lugar é um perigo.

— Precisa de carinho — disse mamis. — Uma boa faxina, mas está quitado, então vamos ver o lado bom.

Minha mãe suspirou pesadamente.

— Nós devíamos começar levando parte do lixo para fora. — Ela olhou para uma grande sacola plástica que parecia se mexer. — Mais roedores, provavelmente.

Estremeci com o pensamento.

— Que nojo.

— Vamos dar uma olhada ao redor — sugeriu mamis. — Escolher os quartos…

— Ser possuídas pelo fantasma raivoso de um homem branco — brinquei.

Minha mãe arregalou os olhos.

— Nem brinca.

Ela crescera em uma família liderada por minha avó, cujas práticas de magia se estendiam por gerações. Minha mãe não apreciava essa atividade tanto quanto minha tia Leti ou minha avó, porém, mantinha respeito absoluto. Não mexia com fantasmas, espíritos, aparições, nada disso, e não porque achava bobagem, mas porque sabia que havia algo de verídico nisso.

Esperava me sentir deslocada enquanto seguíamos pela casa, conferindo cada cômodo, como se eu estivesse invadindo o espaço de outra pessoa, mas fui tomada pela calma. A casa era antiga e estava uma bagunça, mas tinha a sensação de ser habitada. Como se pessoas tivessem rido e amado ali, compartilhado refeições e histórias, celebrado aniversários e feriados. Era cálida. Me perguntei quanto tempo levaria até a realidade chegar e roubar de mim esse momento de fascínio e animação.

O andar principal tinha duas salas de estar distintas, uma sala de jantar formal, uma cozinha gigantesca, um monte de armários grandes com casacos de inverno e botas para pelo menos duas ou três pessoas. Havia apenas um banheiro, e rezei para o Jesus Negro que existisse outro em algum lugar lá em cima.

Perto dos fundos do primeiro andar, o corredor parecia se estreitar e o tapete bem no centro dele estava desbotado e quase puído. O corredor terminava diante de uma enorme porta de madeira, a superfície esculpida com folhas largas de cana-da-índia e hera-da-pérsia. Passei a mão pelo intricado trabalho na madeira.

— É muito lindo. — Puxei a maçaneta ornamentada. Trancada.

— Voltamos nela depois — sugeriu mamis.

— Sério? Mamis, é assim que você perde o cômodo que costumava ser um necrotério ou sei lá o quê, e de repente, *boom*, somos possuídas por demônios.

— Quer parar com esse papo de possessão? — pediu mamãe, pegando o braço de mamis.

— Não se preocupe, amor — disse mamis, dando a ela um sorriso travesso. — Eu protejo você.

— Como? — mamãe indagou. — Como vai me proteger de um fantasma?

Mamis a puxou para perto enquanto eu pegava as duas chaves que a sra. Redmond me dera e as experimentava na fechadura. A chave-mestra funcionou. A porta se abriu com um rangido.

A sala era do tamanho da floricultura — talvez até maior — e tinha uma disposição similar. Um balcão amplo, cheio de balanças, copos medidores e colheres de vários tamanhos, tomava a extensão do cômodo. Atrás dele e junto à parede dos fundos, havia prateleiras do chão ao teto, da altura da casa. Uma escada corria por um trilho que dava a volta em toda a sala, como uma antiga biblioteca, mas não tinha livros nas prateleiras, apenas frascos de vidro. Dezenas e dezenas de frascos de vidro de todos os tamanho e formas.

— Estou confusa — confessou mamis, olhando ao redor.

Entramos, com minha mãe ainda se agarrando a mamis como se temesse pela vida. O ar estava adocicado e enfumaçado, algo que lembrava o aroma denso de incenso. Tudo estava coberto por uma fina camada de poeira. Coloquei minha mochila no balcão e fui até a escada, puxando-a para frente da parede de frascos atrás do balcão. Apoiei meu pé no degrau de baixo.

— Por favor, tome cuidado, querida — disse minha mãe. — Não sei a que distância fica o hospital mais próximo.

Testei meu peso no degrau. Mamis se aproximou e segurou a escada quando eu estava na metade. A madeira estalou e balançou, e agarrei a estante, olhando para mamis.

— Deixe-a firme — orientou minha mãe.

— Esse negócio está muito bambo — bufou mamis. Ela firmou o pé ao lado da rodinha embaixo.

Quando tive certeza de que ela segurava bem a escada, me inclinei e peguei um grande frasco com tampa prateada na prateleira. Comecei a ler a etiqueta apagada e descolando.

— Gualtéria. — Eu o deixei de lado e examinei as etiquetas nos outros frascos. — Casca d'anta. Capim-mimoso. Hamamélis.

— Hama o quê? — Mamãe tentou repetir.

— Hamamélis — repetiu mamis. — Vem em líquido. Pode ser usada para hemorroidas.

Minha mãe torceu o nariz.

— Como é que é?

Eu ri.

— Quero dizer, você não está errada. É um anti-inflamatório natural.

— Está bem. Mas para que serve o capim-mimoso?

Dei de ombros. Eu não tinha certeza. Continuei a subir a escada, lendo as etiquetas. Tomilho. Tradescantia. Orquídea. Mirra. Seguia em ordem alfabética inversa. Devia haver duzentos frascos, e a maioria estava cheia.

— Que lugar é este? — perguntei. Seja lá o que fosse, parecia familiar.

No topo da escada, subi em uma plataforma estreita que serpenteava na parte superior da sala, dando acesso às prateleiras mais altas. Um corrimão robusto de mogno estava ancorado à estrutura que parecia uma sacada. Segurei-o enquanto caminhava pela área, examinando os outros frascos. Um armário embutido estava na parede próxima ao final do caminho. Abri a porta. Lá dentro, três prateleiras, todas cheias de frascos de vidro pintados de preto, ocultando seu conteúdo. Empurrei os óculos para cima e peguei o frasco mais próximo de mim.

Raiz de Cicuta.

Me atrapalhei com o vidro, mas o consegui pegá-lo antes que caísse no chão.

— Tá tudo bem aí? — checou mamis.

— Sim — falei, enquanto imagens da raiz de cicuta dissecada invadiam minha mente. — São só mais plantas desidratadas.

Li os nomes nos outros frascos para mim mesma, enquanto meu coração ameaçava pular para fora do peito. Folhas e caules de oleandro, acônito, ageratina branca, trombeta-de-anjo, ervilha-do-rosário, mancenilheira, mamona.

Todas eram venenosas.

Mortais.

Balancei o frasco. Achei que não havia nada dentro, mas não queria arriscar abri-lo. Meu estômago revirou. Fechei a porta do armário e desci com as pernas bambas.

Mamis revirava uma gaveta debaixo do balcão.

— Olha. Tem etiquetas, sacolas, barbante, os mesmos materiais que temos na floricultura. Será que as pessoas que moravam aqui vendiam essas coisas?

— É uma botica — disse minha mãe. — Acho. Ou algum tipo de depósito antigo de uma escola de medicina natural. Minha avó costumava ir a um local assim quando eu era pequena.

Talvez fosse para isso que servia boa parte daquele lugar — remédios, chás naturais ou algo similar —, mas não poderia ser só isso. Olhei para o pequeno armário de venenos. Aquelas plantas nem sequer podiam ser manuseadas sem luvas, muito menos ingeridas como remédio, não sem consequências fatais. Passei um dedo sobre o corte no meu dedão.

— Que tal vermos os cômodos lá em cima? — mamis sugeriu.

Assenti, peguei minha mochila e fechei a porta pesada atrás de nós.

A parede ao longo da escadaria que levava ao segundo andar estava coberta por pinturas e retratos — famílias, crianças e um trio de mulheres sorrindo e se abraçando. Parei para ver mais de perto. Todas tinham grandes olhos castanhos e duas delas usavam óculos. Elas tinham o mesmo sorriso cheio de dentes, a mesma massa de cachinhos de diversos tamanhos na cabeça, suas peles negras brilhando ao sol. Elas pareciam felizes de braços dados diante daquela casa idêntica. Pareciam comigo.

Minha mãe pôs a mão no meu ombro.

— Você está bem, amor?

— Devo ser parente delas, não é?

— Acho que sim — disse ela, observando a foto. — Elas são lindas. Como você, amor. — Ela se virou para mim. — Tem certeza de que está bem?

— Sim — falei. Mas, de repente, tudo parecia mais pesado.

Havia outras fotografias e artes na parede. Uma grande pintura de um cachorro preto com olhos amarelos estava pendurada por uma moldura prateada. Em uma pintura menor, um homem era mostrado deitado sob o chão enquanto videiras cresciam para fora do solo acima dele, se contorcendo em uma árvore estranha. Mamãe me empurrou gentilmente pelos últimos degraus.

No andar superior, encontramos outra sala de estar menor e uma lavanderia com lavadora e secadora. Minha mãe quase chorou ao vê-las. Ela não precisaria mais se aventurar no porão fedido do nosso prédio para lavar roupas. Por fim, a casa contava com quatro quartos amplos espaçosos, todos mobiliados com elegância, com camas de dossel, lençóis e travesseiros harmoniosamente combinados. Armários e cômodas enormes estavam posicionados próximos às paredes, e cada quarto tinha seu próprio banheiro. A ideia de poder lavar meu cabelo tranquilamente me trouxe uma alegria indescritível. Em casa, minha mãe sempre parecia ter um desejo incontrolável de tomar sorvete justamente quando eu desfazia meus twists, mesmo sabendo que sempre foi intolerante e que só tínhamos um banheiro para compartilhar. Morar no meio do nada poderia valer a pena se eu tivesse um banheiro só para mim.

Mamis descobriu, no banheiro do maior quarto, uma banheira com pés em formato de garras, e ela e minha mãe fizeram uma dancinha para celebrar.

Entrei no quarto ao lado do delas e acendi a luz. As lâmpadas zumbiram em um padrão irregular, aos poucos iluminando o quarto.

Mesmo quando chegaram à sua capacidade máxima de iluminação, ainda estava escuro demais. Afastei as pesadas cortinas azul-escuras das janelas, o que fez uma nuvem de poeira voar e observei o restante do quarto.

Havia duas janelas estreitas, uma cômoda e um armário combinando e um baú próximo à parede com cobertores e lençóis perfeitamente dobrados. Uma lareira estava situada na parede dos fundos, e, sobre o seu beiral de mármore, cerca de dez vasos abrigavam resquícios de plantas já murchas.

— Vocês estão tão caidinhas — falei enquanto mexia na terra com os dedos. Em resposta, elas voltaram à vida, retornando ao tom verde e brotando folhinhas novas. Violetas africanas, gerânios rosa-claros, jasmins e uma variedade de outras plantas despertaram de seu sono. Várias plantas quietinhas, como aquelas que eu mantinha no meu quarto.

Destranquei as janelas e as abri. Uma brisa quente soprou o quarto e afastou parte do ar parado. Tentei ver os fundos da casa, mas dali não tinha uma boa vista. Desci o corredor e espiei a janela que dava para o quintal dos fundos.

Uma grande extensão de grama com alguns pequenos afloramentos de árvores seguia até uma densa linha de árvores. Além delas, uma floresta até onde eu conseguia ver, com alguns caminhos se abrindo entre elas. Uma sensação estranha surgiu no fundo do meu estômago. Pensei ter notado uma sútil mudança no balanço das árvores. Rapidamente, me afastei da janela.

Uma série de espirros cortou o ar. Voltei para o quarto de minha mãe e a encontrei no meio de uma crise de espirros enquanto mamis balançava as cortinas.

— Vou precisar de um antialérgico — disse minha mãe. — Talvez um traje de biossegurança.

Pulei na cama, lançando uma nuvem de poeira no ar. Mamis deu um gritinho e puxou a camiseta sobre o rosto.

— Tá tentando me matar?

Desci do colchão com cuidado. As alergias dela eram intensas no verão e estar no campo apenas as pioraria.

— O que faremos com os quartos extras? — perguntei.

— Podemos transformar um deles num escritório ou algo assim — disse mamis. — Transformar o outro em quarto de hóspedes para a sua avó quando nos visitar.

— Ela vai amar este lugar — falei. Ficar ali pelo verão, talvez mais, parecia definitivamente a decisão certa.

— *Se* ficarmos — adicionou minha mãe. — Ainda não chegamos nessa parte.

— Só mantenha a mente aberta, querida — pediu mamis.

— Estou tentando.

Ouvi a preocupação no tom da minha mãe.

— Vamos terminar de ver a casa — sugeri.

Fui em direção à porta, mas mamis se ajoelhou e olhou na chaminé da lareira. Ela enfiou a mão e puxou uma corrente curta. O cano gemeu enquanto se abria, cuspindo uma pilha de folhas apodrecidas e um pássaro morto na lareira. Mamãe parecia esgotada.

— Pelo menos agora está limpo — disse mamis. — Podemos por lenha aqui, arrumar um tapete felpudo. Vai ser romântico.

Minha mãe revirou os olhos e pôs a mão no quadril.

— Não há nada de romântico em um frango assado na lareira.

Mamis inspecionou a pilha torcida de penas.

— Tenho certeza que é um corvo, mas vou limpar. Não se preocupe.

Enquanto elas discutiam, saí para o corredor e olhei ao redor. Mais pinturas e fotografias nas paredes — algumas coloridas, outras em preto e branco, e algumas eram pinturas que pareciam que deviam estar no museu. No fim do corredor havia uma porta estreita com maçaneta de bronze. Eu a abri e me encontrei aos pés de uma escadaria curta.

— Tem outro andar — gritei.

Minha mãe e mamis se juntaram a mim. Uma luz fraca descia de algum lugar lá de cima.

— Quer que eu suba primeiro? — ofereceu mamis.

Ela não precisou perguntar duas vezes. Minha mãe e eu saímos da frente.

— Cara, vocês são implacáveis — disse ela, balançando a cabeça. Ela subiu. Depois de alguns segundos, disse: — Venham.

CAPÍTULO 6

Subi a escada, mantendo a cabeça baixa para não bater no teto inclinado, e cheguei em um cômodo pequeno onde o telhado tinha um formato cônico.

— Estamos na torre — falei, espiando por uma janelinha oval que dava para a entrada.

Havia prateleiras por todo o cômodo. Cada cantinho estava cheio de livros, caixas e vários móveis velhos. Havia pinturas penduradas nas paredes, mas, diferentemente daquelas lá embaixo, todas retratavam a mesma pessoa — uma mulher, a pele pintada no tom mais quente de marrom dourado, de cabelos e olhos escuros. Em um retrato dentro de moldura dourada, ela estava sentada a uma mesa repleta de itens estranhos. Um pequeno fogo queimava em um prato a sua frente, enquanto ela despejava líquido de uma taça nas chamas. Ao lado do prato, um grande sapo verde, uma concha de madrepérola e um fio vermelho enrolado. A mulher me encarava, seus lábios grossos entreabertos, como se estivesse prestes a dizer algo.

— Acha que ela é parente deles? — perguntei. — De Circe e das outras pessoas nos retratos do corredor?

Mamis observou a pintura.

— Talvez. Ela se parece muito com eles e com você.

— Devíamos começar a tirar o lixo dos quartos e lavar os lençóis para termos um lugar limpo para dormir — disse minha mãe.

— Boa ideia — mamis concordou.

Elas foram para a escada.

— Me deem um minuto — falei.

Mamis assentiu e apressou minha mãe para descer. Eu não queria ir ainda. Não até conseguir ver a outra pintura da mulher misteriosa. Nessa imagem, ela estava sentada ao lado de um homem, a mão direita estendida sobre um pequeno prato de cor cobre, com os olhos fixos no trabalho em questão. Podia ver as pinceladas do artista no vermelho do vestido dela. A mulher parecia muito focada em seja lá o que estava no prato, e o homem ao lado dela estava atento, seus olhos castanhos arregalados, observando-a com uma mistura de medo e curiosidade.

Olhei ao redor, tentando imaginar as pessoas que moraram ali e como devia ter sido a vida delas. Estava claro que elas amavam livros e tinham um fraco pela mulher nas pinturas. Eu os imaginei de pé onde eu estava, decidindo quais livros ler e quais peças da antiga mobília eles colocariam na torre. Uma onda de curiosidade, que não sentia desde que eu era mais nova, tomou conta de mim.

Tirei da mochila o envelope de papel kraft que a sra. Redmond me dera e o abri. Lá dentro, havia um pequeno envelope branco. Meu primeiro nome estava escrito na frente. Deslizei meu dedo sob a aba do selo. Enquanto eu o abria, um grito cortou o ar abafado do sótão.

Meu coração subiu à garganta. Enfiei a carta no bolso e desci correndo enquanto o grito soava outra vez. A porta da frente estava aberta. Corri para a varanda e saltei, pulando quatro degraus e pousando no pavimento rachado da entrada. Eu não via minha mãe nem mamis em lugar nenhum.

Um grunhido soou da lateral da casa. Corri para lá, deslizando na esquina. A ponta do meu tênis ficou presa em uma pedra e eu caí de cara na grande caçamba verde.

Minha mãe estava caída ao meu lado, jornais espalhados ao redor dela. Mamis estava ao lado da caçamba, curvada, rindo histericamente.

— Vou me mijar! — disse ela.

Minha mãe se levantou. Pedacinhos de grama e folhas estavam presos em seu cabelo. Ela se limpou.

— Não tem graça!

Rolei até me sentar e reajustei meus óculos. Podia sentir os músculos do meu joelho pulsando e meu cotovelo estava arranhado. Uma sensação fria e formigante se espalhou pelas minhas palmas e pela lateral do meu pescoço.

Olhei para a minha mãe. As folhas presas nela eram familiares — algo que eu usara em um buquê? Em algum outro arranjo, talvez. Olhei mais de perto.

— Ah, não.

Foi tudo o que consegui dizer antes que manchas profundas e vermelhas surgissem no rosto e no pescoço dela, por seus braços abertos, suas pernas nuas. As manchas se tornaram vergões inchados e a área ao redor do seu olho esquerdo começou a inchar.

Ela estava se coçando.

— O que é isso? Por que estou com essa coceira?

Nós tínhamos caído em um arbusto. Centenas de folhas agrupadas em conjuntos de três.

— É hera venenosa — falei.

— Merda — mamis murmurou. A graça havia acabado. Ela estendeu a mão para ajudar minha mãe a se levantar.

— Não, espera — falei. — Não toca nela. O veneno pode se espalhar para você também.

Minha mãe se levantou e me olhou.

— Você está bem? Não vejo nenhum vergão.

— Ainda — acrescentei, rápida. — Pode levar alguns minutos para aparecer.

Eu sabia que já devia estar sentindo algo.

— O que faremos? — perguntou mamãe.

— Precisamos lavar você — respondi. — O que causa a reação é o óleo da planta. Precisamos tirá-lo da sua pele.

A sensação fria em meu corpo se dissipou enquanto imagens da raiz da cicuta dissecada tomavam conta da minha mente. Essa sensação não chegava nem perto daquela.

— Vamos — incitou minha mãe.

Eu a segui até o quarto dela. Ela entrou no banheiro e ligou a água na banheira. Mamis estava empenhada em sua tarefa de pesquisar os sintomas da minha mãe no WebMD, perguntando se ela estava com dificuldade para respirar ou engolir. Ela não estava, então pelo menos não tínhamos que levá-la para a emergência.

— Vou tomar um banho no meu banheiro — falei.

— Está bem — mamãe concordou. — Rápido, antes que piore.

Entrei no meu banheiro e fechei a porta. Abri a torneira da banheira. A água saiu marrom por alguns segundos antes de clarear. Tirei minha camisa e me encarei no espelho do chão ao teto que ficava atrás da porta. Esperei que a alergia começasse.

Me virei buscando visualizar minhas costas — não havia nada ali, nada na curva do meu abdome, onde minha camisa havia levantado quando caí. Não tinha mancha nenhuma nas minhas pernas. A sensação de frio havia desaparecido completamente. Talvez fosse porque a hera venenosa é menos tóxica do que as outras plantas, porém, mesmo assim, esperava ver vergões e bolhas surgindo por todo o meu corpo. Sentei-me à beira da banheira, observando a água escoar pelo ralo, com a sensação de que estava deixando algo passar. Algo importante.

— Briseis? — mamis chamou do lado de fora.

Desliguei a água.

— Sim, senhora?

— Vou à cidade comprar calamina para a sua mãe. Ela não está bem.

— À cidade? — Eu ri. — Você está mesmo falando como quem mora no interior.

— Não é? — disse ela. — Já estamos nos adaptando. De quanta calamina você precisa, amor? De um frasco inteiro?

Olhei para o meu reflexo de novo.

— Acho que não estou tão mal quanto minha mãe. Estou bem.

— Está bem. Manda mensagem se mudar de ideia. Já volto.

Eu a ouvi partir e fechar a porta. Tirei o restante das minhas roupas sujas, lavei o corte no meu cotovelo e vesti uma legging e uma camiseta larga que tinha enfiado na mochila antes de sair de casa. Desci o corredor para ver como minha mãe estava. Bati na porta.

— Não entre — disse ela. — Não quero que me veja assim.

Eu sabia pelo tom que era só uma brincadeirinha, então girei a maçaneta e entrei. Ela estava deitada atravessada na cama, usando roupa íntima e encarando o teto. Cada centímetro da pele dela que não estava protegido por seu top ou short quando ela caiu estava coberto por vergões.

— Quero arrancar minha pele de tanto coçar — disse ela.

— Não faça isso — falei. — Vai piorar.

— Pode piorar? Ótimo. — Ela virou a cabeça para olhar para mim. — Você não está se coçando. A planta não encostou em você?

— Acho que não — falei, olhando para o chão. Um monte de folhas havia entrado na minha boca quando caí, mas eu não ia contar isso para ela.

— Sortuda.

— Mamis já volta. Posso te ajudar com alguma coisa?

— Não precisa, amor — disse ela. Ela cedeu e coçou o braço. O alívio se espalhou pelo rosto dela. — Por que você não explora mais? Veja se a geladeira funciona, assim podemos comprar comida. Mas mande mensagem pra mamis e diga para ela comprar umas marmitas pro jantar.

Desci para explorar a cozinha. Lá tinha tudo que precisávamos: pratos, copos, talheres, panelas. Os eletrodomésticos, no entanto, pareciam tão antigos quanto a casa. Uma enorme engenhoca preta com um monte de portas retangulares na frente estava instalada em uma alcova de azulejos na parede traseira. Mandei uma mensagem para mamis e pedi que ela comprasse comida no caminho de volta.

Meus pensamentos passaram para a carta que a sra. Redmond me dera. Peguei o bilhete amassado do meu bolso e saí para a varanda da frente. Abri a carta e li as palavras escritas à mão.

Querida Briseis,

Espero que você esteja bem. Entendo que lidar com cartas, testamentos e advogados pode parecer estranho, e lamento muito por isso. Eu devia ter dito essas coisas a você pessoalmente, mas o destino não quis assim.

Morei minha vida toda na casa que tenho a intenção de deixar para você. Fui feliz aqui com Selene. Acho irônico que, mesmo com esses dons, não somos imunes ao sofrimento.

Pausei.

"Dons."

Espero que você faça deste lugar seu lar, pois pertence somente a você. É seu por direito. Há coisas que não posso explicar completamente. Selene esperava salvar você, mas não podemos escapar do nosso destino. Isso sempre foi destinado a acontecer.

Na torre, atrás do retrato de Medeia, você encontrará um cofre. A senha é 7-22-99. Você encontrará mais respostas lá, mas não deve, sob nenhuma circunstância, compartilhar o conteúdo dessas instruções com alguém. Você terá perguntas, mas tudo o que precisa saber está confinado dentro destas paredes. Há, imagino, coisas acontecendo na sua vida sobre as quais tem perguntas — e você pode se sentir sozinha por isso. Por favor, saiba que, com o tempo, compreenderá tudo.

Com amor,

Circe

Enfiei a carta de volta no envelope. Eu estava prestes a correr para a torre para ver se havia mesmo um cofre atrás da pintura, quando um carro chegou.

Mamis estacionou diante da porta da frente.

— Me ajude aqui, amor.

Eu a ajudei a pegar dois potes plásticos de comida e uma sacola cheia de coisas da farmácia. Mamis reparou no fogão quando colocamos a comida no balcão da cozinha.

— Olha só pra isso. Minha bisavó tinha um fogão assim quando eu era pequena, e naquela época já era velho pra caramba. Tem que acender o fogo no meio primeiro para dar certo.

— Tipo, com madeira? — perguntei.

— Sim — disse mamis. — Vai ser divertido. Pode remover os tecidos que cobrem os móveis na sala de estar para podermos nos sentar e comer? Eu ia dizer pra gente se sentar à mesa, mas vi um rato passando naqueles talheres chiques.

— Que nojo — falei.

Minha curiosidade sobre o que poderia estar na torre não superava o som do meu estômago faminto. Eu estava morrendo de fome.

Mamis levou as coisas que comprou na farmácia para a minha mãe e eu tirei os panos dos móveis da sala de star. A atmosfera era mais parecida com a de um castelo inglês do que com uma casa no norte de Nova York. O sofá e a espreguiçadeira estavam cobertos por tecido cor de esmeralda com begônias amarelas costuradas. Havia uma mesinha e um sofá estilo otomana sob os outros tecidos. Lavei alguns pratos e garfos na cozinha e os levei até a sala de estar com a comida. Posicionei meu notebook e coloquei um filme.

Passos soaram na escada e atraíram minha atenção. Mamis desceu primeiro, pressionando o dedo indicador contra os lábios, sinalizando para que eu ficasse quieta. Minha mãe veio em seguida, coberta dos pés à cabeça em calamina, sua touca vermelha na metade da cabeça.

Eu ri mesmo assim e mamis deixou as mãos caírem pesadamente ao lado do corpo.

— Eu sei, eu sei — disse minha mãe. — Pode rir à vontade.

Em seguida, se sentou no sofá como se fosse feita de vidro. Mamis a aconchegou, mas ela ficou trocando de posição a cada poucos minutos, bufando porque não conseguia ficar confortável.

— O que foi aquilo que a vovó passou em você quando os mosquitos a comeram viva verão passado? — perguntei.

Minha mãe inclinou a cabeça para trás e suspirou.

— Não sei, amor, mas queria ter um pouco daquilo agora.

Peguei meu celular para ver a hora.

— Acha que é tarde para ligar e perguntar para ela?

— Sua avó fica acordada até tarde, igual uma coruja — disse minha mãe.

Mamis ergueu a sobrancelha.

— "Coruja" não é a palavra certa. Talvez "criatura da noite"? "Demônio noturno"?

Minha mãe estava se esforçando para não rir. Mamis e vovó se amavam, mas elas tinham uma maneira engraçada de demonstrar. Vovó sempre perturbava mamis sobre colocar açúcar em seu mingau, e mamis sempre dizia que a peruca dela estava torta. Era golpe atrás de golpe, mas logo elas acabavam no sofá chorando de rir assistindo a um episódio de *Judge Mathis*.

Disquei o número da vovó e ela atendeu no segundo toque.

— Oi, meu bebê — disse ela. A voz dela era uma canção familiar, seu sotaque forte sulista era como mel. — Como estão as coisas aí, amor? Sua mãe disse que vocês iam passar o verão em um lugar chamado Rhinebeck.

Me levantei e fui para o corredor.

— Sim, senhora. Estamos aqui. Mas mamãe caiu em um arbusto de hera venenosa.

— Ela o quê? — Vovó deu uma risada profunda e rouca.

— Vovó, ela está toda machucada. Está usando short e um top, cheia de vergões e bolhas. Mamis comprou loção de calamina, mas ela ainda está com dor.

— Calamina não vai funcionar, amor.

— Pode me dizer o que passou nela no verão passado? Aquela coisa para picadas de mosquito?

— Eu mesma fiz. Um tiquinho disso, um tiquinho daquilo.

Olhei em direção à botica.

— Tenho um monte de ervas e coisas aqui. Acho que eu conseguiria fazer se você me der a receita.

— Humm — disse ela. — Sabe, sua tia Leti era muito boa em fazer bálsamos, unguentos e tal. Sua mãe tentou, tadinha, mas nunca deu muito certo. Você pensa em fazer sozinha?

— Talvez — falei, sincera.

— Vai precisar de um prato, algo largo para colocar tudo.

Fui para a botica e coloquei vovó no viva-voz. Encontrei uma tigela grande de vidro na prateleira e a coloquei no balcão.

— Peguei — falei.

— Meu amor, você não vai ter tudo o que precisa.

— Pode ser que eu tenha — falei, olhando para a parede de frascos. — Vou anotar, se eu não tiver.

— Vai precisar de flores de calêndula, um pouco de óleo de jojoba, sal, óleo de lavanda e um pouco de argila.

Puxei a escada e encontrei frascos com tudo o que ela mencionou. Havia dois frascos grandes etiquetados como argila. Abri a tampa e espiei.

— Vovó, a argila precisa estar em pó?

— Sim, querida — disse ela. — Você precisa daquela que tem cor de areia e que tenha o mesmo aroma que fica depois da chuva. Você tem essa?

Um dos fracos estava cheio de um pó marrom-claro que tinha um cheiro úmido e terroso. Tinha que ser essa.

— Tenho, vovó.

— Sério? — Ela soou surpresa. — O que vocês estão fazendo aí que tem tudo o que precisa bem na sua frente?

— É uma casa velha — falei. — Mas tem todo o tipo de coisas naturais aqui.

Ela bufou.

— Espera eu contar pra sua tia. Ela vai pegar o primeiro voo de volta.

Reuni os outros ingredientes que ela mencionou.

— Quanto devo usar?

— Só coloca um pouquinho por vez. Você vai saber quando parar.

Eu ri. Era assim que ela fazia tudo, ia sentindo, confiando na intuição.

— Quando juntar tudo, misture na tigela. Mas use as mãos, não use colher nem nada.

— Tenho que usar as mãos?

Ela riu.

— Não pode ser feito de outro jeito. Está preparando algo para alguém que você ama, para curá-la. Tem que fazer com suas próprias mãos e todo o seu coração. Entendeu?

Eu não precisava entender para saber que minha vó estava certa. Se era assim que ela faria, eu confiava em sua palavra.

— Sim, senhora.

— Tenho que ir, amor — disse ela. — Avise à sua mãe para sossegar o facho em algum lugar, e diga à mamis que falei que *Judge Mathis* agora passa às onze da manhã.

— Vou avisar — respondi.

— Cuide-se. Tome cuidado. Sonhei com Mama Lois. Ela só aparece quando algo de errado vai acontecer. Nada estranho acontecendo aí, né?

Meu coração acelerou. Mama Lois era a avó da vovó, e ela morrera antes mesmo de eu nascer. Quando vovó sonhava com ela, algo estava errado.

— Ainda não, mas vamos ver.

Houve uma longa pausa.

— Eu te amo, meu amor. Me liga no fim de semana, tá?

— Vou ligar. Te amo mais.

Desliguei e terminei de misturar as ervas e óleos na tigela, pressionando-os com minhas mãos. Adicionei os ingredientes até formarem uma pasta pegajosa que lembrava a textura do que vovó fizera para minha mãe no verão anterior. Enquanto enfiava meus dedos na mistura, um calor surgiu nas minhas palmas. A calêndula seca foi de marrom para um amarelo vibrante e o cheiro pungente e terroso das pétalas subiu. Minha avó tinha razão. Tudo deu certo e algo dentro de mim disse que estava pronto.

Lavei as mãos e levei a tigela para minha mãe.

— É isso! — disse ela, animada. — Amor, você conseguiu! — Ela se virou para mamis. — Querida, pegue um pincel. Você vai pintar cada centímetro do meu corpo com isso.

Minha mãe me beijou e pegou a tigela enquanto subia a escada. Mamis parecia querer gritar.

— Acho que vou estar lá em cima, pintando sua mãe — disse ela.

— Isso é assunto de vocês — falei, rindo.

— Vai ficar acordada, amor?

— Sim, por um tempinho — respondi.

Ela me abraçou e foi lá para cima, murmurando algo sobre não ter um pincel.

Mutei o volume do meu notebook. Assim que ouvi a porta delas se fechar, subi a escada, passando pelos retratos e pelas imagens que pareciam ganhar vida na escuridão. Os grandes olhos amarelos do cachorro preto me seguiram enquanto eu me apressava. Fui até a torre com um milhão de perguntas na cabeça. Realmente existia um cofre atrás da pintura? O que seria tão importante que precisava de um esconderijo assim?

Uma única lâmpada iluminava o espaço lotado agora que o sol se pusera, e o retrato da mulher que Circe chamou de Medeia pendurado na parede parecia mais sinistro que de dia. A expressão dela era séria, diria que até meio zangada, e seus olhos eram frios, de um jeito que me fazia sentir que ela me observava não importava onde eu estivesse. Tirei a pintura do prego e a coloquei no chão. Atrás dela havia um cofre de parede prateado, com uma tranca de girar.

Girei a roda. Direita, esquerda, direita. 7-22-99.

A porta se abriu.

— Por favor, que seja um milhão de dólares — falei.

Havia uma única pasta lá dentro. Não era grossa o bastante para conter um milhão de dólares. Fiquei decepcionada. Eu a peguei e me sentei na cadeira de balanço sob a lâmpada para conseguir enxergar.

Havia três envelopes na pasta. Cada um tinha meu nome, e estavam numerados de um a três. Era a mesma letra da carta que a sra. Redmond me dera. Era nítido que essa mulher, a irmã da minha mãe biológica, queria se comunicar comigo, mas hesitei. Circe era uma estranha. Ela não sabia minha cor favorita, ou minha comida favorita, ou que eu não conseguia dormir de meias. Ela não sabia nada sobre mim nem tinha conhecimento da minha existência até alguns dias atrás. A casa ajudaria minha família, mas essas cartas, fossem o que fossem, pareciam um peso que eu não queria.

Enfiei os envelopes no cofre e coloquei o retrato de volta na parede. Quando estendi a mão para desligar a luz, algo do lado de fora da janela chamou minha atenção.

Havia alguém no escuro, olhando para a casa.

Me aproximei da janela para ver melhor. Era uma jovem com uma coroa de cabelo cinza prateado, soprado de uma maneira que fazia parecer que a cabeça dela estava cercada por uma nuvem luminosa. Tive que piscar algumas vezes para garantir que estava mesmo a vendo.

Ela encontrou meu olhar como se soubesse que eu estava ali, a encarando, e então sorriu. Eu saí correndo escada abaixo para dizer às minhas mães que havia uma estranha lá fora.

CAPÍTULO 7

Bati na porta das minhas mães.

— Entre — mamãe disse.

Abri a porta um pouquinho.

— Tem alguém lá fora.

— O quê? — disse mamis do banheiro. — É quase meia-noite.

— Eu sei, mas ela está parada na entrada. Eu a vi da janela lá de cima.

Mamis saiu correndo do banheiro, usando uma blusa e calça de moletom.

Minha mãe saiu da cama e pegou a arma de choque na bolsa. Ela apertou o botão e um raio de eletricidade estática cortou o ar com um estampido alto.

— Não estou de brincadeira. Entra no armário.

— Mãe! Não vou entrar no armário.

Me virei e segui mamis escada abaixo antes que minha mãe me forçasse a me esconder. Mamis foi até a janela próxima à entrada e olhou para fora. Ela estendeu a mão para a maçaneta.

— Que diabos você está fazendo? — questionou mamãe, correndo atrás de nós.

— Vi alguém ali fora — disse mamis.

— E você vai simplesmente abrir a porta? — Minha mãe espiou pela janela ao lado dela. — Investigar gente estranha a essa hora da noite vai te cortar em pedacinhos, Angie. Você assistiu *Nós*. Venha.

— Ela pode estar ferida ou algo assim — disse mamis. Ela destrancou a porta e abriu um pouquinho. — Posso ajudá-la?

Não ouvi uma resposta.

Minha mãe suspirou.

— "Posso ajudá-la?" Sério, Angie? — Ela passou por mamis e abriu a porta. Apertou o botão da arma de choque de novo. — Você está em uma propriedade privada! — gritou. — Você nunca conheceu alguém como eu... — Ela parou de repente.

— O quê? — perguntei, ansiosa. — O que é?

Ela saiu para a varanda, a arma de choque estalando na escuridão.

— Não tem ninguém aqui.

— O quê? Não pode ser — disse mamis, se apressando lá para fora. — Eu vi alguém. — Ela rapidamente conduziu minha mãe de volta para dentro e fechou a porta, trancando-a. — Talvez devêssemos chamar a polícia.

Minha mãe balançou a cabeça.

— Queremos fazer isso? Precisamos? Vemos todo o tipo de gente esquisita no Brooklyn. — Ela ergueu a arma de choque. — Posso lidar com isso.

— Somos novas aqui — mamis a relembrou. — Não fazemos ideia de que tipo de gente esquisita tem nesse lugar. Pode não ser nada, pode ser tudo.

Uma das poucas vezes em que vi mamis chamar a polícia foi depois que ela testemunhou um carro perder o controle na estrada e atingir um cara na calçada. Ela estava tentando chamar uma ambulância, porém, a chegada da polícia agravou a situação mais do que o necessário. Ela evitava chamá-los, a não ser que fosse muito necessário.

— Ela estava ali, e então sumiu — disse minha mãe. — Desapareceu.

— Pessoas não desaparecem, Thandie. — Mamis se sentou no sofá, massageando a têmpora. — Eu vi alguém e Bri também viu. Talvez ela tenha saído correndo quando você saiu da casa gritando como uma Banshee.

— Eu não estava gritando — minha mãe rebateu. Então me encarou. — Estava?

— Com certeza estava — falei. — Sua roupa deve ter assustado ela.

Ela estava coberta dos pés à cabeça com o bálsamo que fiz. Os feios sapatos de couro que ela usava em casa, com o calcanhar dobrado, deslizavam dos pés enquanto ela andava de um lado para o outro no hall de entrada. Sua touca de cetim vermelha estava frouxa e coroava o visual aterrorizante.

Minha mãe olhou para as próprias roupas, hesitou e então deu de ombros como se soubesse que eu estava certa.

— Tá. Talvez eu tenha a assustado, mas quem era ela, Flo-Jo? Desapareceu do nada.

Encontrei um número não emergencial do departamento de polícia de Rhinebeck na internet e entreguei meu celular para mamis. Esperamos por quase uma hora até que a campainha soou.

Mamis se levantou para atender e peguei a papelada que a sra. Redmond havia nos dado para mostrar que tínhamos permissão para estar ali. Minha mãe largou sua arma de choque e se pôs a caminhar de um lado para o outro.

Mamis conduziu a mulher alta para a sala de estar. Ela não usava uniforme, mas tinha uma plaquinha com o nome em um crachá pendurado no pescoço. Ela estava arrumada — calça preta, camisa de botão e um blazer — e tinha um walkie-talkie preso ao cinto.

— Sou a dra. Khadijah Grant. Lidero o Departamento de Segurança Pública Civil aqui em Rhinebeck. Como vocês estão esta noite?

Quando viu minha mãe, ela abafou um sorriso.

— Já estivemos melhor — mamis respondeu. — Departamento de Segurança Pública? Então você não é policial?

— Não, senhora — disse a dra. Grant com gentileza. — Sou uma assistente social licenciada, e meu departamento lida com incidentes que chegam na linha não emergencial.

— Tenho uma arma de choque — disse minha mãe, apontando para a mesinha. — Só para você saber.

A dra. Grant olhou para ela, com um sorriso que mais parecia uma máscara. Ela provavelmente costumava acalmar as pessoas enquanto observava tudo ao redor. Já vira a arma de choque.

— Desde que você não planeje usá-la contra mim, não será um problema.

— Eu não estava planejando — respondeu minha mãe. — Mas que bom que tenho essa arma. Vocês demoraram a dar as caras.

— Peço desculpas — disse a dra. Grant. — Faz pouco tempo que começamos a interromper o financiamento do departamento de polícia local. Diversos policiais mostraram ser mais um obstáculo do que uma solução para os habitantes deste lugar. Assim, reduzimos o número de agentes na força e remanejamos os fundos para programas que servem melhor a comunidade. Meu departamento atua como um mediador entre a polícia remanescente e a comunidade para garantir a segurança de todos.

— Ah, caramba — disse minha mãe. — Parece que vocês estão à frente do tempo aqui no meio do mato.

— Eu gosto de pensar que sim — disse a dra. Grant. — Faz tempo que ninguém mora neste endereço, então não temos ninguém fazendo a patrulha longe assim. Vou garantir que um parceiro patrulheiro treinado da comunidade seja adicionado nesta rota. Vocês têm a minha palavra. Me informaram que vocês viram um intruso?

— Sim — confirmou mamis. — Tinha alguém de pé na entrada. Saiu correndo quando abrimos a porta.

— Como era essa pessoa? — perguntou a dra. Grant.

— Não dei uma boa olhada nela. Eu a vi pela janela. Parecia ter mais ou menos minha altura, cerca de um metro e setenta, talvez.

— Briseis viu a intrusa — disse minha mãe.

A dra. Grant estava anotando em um bloquinho de papel, mas parou de repente. Ela não ergueu o olhar, mas a caneta parou de se mexer.

— E o que você viu, Briseis? — indagou, ainda com o olhar baixo.

— Estava escuro — falei. — Era uma jovem. Talvez. Não tenho certeza, mas alguém com certeza estava lá fora.

Eu sabia o que tinha visto, mas me vi segurando os detalhes.

A dra. Grant pegou o walkie-talkie no cinto.

— Preciso de uma patrulha para vasculhar o exterior do número 307 da Old Post Road.

Ela guardou o aparelho e foi para a porta da frente.

— Ela provavelmente não está escondida aí fora, não é? — quis garantir.

— Espero que não — disse mamis, olhando para a minha mãe. — Pelo bem dela.

Minha mãe bufou.

Alguns minutos depois, um carro marcado com um decalque da Segurança Pública de Rhinebeck apareceu e duas pessoas saíram dele. Elas foram para lados opostos da casa segurando lanternas e lançando grandes feixes de luz na escuridão. A dra. Grant abriu a porta enquanto elas davam a volta.

— Fizemos uma varredura rápida — disse um dos recém-chegados enquanto a seguíamos para a varanda. — Mas a propriedade é gigantesca. Vocês a compraram recentemente?

— Foi deixada para a minha filha como herança — disse mamis. — Viemos para passar o verão e checar a situação da casa.

A dra. Grant se virou para mim e havia preocupação em seu olhar.

— Morei em Rhinebeck minha vida inteira. Quando comecei minha clínica, me conectei com pessoas na polícia. Elas costumavam receber todo o tipo de ligação sobre este lugar, mas as denúncias cessaram nos últimos dez anos. Nenhuma ligação daqui, pelo menos até hoje. Quando vi o endereço, achei que era engano.

— Espero que não se torne rotina — disse minha mãe. — Não brinco quando se trata da segurança da minha esposa ou da minha filha.

A dra. Grant assentiu.

— Eu compreendo.

— Você sabe algo sobre as pessoas que moravam aqui antes? — perguntei.

Ela passou o peso do corpo de uma perna para a outra.

— Era uma família bem reservada. Rhinebeck é uma cidade pequena. O povo gosta de falar. Um monte de bobagem, na minha opinião, mas, como eu disse, havia sempre reclamações sobre pessoas estranhas entrando e saindo.

— Pessoas estranhas? — continuei. O tom dela ecoava o que a sra. Redmond nos contou antes de sairmos do Brooklyn, gente diferente. Não me parecia certo.

— Rhinebeck é uma comunidade dentro de uma comunidade — disse ela, medindo as palavras. — Fora os turistas, temos todo o tipo de pessoas aqui. Artistas, celebridades, pessoas apenas tentando ganhar a vida. — Ela fez uma pausa, prestes a dizer mais. — Tenho certeza de que são só os jovens locais. Provavelmente acharam que a casa ainda estava vazia. Eu mesma achei que estava.

— Não está mais — disse minha mãe.

— Não, senhora. E vou garantir que a polícia e os bombeiros saibam para que não aconteça mais mal-entendidos.

— Então agora está tudo tranquilo lá fora? — perguntou mamis.

— Acho que sim — disse a dra. Grant. — Vou caminhar pelo perímetro antes de ir embora. Sugiro que tranquem tudo. Ligarei de manhã para ver como estão, se quiserem.

— Não é necessário — disse mamis. — Mas agradecemos a disponibilidade.

A dra. Grant entregou seu cartão para ela.

— Se houver qualquer problema, qualquer coisa mesmo, ligue para o meu número pessoal. Virei imediatamente. Rhinebeck é única e eu não ia querer que vocês sejam espantadas da cidade antes de terem a chance de se acomodarem. Espero que gostem daqui.

Depois que a assistente social partiu, verificamos todos os cômodos da casa para garantir que portas e janelas estivessem devidamente trancadas. A casa parecia mais sinistra conforme a noite se aproximava. Os cantos escuros mais profundos, os corredores mais longos. Agarrei um cobertor e me encolhi no cantinho da cama das minhas mães, tentando fingir que tudo estava bem. Mamis disse que estava. Até mamãe tentou me dizer que estava, mas mamis ficava olhando na direção da janela e minha mãe colocou a arma de choque na mesinha de cabeceira, de um jeito que fosse fácil pegá-la a qualquer momento.

Estranhos à porta, uma casa que era e não era minha ao mesmo, amigos que provavelmente me esqueceram e uma falecida que pensou tanto em mim a ponto de me deixar sua residência e tudo dentro.

Nada estava bem.

Assim que o sol iluminou o quarto através de uma fresta nas cortinas, minha mãe se levantou e ficou no chuveiro por meia hora tentando aliviar a coceira na pele. Eu ainda não tinha nenhuma irritação cutânea. Mamis saiu para comprar o café da manhã e voltou com panquecas, frutas e café, que comemos na sala de estar da principal.

A luz da manhã e a comida deliciosa haviam atenuado o desconforto da noite anterior. Mamãe ainda estava nervosa, mas tinha guardado a arma de choque, o que era um bom sinal.

— Vamos começar a limpeza pelo andar de cima e ir descendo — sugeriu mamis. — Podemos usar a caçamba que está na lateral da casa. Tem um número nela. Vou ligar e ver se podem vir esvaziá-la quando encher.

Eu preferia um plano que envolvia tirar sonecas, assistir a Netflix e talvez pedir uma pizza, mas isso teria sido fácil demais. Subimos para a torre com sacos de lixo e caixas vazias que pegamos no primeiro andar. Evitei olhar para a pintura na parede. Eu não queria me preocupar com o que havia nas cartas guardadas no cofre.

Enchemos sacolas e mais sacolas com jornais e revistas velhos. Organizei vasos de plantas vazios em pilhas e varri a poeira e os cocozinhos de rato. Ajudei mamis a levar para fora uma cadeira quebrada e então voltei minha atenção para as estantes.

Retirei das prateleiras coleções de poemas e histórias de autores como Eurípides, Eumelo e Pausânias. Todos estavam desgastados, as páginas com orelhas e anotadas a lápis nas margens. Tirei o pó deles e os reorganizei na prateleira em ordem alfabética.

— Acho que Circe tinha um fraco para mitologia grega — falei.

Minha mãe pegou uma cópia de *Metamorfoses*.

— Lembro de ter lido um pouco disso na faculdade — disse ela. — Não me pegou muito. Mas sei o mito de Orfeu.

— Assistir a *Hadestown* não é o mesmo que saber o mito de Orfeu — disse mamis.

Minha mãe pôs a mão no quadril.

— Paguei cem dólares por cada um daqueles assentos. Conta sim.

— Olha isso aqui. — Mamis pegou um tecido bege do que pensei ser outra pilha de caixas, mas por baixo havia um livro do tamanho de um pôster, sobre um pedestal da altura da cintura. Mamis observou as proporções. — Esse negócio deve pesar uns vinte quilos.

Peguei um pano e limpei a capa de couro, o título impresso em carmesim. *Venenum Hortus*.

— Latim? — perguntou minha mãe.

— *Venenum* é veneno — comentei num sussurro.

Minha pele se arrepiara sob as mangas da minha camisa. Uma cócega no meu tornozelo atraiu minha atenção para baixo. Um dos vasos de planta não estava vazio. Algo que a princípio não reconheci estava se enrolando na minha perna, mudando de marrom para verde, com folhas semelhantes a um casco de tartaruga, repletas de finas veias brancas que brotavam aos montes.

— *Peperomia prostrata* — falei.

— Não tinha sobrado nada ali — disse minha mãe, a voz tensa. — Aqueles vasos estavam vazios. Só tinha poeira dentro. Eu... eu nunca tinha visto você trazer de volta à vida algo que estava *tão* morto.

Tentei lembrar de algum momento em que fiz algo parecido, de propósito ou por acidente, mas ela tinha razão. Eu nunca trouxera de volta uma planta de seus restos deteriorados. Evitando o olhar preocupado dela, desenrolei gentilmente as gavinhas da planta da minha perna, coloquei o vaso de volta perto da parede e voltei minha atenção para o livro gigantesco.

— As plantas são classificadas em latim — expliquei. — Então reconheço essa parte. Acho que a outra palavra é... — Peguei meu celular e pesquisei "*hortus*" no Google. Eu queria ter certeza. — *Hortus* quer dizer jardim. É "jardim venenoso".

Nos reunimos em torno do livro enquanto mamis abria a capa. A lombada estalou como ossos doloridos. A primeira página consistia em uma folha semitransparente. Através dela, vi o contorno de uma planta. Com cautela, mamis virou a página e revelou a imagem. Os detalhes eram nítidos, as cores vibrantes, quase como uma fotografia. A única sugestão de que era desenhado à mão eram os vestígios de lápis, onde o artista havia pintado por cima do esboço inicial.

— Que lindo — disse minha mãe.

Eu não precisava ler a inscrição em latim para saber o que era. As flores brancas em formato de sombrinha denunciaram. Era a mesma planta que eu cultivara no Prospect Park. A mesma que devia ter me matado. *Cicuta douglasii*, a cicuta. Inspirei fundo, afastando as memórias do que acontecera no meu quarto com a planta — ou, mais especificamente, o que *não* acontecera.

Mamis passou as páginas, revelando mais desenhos lindamente detalhados de cada planta venenosa que eu conhecia e de algumas que eu não identificava. Reconheci as pétalas cor-de-rosa aveludadas do oleandro e a orbe branca com sua pupila escura da erva-de-são-cristovão, ambas capazes de parar um coração em menos tempo do que a cicuta. Mas havia uma videira com gavinhas pretas como a noite, salpicada de folhas azul-índigo e inúmeros espinhos vermelho-sangue, que eu nunca tinha visto antes. Na classificação em latim estava listada como *Vitis spicula*, mas o nome comum era vinha-do-diabo.

— Não gostei disso — murmurou mamis, balançando a cabeça.

— Não, senhora. Vamos passar essa página.

Ela virou a página com tanta força que o pedestal balançou.

Havia parêntesis ao lado dos desenhos classificando as partes em detalhes intrincados. Havia medidas e desenhos desconstruídos das plantas, da superfície aos interiores delas. Era tudo diagramado, dos tricomas minúsculos — pequenas coberturas de estruturas semelhantes a cabelos que algumas plantas tinham — até para que servia cada folha, cada veia, cada nodo.

No rodapé de cada página, separado por uma linha preta grossa, havia instruções detalhadas para cuidado e cultivo das plantas, escritas em uma caligrafia impecável. Listava quanto sol, sombra e água cada planta precisava, que tipo de solo e quando colher cada uma.

Havia outra coisa, algo que eu não costumava ver em livros sobre cuidado e cultivo de plantas: uma pequena caixa classificada como *Usos Mágicos*. Era diferente para cada uma. Para a dedaleira, a passagem dizia *para proteção, use a tinta para criar uma hachura cruzada no chão de uma morada*. Para a glória-da-manhã, *coloque sementes sob um travesseiro para afastar pesadelos; raízes podem substituir a jalapa.*

— Usos mágicos, hein? — brincou mamis.

Eu tinha certa ideia do que isso queria dizer. Várias plantas tinham usos medicinais, como o bálsamo que minha avó me instruiu a fazer, mas eu não sabia como isso funcionava quando o assunto era plantas venenosas.

Quando viramos a última página, minha mãe arfou.

— Espera — disse ela. — O que é isto?

No topo da página, estava o nome *Absyrtus Cor*. O desenho vibrante da planta era a coisa mais esquisita que eu já vira. Tinha caules grossos como corda com tufos de folhas pretas, mas no topo a planta se assemelhava a um coração humano anatomicamente correto, com válvulas, lóbulos e o que pareciam veias correndo por sua superfície rosada como carne. No canto inferior direito da página, havia o nome da artista em tinta preta. Mamis passou o dedo sobre o nome.

— Briseis, amor — disse minha mãe enquanto olhava para o livro. — Acho que sua mãe biológica desenhou isto.

Encarei o nome dela. A curva do S maiúsculo, cujo traço era mais leve, como se a caneta tivesse se afastado da superfície por uma fração de segundo. Minha mãe pôs o braço ao redor dos meus ombros e uma sensação nervosa tomou conta do meu estômago.

— Sei que viemos aqui às pressas — disse minha mãe, a voz baixa e contida. Era como ela falava quando o assunto era muito sério, como se precisasse que eu prestasse atenção no que ela dizia. — Talvez não tenhamos pensado nisso direito. — Ela trocou um olhar preocupado com mamis. — É muita coisa para lidar de uma vez só. Essa casa, essa cidade, e agora essas pistas da pessoa que deixou isto para você. Se for desconfortável demais, se estiver se questionando, podemos juntar nossas coisas e partir. Sem perguntas.

Suspirei e passei a mão pelo desenho, sobre o nome de Selene.

— Você diz isso, mas o aluguel ainda vai aumentar em setembro, e ainda temos as contas da floricultura, e…

— Não. — O tom de mamis era sério. — Não ficaremos aqui se estiver magoando você, entendeu? Nada vale isso. Vamos dar um jeito, com ou sem este lugar. Não ouse ignorar seus sentimentos quanto a isso.

— Estou bem. — Não era a verdade completa. Não queria voltar para o Brooklyn e enfrentar o que deixamos para trás, porém, a situação era mais desafiadora e complexa do que eu havia previsto.

Selene sempre estava na minha mente, mas agora ela era mais real, mais presente. — É muito para pensar, mas estou bem. De verdade.

— Tem certeza?

— Diga — disse minha mãe — e nós partiremos.

— Não — falei. — Estou bem. Prometo.

Mamis me deu um abraço apertado. Ela era boa em interpretar as coisas e sabia que eu precisava de um momento sozinha.

— Vamos tomar um pouco daquele café.

Ela conduziu minha mãe escada abaixo.

Fiquei fascinada pela ilustração do *Absyrtus Cor*, também conhecido como Coração de Absirto. Suas folhas eram de um preto profundo e o caule vibrava em um vermelho sangue. Os lóbulos superiores tinham tom delicado de rosa, enquanto estruturas que pareciam veias adornavam a superfície com um azul singular. Era evidente que Selene havia dedicado muitas horas para ilustrá-lo.

As demais plantas no livro eram mortais, mas esta parecia ser um caso à parte, cuja existência só poderia ser concebida por meio da cor. Entretanto, eu tinha certeza de que ela não era encontrada na natureza. A sua peculiaridade a impossibilitava de ser ignorada. Se existisse, eu a teria visto em outros livros, ou alguém a teria mencionado em jornais, ou artigos científicos. Talvez a planta fosse fruto da imaginação de Selene.

Olhei para a pintura na parede. A mulher, Medeia, me encarava, como se me desafiasse a abrir o cofre e ver o que havia lá dentro. Senti uma pontada de culpa. Para ser sincera, eu *queria* saber mais, mas tinha medo de estar traindo minhas mães.

Balancei minha cabeça. Estava me preocupando demais. A oportunidade estava diante de mim, naquela casa isolada, para fazer algo que nunca antes ousara — libertar-me. Olhei para a *Peperomia prostrata* no vaso. Ela se virou para mim e, em vez de me esforçar para fingir que não estava acontecendo, inspirei profundamente e deixei meus ombros relaxarem.

A planta cresceu seu caule o triplo do tamanho, derrubando o vaso enquanto se esticava na minha direção. Eu a deixei se enrolar na minha perna, tocando suas folhas macias com gentileza. Senti uma sensação de calma, de pertencimento. Circe sabia algo sobre o meu poder, e decidi bem ali descobrir exatamente o quanto. Tirei da parede a pintura de Medeia e cedi à curiosidade que não havia me deixado desde que a sra. Redmond aparecera na nossa porta. Girei a tranca do cofre, peguei as cartas e abri a primeira.

CAPÍTULO 8

O envelope marcado com o número *1* continha um mapa elaborado feito à mão, e não uma carta. No final da página, havia apenas uma frase escrita às pressas.

Siga o mapa e abra o segundo envelope quando chegar ao portão.

Presa ao canto por uma fita, havia uma chave de aparência antiga. Com cuidado, removi a fita e a segurei. Perguntas sobre o sigilo de Circe e aonde ela estava me levando se enraizaram na minha mente. Permiti que crescessem e se ramificassem em uma centena de novas possibilidades. Essa mulher sabia algo sobre mim. Mas, se gostava tanto de escrever cartas, por que simplesmente não me disse? Tinha que haver uma razão para ela não dizer logo o que queria, e a minha curiosidade despertou mais uma vez enquanto eu pensava no motivo.

Tranquei o cofre e coloquei o retrato de volta na parede, removendo as videiras que se enroscavam na minha perna e arrumando o vaso. Peguei minha mochila no quarto, colocando as demais cartas dentro dela, e acrescentei a nova chave ao chaveiro com as outras que a sra.

Redmond havia me dado. Deixei o quarto e acabei esbarrando em mamis. Ela cambaleou para trás, visivelmente atordoada.

— Tem algo perseguindo você? — ela perguntou.

Consertei meus óculos.

— Não. E-eu vou dar uma olhada lá fora.

— Ah, está bem — disse mamis. — Esta propriedade é grande o suficiente para se perder de verdade, então não vá muito longe. Está com seu celular? Quer levar a arma de choque da sua mãe?

— Estou com o meu celular. E não preciso de uma arma de choque. Mas estou com meu spray de pimenta.

— Essa é a minha garota — disse mamis. Ela semicerrou os olhos para mim. — É muito espaço aberto, e você nunca esteve no mato assim. Estamos tão longe da cidade, de outras pessoas… — Ela deixou as palavras morrerem.

Olhei para o chão. Ela me pediria para tomar muito cuidado? Para garantir que eu não fizesse nada que pudesse nos colocar em algum tipo de perigo? Mamis ergueu meu queixo até que nossos olhares se encontrassem.

— Se solte. Tome cuidado, sem exagerar. Este é o lugar perfeito para se permitir baixar a guarda.

Era a permissão que eu não sabia que precisava. Eu a abracei com força antes de calçar meus sapatos e ir para os fundos da casa.

Um plano amplo de grama meio-morta que não parecia ser cortada havia anos se afastava da casa. Peguei o mapa. Uma linha vermelha indicava o trajeto que Circe queria que eu fizesse, bem pelo meio do quintal dos fundos. Dei alguns passos hesitantes na grama alta. Ela se inclinava para mim enquanto eu seguia, abrindo um caminho verde vibrante entre o marrom.

Conforme eu me aproximava da linha das árvores, uma série de gemidos baixos e carregados de dor cortou o ar. As árvores se esticaram para trás. Elas haviam me visto.

Se solte.

Foi o que mamis me disse para fazer. Eu queria baixar minha guarda, mas não confiava em mim mesma o bastante para não acabar causando algo terrível, então voltei a me concentrar no mapa. Eu conseguia ouvir as árvores se endireitando enquanto eu desviava meus pensamentos.

Três caminhos levavam para dentro da densa floresta, mas o mapa indicava que eu devia pegar um quarto. Ao virá-lo, percebi que minhas habilidades de leitura de cartografia foram herdadas de mamis.

Após examinar melhor, vi uma depressão marcada no chão onde o outro caminho poderia ter estado a certa altura, mas estava tomado pela vegetação. Centenas de videiras se trançavam para obscurecê-lo. Folhas menores com extremidades serradas e afiadas como lâminas — urtiga — se entrelaçavam nelas, formando uma cortina impenetrável. Não era mortal a não ser que você fosse alérgico, mas suas folhas e seu caule continham dardos farpados microscópicos com um pouco de veneno. O contato com a pele causava alergias e dores que podiam durar dias. Embora relutante em usar calamina após o contato com a hera venenosa e a cicuta, questionei se essa preocupação era realmente necessária.

Olhei para o mapa outra vez. Até o emaranhado de plantas estava desenhado ali, mas a linha vermelha o atravessava diretamente. Avancei um passo. Para testar minha teoria, estendi a mão para tocar a urtiga e me preparei para a dor, mas não senti nada.

Uma sensação fria tomou conta da minha mão, mais intensa do que fora com a hera venenosa, mas nada comparada à dor entorpecente que senti com a cicuta. Ela se espalhou até o meu pulso, parou e então voltou para as pontas dos meus dedos.

Dei mais um passo. A cortina entrelaçada de hera e urtiga se desfez diante de mim. As camadas de folhas se abriram, revelando uma quarta trilha, com antigos sinais de uso. Hesitei, e as plantas sentiram isso — voltaram a se entrelaçar sobre a passagem, escondendo-a por completo.

— Está bem — falei em voz alta, tentando acalmar meu coração acelerado. — Está tudo bem.

Estendi minha mão outra vez, os dedos trêmulos. As videiras se afastaram. Entrei no caminho, e a cortina de folhas e videiras se fechou atrás de mim.

Os últimos raios do sol adentravam pelas aberturas entre as copas das árvores. A pícea-azul e o pinheiro-vermelho pareciam ranger enquanto se transformavam em sombras gigantes que delineavam um corredor para a minha passagem. O terreno ficou plano, como se estivesse se desdobrando para me receber. Paredes naturais, formadas por galhos retorcidos, margeavam a trilha. A linha vermelha do mapa serpenteava pelas árvores, levando até uma clareira demarcada com um X.

Foram quinze minutos até eu chegar à clareira, que era cercada por carvalhos antigos e altos. Ao redor do lugar, pequenas criaturas me encaravam com suas asas abertas, olhos brilhando, bigodes pendurados em seus queixos, como goblins. Meu coração disparou e dei um grito estrangulado, cambaleando para trás.

Levei alguns segundos para perceber que eram algum tipo de planta com flores. Fiquei aliviada por não haver ninguém por perto para testemunhar a rapidez com que minha mente pensou em goblins em vez de plantas.

Me recompus e agachei para tocar uma das flores pretas como tinta. De imediato, ela se voltou para mim, acariciando minha palma. Essas flores não eram venenosas. Havia uma sensação fria na minha mão. Peguei meu celular e pesquisei no Google "planta preta em forma de morcego" e descobri que estava olhando para centenas de *Tacca chantrieri*, a flor-morcego. As pétalas pareciam as asas de um morcego voando. Elas tinham centenas de bigodes pendurados no centro e vagens brancas com sementes que lembravam olhos brilhantes.

O *X* no mapa estava posicionado do outro lado da clareira e, de acordo com a ilustração, além dele havia um grande retângulo com vários retângulos pequenos dentro. Era uma construção? Talvez algum tipo de refúgio? Eu não tinha certeza. As árvores no canto mais distante da clareira estavam posicionadas bem juntinhas, mas, conforme me aproximei, elas mudaram. Os carvalhos se inclinaram de forma pouco natural, fazendo uma barulho alto enquanto se afastavam da fachada de uma estrutura de pedra cheia de mato.

Um enorme portão de ferro espreitava por entre um emaranhado de buganvílias cor de amora, como um sorriso perverso e enferrujado. Videiras grossas e cheias de espinhos subiam pelo topo do muro como cobras gigantes. Estiquei o pescoço para ver se aquilo fazia parte da propriedade de alguém, mas o muro não parecia ter mais do que o comprimento de dois ônibus enfileirados. Era algum tipo de terreno cercado.

Peguei a segunda carta da minha mochila e a abri.

Briseis,

Atrás deste portão há um jardim com todas as plantas necessárias para abastecer a botica. Tenho certeza de que você viu o interior da loja e, embora não compreenda tudo agora, confio que entenderá... com o tempo. O lugar tem sido um pilar desta comunidade há gerações.

Abra a carta marcada com o #3 quando chegar ao portão lunar. É onde, tenho certeza, a maioria das suas perguntas será respondida.

Algo estalou na floresta atrás de mim. Virei-me quando um homem saiu das árvores do outro lado da clareira. Um fio de sangue escorria de um grande corte em sua testa. Seu lábio inferior estava cortado. As roupas se penduravam nele, em frangalhos. Ele deu um passo trôpego adiante.

— Você... você está aqui — arfou ele, o peito trêmulo.

Afastei-me para perto do portão e toquei meu spray de pimenta, apontando-o para ele.

Bolhas apareceram em sua pele conforme ele se aproximava, mancando. Sua respiração era irregular, curta e dificultosa, como se respirasse por um canudinho.

— Depois de todo esse tempo... tantos anos — disse ele. Os cortes em sua pele se abriam como flores, sangue pingando como seiva vermelha.

Eu havia entrado tanto na floresta que ninguém me ouviria se gritasse. Com minhas costas voltadas para o portão, teria que atacá-lo — talvez lutar com ele. Retesei meus ombros conforme o homem se aproximava. Ele era mais alto que eu, mas muito magro e muito mais velho. Seus dedos esticados estavam inchados e com bolhas e, enquanto ele se angulava para mim, vi sua outra mão.

Ele segurava uma faca longa, como um facão.

— Fique longe de mim! Se afaste!

— E-eu preciso... eu preciso — gaguejou o homem. Ele estava a um braço de distância, e eu não podia me afastar mais. — Por favor, Selene.

— Selene? Não sou...

Um farfalhar acima da minha cabeça chamou minha atenção. Duas videiras deslizaram do topo do muro e atacaram como braços gigantes, prendendo o homem em um emaranhado de farpas envenenadas. Ele gritou quando as videiras o levantaram do chão e o atiraram nas árvores como uma boneca de pano. A cabeça dele atingiu o tronco de um bordo com um baque ensurdecedor, e a faca caiu de sua mão. Rolando de lado, ele fincou os dedos no solo, numa tentativa de fuga. Seus grunhidos se tornaram gritos de pânico quando as videiras o pegaram novamente e se enrolaram em seus tornozelos.

Corri para longe da clareira e, olhando para trás uma última vez, vi o rosto aterrorizado do homem sendo coberto por um manto de urtiga.

Corri pela trilha em direção à casa com o coração na garganta. Atravessei a floresta, sai pela cortina de urtigas e corri pelo gramado inclinado. Quase chutei a porta da frente para entrar depressa, trancando-a atrás de mim.

Minha mãe apareceu no corredor.

— Agora você bate portas? — perguntou ela, estreitando os olhos.

Como eu ia explicar o que vi?

— Tem um cara lá fora! Na floresta!

Mamis desceu a escada correndo.

— O quê? Onde?

Minha mãe correu para a bolsa e agarrou a arma de choque.

— Lá fora! Nos fundos da casa!

Mamis espiou pela janela enquanto minha mãe ligava para a dra. Grant, xingando baixinho.

— As outras portas estão trancadas? — questionou mamis, erguendo a voz.

Minha mãe saiu correndo para conferir enquanto gritava ao telefone.

— Tem alguém andando pelo terreno da nossa casa, e você disse pra te ligar diretamente caso algo acontecesse. Quão rápido você consegue chegar aqui?

Mamis voltou a atenção para mim. Ela cerrou a mandíbula enquanto me analisava.

— Está ferida?

— Não — respondi. — Estou bem. Só um pouco assustada.

Eu ainda estava tentando recuperar o fôlego e entender o que acontecera.

Minha mãe voltou para a entrada às pressas e ficamos juntas, em silêncio, até que o som das sirenes ecoou a distância. O barulho dos pneus derrapando no pavimento e das portas dos carros abrindo e fechando atraiu mamis até a porta. Ela a abriu e a dra. Grant entrou enquanto vários policiais uniformizados se separavam e davam a volta na lateral da casa.

— Outro invasor? — começou a dra. Grant, preocupada. — Notifiquei a polícia desta vez. O que houve?

Minha mãe olhou para mim, esperando que eu desse os detalhes.

— Hã, tinha um cara nos fundos. Estava todo ferrado. Ele veio na minha direção... e tinha uma faca.

Mamis arfou. Minha mãe me abraçou, o corpo trêmulo, mas eu não sabia se era de medo ou raiva.

A dra. Grant falou em seu walkie-talkie, ordenando aos policiais que conferissem os fundos da casa, alertando-os de que o homem tinha uma faca. O músculo acima de sua têmpora se contraiu e então relaxou.

— Ele machucou você?

— Não — falei. — Eu ia usar meu spray de pimenta, mas ele... — dei uma pausa. — E-eu fugi.

A dra. Grant deixou escapar um longo suspiro.

— Que bom que você não se machucou.

— Mas poderia ter se machucado — disse minha mãe. — Poderia ter acontecido qualquer coisa lá fora. — A raiva invadiu a voz dela enquanto se virava para a dra. Grant. — Ela poderia ter se ferido gravemente ou pior.

— Entendo sua preocupação — disse a dra. Grant. — Briseis, você disse que o homem estava "ferrado"? O que isso quer dizer?

— Ele estava ferido — expliquei. — Coberto de cortes e bolhas, como se... — interrompi. Minha mãe, vestindo uma blusa sem mangas e shorts, tinha um inchaço na pele onde a hera venenosa a tocou. O homem exibia feridas parecidas, mas em um estágio muito mais avançado, como se tivesse entrado em contato com algo muito mais venenoso que carvalho ou hera. Imagens das plantas que ladeavam o caminho para o jardim secreto surgiram em minha mente.

— O que está acontecendo? — mamãe exigiu saber. — Este é o segundo esquisitão que aparece. — Ela se virou para mamis. — Não devíamos ter vindo aqui. Foi um erro.

Meu coração parou por um segundo. Eu estava morrendo de medo, mas tinha mais medo ainda de ir embora sem descobrir o que tinha atrás daquele portão fechado.

— Querida, não faça isso — disse mamis com gentileza. — Não tome uma decisão precipitada.

— Angie, estou com medo — confessou mamãe. — Não gosto disso.

Era estranho ver minha mãe com tanto medo. Mamis sempre foi sensata, e mamãe era a que tinha a língua afiada, sem paciência para besteiras. Ela não se importava em bater de frente e não se assustava facilmente. Vê-la assustada daquele jeito me preocupou.

Uma voz estalou no walkie-talkie da dra. Grant.

— Temos o suspeito em custódia. Tragam uma ambulância para nossa localização.

A dra. Grant saiu pela porta da frente. Mamãe e mamis a seguiram, discutindo se partiríamos ou não. Alguns segundos depois, uma sirene alta soou a distância, e espiei pela janela enquanto uma ambulância chegava às pressas.

Um grupo de policiais emergiu do outro lado da casa, carregando o homem que eu vira. Ele parecia inconsciente. Seu corpo estava mole, o rosto inchado e um fio de saliva pendia de seu queixo.

— O que aconteceu com ele? — indagou a dra. Grant enquanto os policiais o colocavam na maca.

— Não fazemos ideia — disse um deles. — Ele estava caído perto das árvores. Disse algo sobre ter sido atacado, mas perdeu a consciência antes de conseguir me contar o resto.

— Atacado? — perguntou minha mãe, me olhando. — Ele quem foi atrás da minha filha. — O medo dela diminuíra, e eu conseguia ver a raiva tomando conta enquanto ela trocava o peso do corpo de um pé para o outro e cruzava os braços sobre o peito. — Sorte a dele que eu não o encontrei.

— Ele foi picado por algo? — questionou um dos paramédicos.

— Não faço ideia — disse a dra. Grant. — Ele estava aqui fora assediando as donas da propriedade. Fiquem de olho nele. Nós vamos segui-los para o hospital. Northern Dutchess?

O paramédico assentiu e a ambulância saiu às pressas com os outros policiais logo atrás nas viaturas. A dra. Grant ficou para pegar meu depoimento. Contei a ela o que tinha acontecido, exceto a parte em que as plantas ganharam vida e arrastaram o homem para dentro da mata. Resolvi manter essa parte em segredo.

— O que vai acontecer com ele? — quis saber.

A dra. Grant entrou na varanda. As olheiras sob os olhos dela eram fundas e escuras. Eu não me lembrava de tê-la visto tão cansada na última vez.

— Eles provavelmente vão fichá-lo por invasão e delito contra propriedade. Você disse que ele tinha uma faca? Se eu conseguir fazer uma parte do meu pessoal voltar e achar, o crime seria outro.

— Acho que ninguém deveria voltar lá fora. Quero dizer, é nossa propriedade agora. Ninguém deve ficar vagando por aqui. — Eu não queria ter que explicar meu raciocínio em muitos detalhes, mas mamãe e mamis assentiram como se estivessem de acordo comigo, e isso bastava por enquanto.

— Podemos conseguir uma medida protetiva contra ele também, se quiserem — disse a dra. Grant.

Minha mãe inclinou a cabeça para o lado.

— E o que faremos com a ordem de restrição quando ele voltar? Jogamos o papel na cara dele?

A dra. Grant balançou a cabeça.

— Sei que não é muito. Irei ao hospital falar com ele, ver se consigo descobrir o que o motivou a vir aqui, pra começo de conversa. — Ela passou o peso do corpo de um lado a outro e suspirou, colocando o bloquinho no bolso na altura do peito.

— Não sei se ficaremos aqui — disse mamãe, o tom curto. — Então talvez não precisemos da ordem de restrição.

— O homem na floresta me chamou de Selene — falei baixinho. Achei que a dra. Grant devia saber esse detalhe.

— O quê? — Mamis se virou para minha mãe e então de volta para mim.

A dra. Grant me encarou, sem expressão.

— O nome da minha mãe biológica era Selene. Ela morava aqui. O homem achou que eu era ela.

Uma expressão de choque absoluto tomou conta do rosto da dra. Grant. Ela ergueu rapidamente o braço e tossiu na dobra do cotovelo. Quando se virou para nós, expirou longa e lentamente, evitando meu olhar.

— Então você herdou este lugar da sua mãe?

— Selene era minha mãe biológica. Elas são minhas mães — declarei, gesticulando para minha mãe e mamis. — E acho que, tecnicamente, herdei a casa da irmã dela, Circe.

— Certo — disse a dra. Grant. Ela ficou em silêncio por um momento.

— Então, hã... é — falei. — O cara na floresta, ele me chamou de Selene, mas não sei por que pensaria isso. Faz muito tempo que ela morreu.

— Você se parece com ela — disse a dra. Grant. A voz autoritária dela estava mais suave, mas sua boca era uma linha fina, como se ela estivesse mordendo o interior dos lábios.

Minha mãe ergueu uma sobrancelha.

— Você a conhecia?

A dra. Grant de repente pareceu bem mais incerta. Ela endireitou a postura e pigarreou.

— Estudei com Circe. Fiquei muito triste ao descobrir que Selene faleceu. Ainda fico. Rhinebeck é uma cidade pequena. Houve boatos... — Ela parou de repente, balançando a cabeça e engolindo em seco. — Isso é passado, não é? Não adianta trazer coisas dolorosas à tona.

Era doloroso para ela? Ela conhecera Selene por causa de Circe, mas parecia bem triste ao falar da morte dela.

— Vou ao hospital ver se consigo saber mais sobre o invasor — disse ela. — Ligarei quando tiver mais informações, e poderemos discutir as opções de vocês.

Mamis suspirou, deixando os ombros caírem e balançando a cabeça.

— Está bem.

A dra. Grant partiu e nós entramos na casa.

Minha mãe caiu no sofá.

— Precisamos conversar.

Me sentei ao lado dela enquanto ela passava a mão pela minha bochecha.

— Precisamos mesmo considerar dar o fora daqui.

— Não quero ir embora — falei.

— Amor, eu sei, mas isso foi ridículo — disse mamãe. — Quem são essas pessoas e por que estão vindo a esta casa? Saiu um informe? Todos os esquisitões receberam um sinal? O que é isso?!

— Não sei, mas aquele homem estava confuso — falei. — E ele ficou bem zoado lá fora. Não acho que vai voltar.

— Sobre isso — começou mamãe. — O que aconteceu com ele?

— Parecia que alguém tinha dado uns sopapos nele — disse mamis, balançando a cabeça. — Tem certeza de que não encostou naquele homem, amor?

— Eu jamais bateria em um idoso — falei. — A não ser que ele merecesse.

Mamis e eu rimos, mas minha mãe ficou em silêncio.

— Eu não sei — disse ela. — Acho que deveríamos ir embora.

Comecei a reclamar, mas mamis me deu um tapinha afetuoso na mão e falou antes que eu pudesse abrir a boca.

— Vamos dormir. Pensamos nisso amanhã — propôs ela. — Não queremos tomar uma decisão precipitada da qual vamos nos arrepender. Vamos dormir. Conversaremos sobre isso pela manhã. Combinado?

Minha mãe bufou, mas assentiu, relutantemente. Mamis me deu um empurrãozinho e foi trancar as portas.

Dormi no cantinho da cama delas pela segunda vez. Sonhei com o portão, com o homem estranho na floresta. Minha mente inquieta conjurou imagens de plantas sencientes me cercando enquanto eu ficava em florestas sombrias. O homem balançou seu facão, quase atingindo minha cabeça.

Acordei assustada, arfando, meu coração disparado. Mamãe e mamis continuavam adormecidas, mas eu já me cansara de dormir.

CAPÍTULO 9

— Que tal darmos uma passadinha na cidade? — perguntou mamis na manhã seguinte. — Comprar comida, passear um pouco.

Minha mãe estava menos chateada que na noite anterior, mas eu ainda podia sentir a tensão dela.

— Vocês querem ir agora? — Eu passara minha noite acordada pensando no que havia atrás do portão. Queria voltar lá.

— Sim — disse mamis. — Anda. Se vamos passar todo o verão aqui, precisamos explorar o que mais esse lugar tem a oferecer, porque sua mãe não se contentará com poeira e cocô de rato.

— Não vou mesmo — disse minha mãe, sorrindo. — Preciso de comida. Estou morrendo de fome.

Me vesti e as segui até o carro. Olhei para a casa e o terreno além. Seja lá o que houvesse atrás daquele portão, teria que esperar um pouco mais.

Chegamos à cidade e minha mãe estacionou o carro em uma rua lateral. Caminhamos para a rua principal que passava pelo centro de Rhinebeck. Lojas e restaurantes ladeavam a Rua do Comércio de ambos os lados. As pessoas caminhavam juntas, tomando bebidas geladas e de mãos dadas.

— Isso é tão… — Mamis buscou a palavra certa para descrever.

— Peculiar? — completou mamãe.

Mamis ergueu as sobrancelhas.

— Eu ia dizer branco, mas acho que peculiar serve também.

Paramos diante de uma loja cuja vitrine estava repleta de todos os tipos de velas. O cheiro que emanava fez meus olhos lacrimejarem.

— Ah! — O rosto de minha mãe se iluminou. — Vamos entrar. Adoro coisas que cheiram bem.

Mamis parecia prestes a vomitar. Observei as lojas, buscando uma desculpa para não entrar. Do outro lado da rua, havia uma pequena livraria com uma placa na janela que dizia COMPRE DOIS, PAGUE UM.

— Vou entrar naquela livraria — falei.

— Está bem, amor — disse mamãe, enganchando o braço no de mamis. — Mando uma mensagem quando terminarmos, e então decidimos onde vamos comer.

Elas desapareceram dentro da loja.

Meu celular vibrou enquanto eu cruzava a rua. Peguei-o do bolso e conferi a mensagem.

Mamis: Como você se atreve?

Ela me encarava pela vitrine da loja de velas, com uma expressão sofrida. Dei um sorrisinho para ela.

Uma mulher mais velha usando um avental laranja se aproximou de mamis e entregou a ela uma cestinha. Mamis assentiu e gesticulou para que eu fosse onde queria ir. A mulher seguiu o olhar dela e, quando fez contato visual comigo, me olhou duas vezes. Ela arregalou os olhos em choque antes de abrir o sorriso mais forçado que já vi.

Senhoras que dão sorrisos maníacos, velhos com facões na floresta e estranhos na entrada de casa — eu estava começando a entender o que a sra. Redmond e a dra. Grant queriam dizer. Algumas pessoas em Rhinebeck nitidamente estavam usando algum tipo de substância ilegal. Me virei e caminhei em direção à livraria.

Quase todas as lojas pelas quais passei tinham plantas em vasos do lado de fora ou penduradas nos toldos, e eu conseguia senti-las se agitando em seus vasos enquanto eu passava. Bordos enraizados em quadrados de terra pontilhavam a calçada até onde eu conseguia enxergar. Ignore. Respire. Não podia me soltar ali, não ao ar livre.

A livraria ficava entre uma loja de costura e uma farmácia, a porta mantida aberta com um cacto meio morto. Enquanto eu entrava, ele ficou verde e se esticou na minha direção. Empurrei o vaso para longe da porta e a deixei bater atrás de mim.

Poeira flutuava nos raios de sol brilhando pelas janelas da livraria. Conforme eu vagava pelas pilhas muito próximas umas das outras, o cheiro de livros mofados, a maioria deles mais que gentilmente usados, tomou conta do meu nariz. Vi uma pilha de antigos guias de campo Audubon em uma caixa plástica no chão. Custando dois dólares e cinquenta cada, estavam em perfeitas condições. As fotos ainda tinham cores intensas e eu sempre amara as capas com cor de arco-íris.

De repente, uma batida gigantesca chacoalhou a loja. Me virei e vi um cara, provavelmente da minha idade, caído no chão. Uma pilha de livros que ele estivera segurando se espalhou ao seu redor como folhas caídas.

— Você está bem? — perguntei enquanto segurava o braço dele e o ajudava a se levantar.

— Sim — disse ele, evitando o contato visual enquanto se limpava. A vergonha emanava dele como o calor do sol. Peguei alguns dos livros e entreguei para ele.

— Tem certeza de que está bem? — tornei a perguntar.

Por um momento, ele não respondeu. Me encarou, seus olhos castanhos arregalados.

— É. Eu, hã... tropecei.

Ele pegou os livros restantes. Um deles era *Botânica para jardineiros*. Sem pensar, peguei o livro das mãos dele.

— Este também faz parte da promoção de compre dois, pague um?

Ele assentiu.

— Você gosta de jardinagem?

Quase me encolhi. Eu me colocara nessa, mas tínhamos que começar daí? Devia deixar o livro pra lá.

— Pode-se dizer que sim. — Gesticulei para os guias de campo. — E estes? Estão em promoção, também?

Ele esticou o pescoço para examinar os títulos.

— Quer esses? São muito velhos.

— Mas as fotos são ótimas.

Ele sorriu e passou a mão pelo topo da cabeça.

— Você pode ficar com eles de graça.

— Sério?

— Sim. — Ele passou por mim e pegou tudo da caixa, levando-as para o balcão.

— Qual é a pegadinha?

Ele piscou algumas vezes.

— Hã, não tem pegadinha.

— Parece um golpe, mas tudo bem.

Enquanto sorria, algo nele me pareceu familiar. Não consegui descobrir o quê.

— Então, você é nova na cidade ou está só visitando? — perguntou ele.

— Não tenho certeza ainda — falei. Peguei um exemplar de *The Changeling* e coloquei no balcão. Senti-me culpada por ele estar me dando os guias de campo de graça, então decidi que deveria comprar pelo menos outro livro em troca.

— Você também é fã de horror?

— Não discrimino quando o assunto é bons livros. Leio de tudo. Mas sim, gosto de histórias assustadoras, principalmente quando os personagens são negros como a gente, sabe?

— Já leu *House of Leaves?* — perguntou ele.

Não consegui conter o sorriso.

— Li. Mas veja bem, não é disso que estou falando. Eu jamais faria aquilo. Se uma porta assustadora aparecesse na minha casa, eu daria o fora. — Fiz uma pausa. Eu era a nova dona de uma casa velha na floresta, nos arredores de uma cidade desconhecida. Soava como o começo de um livro de terror e falar de portas estranhas e mitos me pareceu familiar demais.

Ele digitou o preço do livro na registradora.

— Então, está gostando de mim até agora? — Ele pressionou os lábios, tímido.

Ergui a sobrancelha.

— Como é?

— Rhinebeck. — Ele balançou a cabeça como se estivesse decepcionado consigo mesmo. — Quero dizer, você está gostando de Rhinebeck até agora?

— Hã... bem, é diferente. — Contive um sorriso. — Silenciosa. Exceto pelas pessoas aleatórias aparecendo onde estou ficando, mas tanto faz.

— Onde, hã... de onde você é? — Ele pôs meus livros na sacola e me entregou.

— Brooklyn — respondi.

— Ah, uau. A cidade, hein?

Tecnicamente, não. Não em Manhattan, mas tanto fazia.

— E você? É daqui?

— Cresci aqui — disse ele.

— Então você pode me recomendar um lugar para comer com as minhas mães?

— Já foram ao Ginger's?

— Não. Que tipo de comida é? É boa?

Ele alongou o pescoço e juntou as mãos.

— É muito boa. Comida sulista de verdade. Aquela do tipo que te faz querer dançar enquanto come, sabe?

Demos uma risada, e de repente fiquei triste. Gabby e eu frequentemente comprávamos pizza naquela pizzaria perto da escola. Eu sentia falta dos meus amigos. Ou, devido à forma como as coisas estavam, sentia falta da *ideia* dos meus amigos.

— Posso levar você até lá, mostrar onde é — disse ele.

Eu precisava de um momento para analisar a distância. Ele era um desconhecido e minha guarda subia quando se tratava de pessoas novas. Eu tinha a opção de erguer uma barreira, como fiz com todos os outros, ou podia fazer algo diferente. As palavras de mamis ecoaram na minha cabeça. *Se solte.*

— É muito gentil da sua parte — falei.

— Tem muitos lugares bons por aqui, mas há alguns que pensam que sal conta como tempero. Não quero que você tenha que lidar com isso. Podemos ir agora, se você quiser.

— Está bem. Espere só um segundo.

Mandei uma mensagem para minha mãe.

Bri: Vamos comer em um lugar chamado Ginger's.

Mãe: Ótimo. Te encontro lá em dez minutos?

Bri: Blz.

Ele abriu a porta e virou a placa para FECHADO.

— Não está preocupado com perder uma venda?

— Não veio ninguém aqui hoje além de você — disse ele, uma pontada de tristeza na voz. Eu o observei, esperando vê-lo franzindo a testa, mas em vez disso ele parecia extremamente confuso. Segui o olhar dele para o cacto, verde e florindo. Meu coração acelerou enquanto ele pegava o vaso e o examinava. — Esta coisa estava morta.

Tentei pensar em algum tipo de desculpa que soasse como uma meia verdade.

— Cactos são bem resilientes. Podem ficar sem água por um longo tempo.

— É, mas estava todo marrom e caidinho.

O cacto se moveu levemente em minha direção. Não achei que ele tivesse visto, mas me virei, afastando-me da planta depressa.

— Tenho certeza de que consigo encontrar o restaurante se você não quiser me levar — falei por cima do ombro.

Ele logo deixou a planta de lado e trancou a porta. Deu uma corridinha para me alcançar enquanto eu andava rápido para longe da livraria.

— A propósito, sou Karter.

— Briseis.

— Nossa, que nome bonito.

— Obrigada.

A voz de Karter era suave e ele era um pouco desajeitado, mas bastante agradável. Não parecia estar tentando ser outra pessoa além de si mesmo. Eu queria saber como é se sentir assim.

Meu celular vibrou. Mamis estava esperando no Ginger's com minha mãe.

— Por aqui — disse Karter.

Virando à direita, cortamos por um beco entre duas lojas. Havia plantas em vasos de terracota por todo o chão. Karter foi à frente e tentei fingir que não vi o capim-limão e a lavanda ficando mais cheios. Esbarrei nele enquanto saíamos do beco.

Ele se virou e sorriu para mim.

— Vamos lá.

Ginger's era um cantinho escondido, fora da rota turística. Eu torci para que isso fosse um bom sinal.

— Você vem?

— Ah — disse Karter, erguendo as sobrancelhas. — Eu só queria te mostrar onde era. Não quero perturbar você.

— Se você não quiser...

— Quero! — disse Karter, mais alto que o necessário. — Quero dizer... eu gostaria.

— Vamos — falei.

Karter abriu a porta para mim e entrei no lugarzinho mágico. Tinha cheiro de pão de milho recém-assado e o aroma familiar avinagrado de vegetais cozidos por horas. O cheiro, a risada que vinha da cozinha, a mulher que espiou pela porta e parecia com minha avó — tudo aquilo era como estar em casa.

Minhas mães estavam sentadas em uma mesa perto da janela frontal. Mamis sorria para minha mãe enquanto ela inclinava a cabeça para trás e ria. Elas pareciam muito felizes naquele momento, o que tornou tudo o que acontecera menos importante. O rosto da minha mãe se iluminou quando ela viu Karter e eu.

Me virei para ele antes de me aproximar.

— Só para você saber, minhas mães são uma atração à parte.

— Tipo, quanto? — perguntou Karter. — Minha mãe é assim também.

Mamis puxou uma cadeira para Karter.

— Sente-se — disse ela, um pouco agitada demais.

Karter se sentou e estendeu a mão.

— Sou Karter. Trabalho na livraria subindo o quarteirão. Prazer em conhecê-las.

— Ele é tão educado — disse mamãe, como se ele não estivesse sentado bem ali. Ela estendeu a mão para apertar a dele. Gotículas de unguento pontilhavam o braço dela. — Não se preocupe com isso. Não é contagioso. Encostei em hera venenosa. — Ela afastou o braço. — Estou coçando em lugares que nem sabia que existiam.

Senti o rosto pegar fogo. Eu só queria que elas esperassem a gente comer antes de começaram a me constranger.

— Nós tivemos que usar um pincel para passar o unguento — informou mamis enquanto lia o menu, distraída.

Me afundei ainda mais no meu assento. Karter esboçou um sorriso. Mamis assobiou.

— Você é tão bonito, parece uma versão jovem de Trevante Rhodes.

Minha mãe assentiu e olhei para o meu colo. Era muito pior do que eu imaginara.

— Então, Karter, o que tem de bom aqui? — perguntou mamis.

— Tudo — respondeu ele. Estava se esforçando muito para não rir.

Minha mãe abriu a boca, mas balancei a cabeça.

— Por favor. Não.

Eu nem sabia o que ela ia dizer, mas com certeza seria constrangedor.

Ela sorriu, pressionando os lábios. Fizemos o pedido, e já que era quase hora do almoço, minha mãe pediu bagre com folhas cozidas, e mamis a mesma coisa, mas com macarrão com queijo gratinado como acompanhamento.

— Se tiver migalhas de pão por cima, vou enlouquecer — disse mamis.

— Migalhas? — começou Karter. — Isso deveria ser ilegal. Eles jamais fariam isso aqui.

— Ahh, eu gosto muito dele — disse mamis, empurrando meu ombro.

— Encontrei uns guias de campo na livraria — falei, tentando mudar de assunto. — Aqueles com as capas bem coloridas. Em perfeitas condições.

— Ah, é? — disse minha mãe. Ela se voltou para Karter. — A gente tem uma floricultura na nossa cidade, por isso Briseis ama plantas.

— Sério? Que legal. Qual é o nome da floricultura?

— Bri's — respondeu ela, sorrindo para mim.

Eu sempre achei fofo o fato de terem dado meu nome à floricultura. Era mais uma forma de tentarem acolher o que eu conseguia fazer. Estava tudo bem enquanto eu só usava meu poder para fazer narcisos cresceram em vasinhos de plástico, mas tudo tinha mudado muito desde então. A expressão chocada nos rostos delas quando a planta na torre voltou à vida praticamente do nada me incomodou. Elas sempre me apoiaram, mas não sabiam tudo o que meu poder era capaz de fazer — e eu também não. Toda vez que algo novo acontecia, eu me preparava. Uma coisa era ter medo *por* mim, mas ter medo *de* mim era algo diferente.

Tentei não pensar nisso enquanto o garçom trazia nosso pedido.

Karter estava certo. A comida era tão boa que minha mãe ficou cantarolando e fazendo uma dancinha. Já mamis começou seis conversas diferentes, mas ficou se distraindo porque tudo era delicioso. Quando terminamos, tomamos limonada e chá doce enquanto mamis falava da floricultura e como estar em um lugar como Rhinebeck era diferente do Brooklyn.

— É uma mudança e tanto — disse Karter. — Rhinebeck é uma cidade pequena.

— Você sente que é pequena? Já que cresceu aqui, quero dizer — questiona mamãe. — Eu só fui perceber como minha cidade natal era pequena depois que me mudei pro Brooklyn.

— É. Pequena demais às vezes. Meio que me pergunto o que estou perdendo. — Havia certa tristeza nos olhos dele quando se voltou para mim. — Preciso voltar.

Ele pegou a carteira para pagar e mamis fez que não.

— Eu pago — disse ela. — É por nossa conta.

— Obrigado — disse ele. — Fico devendo uma. Foi muito bom conhecer vocês.

— Foi bom conhecer você também, Karter — concordou ela.

Arrastei minha cadeira para trás.

— Vou levar você até lá.

Karter foi na frente para abrir a porta.

— Amor, ele é tão educado! — minha mãe comentou. — Não seja muito má com ele, está bem?

Saí depressa.

Karter abafou uma risada.

— Suas mães são incríveis.

— Ai, meu Deus, estou mortificada — falei. Eu conseguia sentir o olhar delas em nós pela janela.

— Acho que esse é meio que o trabalho delas, não? Envergonhar você? Minha mãe faz o mesmo.

— Elas agem como se fosse o trabalho delas — falei. — E elas merecem um aumento, porque são muito boas nisso.

Caminhamos até a biblioteca e encontramos a advogada que fora ao nosso apartamento, sra. Redmond, esperando do lado de fora. Ela falava alto ao celular.

— Tá falando sério? — perguntou ela. — Não vai funcionar. — Ela abriu um sorrisão ao me ver. — Depois te ligo de volta.

— Sra. Redmond? — chamei.

— Briseis, como você está? — Ela me deu um abraço desajeitado de lado.

— Vocês se conhecem? — perguntou Karter.

Olhei de um para o outro e então me dei conta do motivo pelo qual ele me parecia tão familiar. Estava nítido que a sra. Redmond era a mãe de Karter. Eles compartilhavam os mesmos olhos castanhos profundos, o mesmo queixo quadrado.

— Do trabalho — disse a sra. Redmond. — Mas como *vocês dois* se conhecem?

Karter encarou a mãe. Algo silencioso se passou entre eles.

— Acabamos de nos conhecer — respondi. — Eu estava conhecendo a livraria.

Karter me deu um sorriso forçado.

A sra. Redmond pôs a mão no meu ombro.

— Meu escritório fica escada acima, se você precisar de alguma coisa. Está se divertindo? Conseguiu explorar? Ter uma ideia do lugar?

— Não — falei. — Tivemos algumas questões com pessoas aleatórias aparecendo na casa.

O rosto da sra. Redmond ficou tenso.

— Sério?

— É. Tivemos que chamar a polícia. Uma mulher chamada dra. Grant teve que ir até lá.

— Dra. Grant? — perguntou a sra. Redmond. — Eu não sabia que ela ainda estava comandando as coisas no Departamento de Segurança

Pública. Essas cidadezinhas são como armadilhas às vezes. As pessoas nunca vão embora, mesmo quando deviam.

— Vou voltar ao trabalho — interrompeu Karter. — Foi bom conhecer você e sua família, Briseis.

— Você conheceu a família dela? — A sra. Redmond tinha o mesmo entusiasmo que mamis. — Que maravilha!

Ela parecia animada de verdade, mas Karter revirou os olhos com tanta intensidade que parecia estar sendo possuído.

Ele se virou para mim.

— Viu? Não é só você que tem uma mãe que te envergonha.

— Ora, faça-me o favor — disse a sra. Redmond com desdém. — No mínimo, é o contrário, mas você não me vê reclamando. — Ela conferiu o celular. — Vou almoçar. Karter, por favor, cuide da livraria caso apareça algum cliente.

Karter bufou.

— Não acho que você precisa se preocupar com isso.

Ela pôs a mão no ombro de Karter e apertou.

— Não seja pessimista. A gente sempre dá um jeito, mesmo quando não tem, mas só se você se esforçar mais. — Ela se virou e saiu, digitando furiosamente no celular.

— Os negócios estão difíceis, hein?

— É. — Ele não disse mais nada, então deixei para lá.

— Você trabalha todo dia? Trabalho na floricultura o tempo todo, embora minhas mães queiram que eu saia e faça outra coisa. Acho que elas querem que eu seja uma delinquente juvenil.

Karter riu.

— Fico muito aqui durante o verão, principalmente à tarde. É silencioso. Pego meu celular e uso o wi-fi de graça da loja ao lado. — Ele destrancou a porta e deslizou o cacto para segurá-la. Eu o segui para dentro. — Minha mãe e eu nos revezamos para cuidar das coisas.

— E ela também é advogada? Como ela encontra tempo para fazer as duas coisas?

— Ela trabalha muitas horas. Às vezes, horas demais. Ela é uma daquelas pessoas que está sempre trabalhando, sabe? Nunca para.

— Isso pode ser bom — falei.

— Às vezes. — A tristeza voltou ao tom dele. — Mas trabalhar de mais pode ser um problema também, sabe?

Por mais que eu estivesse aproveitando minha primeira visita à cidade, minha mente voltou ao portão de metal na floresta e o que poderia haver atrás dele. Circe citara que era um jardim, mas eu queria ver com meus próprios olhos.

— Tenho que voltar... — falei. — Mas foi muito bom conhecer você.

— Foi bom conhecer você também — disse ele, sorrindo. — Posso, hã... posso ligar para você? — Ao se apoiar no balcão, o cotovelo dele escorregou e o pulso bateu com força na bancada, fazendo um estalo alto.

Mordi o interior da minha bochecha para não sorrir.

— Talvez possamos tomar um café ou algo do tipo? — Ele esfregou o braço.

Karter não estava flertando, mas eu ainda tentava entender qual era a dele. Talvez fosse apenas um cara com potencial para amizade — embora caras assim fossem raros. Meu cérebro enviou uma onda de pânico para o meu corpo. Eu não sabia se minhas mães e eu ficaríamos por aqui e, se ficássemos, será que uma amizade com ele seria diferente da minha amizade com Gabby ou Marlon quando ele inevitavelmente descobrisse o que eu podia fazer?

Mas era fácil conversar com Karter, embora ele fosse meio estranho, e minhas mães gostaram bastante dele. Para ser sincera, precisava de um amigo. Talvez mais do que precisava de qualquer outra coisa.

— Café parece bom — falei. — Vamos fazer isso.

Trocamos nossos números e fui embora. Enquanto voltava para o Ginger's, minhas mães vieram saltitando pela esquina.

Mamis olhou por sobre o meu ombro.

— Cadê o Karter?

— Voltou para o trabalho — falei. — E obrigada por me envergonharem daquele jeito.

— Desculpe, amor — disse minha mãe. — É bom ver você fazendo coisas com pessoas da sua idade. Ele pareceu legal.

— Ele é legal — falei.

Minhas mães ergueram as sobrancelhas e trocaram olhares travessos.

Balancei a cabeça.

— Não é assim. Vocês são péssimas.

— Somos? — questionou mamis. — Eu que acho que somos incríveis.

— As melhores, se você pensar no assunto — disse minha mãe. Elas assentiram uma para a outra.

— Estou pronta para voltar, se vocês estiverem — falei.

Minha mãe me puxou para mais perto e me beijou na lateral do rosto.

— Minha neném cabeçuda.

Voltamos para a casa, e mamãe decidiu que precisava tomar um banho de aveia para lidar com a alergia. Mamis entrou em coma alimentar no sofá, e passei o restante da tarde debatendo se devia ou não voltar ao jardim.

Botei e tirei o tênis três vezes. Sempre fui campeã em procrastinação quando o assunto era dever de casa e, às vezes, ajudar na faxina, mas aquilo era um nível totalmente diferente. O incidente com o homem na clareira ainda estava fresco na minha mente, mas além disso havia medo. Medo de encontrar algo do qual eu não conseguiria simplesmente escapar. Quando enfim criei coragem para voltar, já estava escuro, e essa pareceu a desculpa perfeita para adiar por mais uma noite.

CAPÍTULO 10

Na manhã seguinte, acordei antes das minhas mães. Fiquei sentada na beirada da minha cama, pesando minhas opções: ficar e ajudar minhas mães a limpar a casa ou talvez enfrentar o avô de alguém com uma faca na mão no meio da floresta, a caminho de um lugar secreto onde, supostamente, respostas me aguardavam.

O incidente me abalou profundamente. O homem me chamou de Selene e começou um papo sobre precisar de algo antes de ser derrubado por um emaranhado de videiras venenosas. Sabia que tinha que ir até lá, mas, desta vez, não iria despreparada. Da primeira vez, levei apenas um spray de pimenta, mas peguei a arma de choque da minha mãe e a coloquei no bolso. Peguei minha mochila, certifiquei-me de que meu celular estava com a bateria completa e então parti.

O caminho de grama inclinada estava verde onde eu passara no dia anterior. Peguei uma rota paralela para tentar uniformizar a cor, mas apenas deixei pior. Conforme eu me aproximava do emaranhado de videiras na extremidade da floresta, elas se afastavam antes mesmo que eu tivesse a chance de tocá-las. Será que sentiam minha presença e respondiam a ela, ou era minha vontade que os guiavam abrindo caminho até a clareira e o cercado misterioso? Eu não sabia, mas ambas as possibilidades me intrigavam o suficiente para que eu continuasse. Lancei um último olhar para a casa antes de me enfiar entre as árvores e seguir a trilha.

Quando cheguei à clareira, observei a área inteira. Até onde eu conseguia ver, não havia ninguém se esgueirando nas sombras. Tirando árvores e flores, só havia eu, mas não me sentia sozinha de verdade. Era como se eu pertencesse àquele lugar. Não entendia como nem porquê, mas sabia que era verdade.

Fiquei diante do portão com as pernas bambas enquanto o tapete de flores-morcego pretas se curvava em minha direção, como se esperasse ansiosamente que eu o abrisse. Mil pensamentos se embaralhavam na minha cabeça. Eu não sabia o que havia por trás daquele portão, nem por que Circe acreditava que era tão essencial que eu descobrisse, mas não podia simplesmente virar as costas para aquilo.

Segurei a chave que estivera presa ao mapa com a mão trêmula. Quando a encaixei na fechadura, a buganvília se curvou e envolveu meu pulso, enrolando-se delicadamente antes de se soltar, deixando em mim uma linda pulseira de flores roxas. Poucas coisas ainda me surpreendiam quando se tratava do que as plantas podiam fazer perto de mim, mas aquilo me deixou maravilhada.

A tranca se abriu e as plantas agarraram as barras de ferro do portão, separando-as. Hesitante, dei alguns passos adiante.

O portão de repente se fechou com uma batida forte e meu coração quase pulou para fora do peito. As árvores se alinharam, ocultando a entrada e limitando minha visão além do portão. Ninguém conseguiria me seguir. Onde eu havia me metido?

Folhas secas eram esmagadas sob meus pés enquanto eu seguia o caminho através de um corredor de pedra que terminava numa curva acentuada à esquerda, como a entrada de um labirinto. Ao contornar a esquina, encontrei-me diante de um vasto pátio retangular. No centro, havia uma árvore de tronco retorcido, tão largo quanto um carro, que se erguia até formar uma copa que se abria como um imenso guarda-chuva. Nas paredes internas de pedra, havia suportes metálicos com ancinhos, pequenas pás e mangueiras enrolados. Vários regadores de tamanhos diferentes estavam espalhados pelo chão. Um cano enferrujado saía da parede.

Canteiros suspensos preenchiam o pátio em um padrão de tabuleiro de xadrez, cada um dividido em quatro partes por tábuas de madeira. Todos os canteiros estavam cheios de plantas, mas todas estavam mortas, com as folhas amareladas e os caules quebrados. Um pequeno pilar de madeira com uma placa afixada no topo estava diante de cada canteiro. Caminhei até o mais próximo e removi uma camada grossa de musgo verde para ler as palavras abaixo.

ANGELICA
Angelica archangelica

Serpenteei entre os canteiros, limpando as demais placas. Cada um deles, que chegavam as dezenas, tinha uma etiqueta que correspondia a um dos potes da botica. Analisei o mapa outra vez. Os retângulos representavam os canteiros suspensos, e uma grossa linha preta traçada no centro representava o muro que separava a frente do jardim de outra área atrás. Segui adiante, passando por baixo da árvore gigantesca.

Um pouco mais da metade do caminho de volta, havia um arco circular no centro de um muro alto. Esse muro estava coberto por uma massa contorcida de trepadeiras pretas pontilhadas com folhas roxo-escuras e espinhos carmesim. A trepadeira era conhecida como vinha-do-diabo — e parecia ainda mais assustadora pessoalmente do que na ilustração.

Peguei a carta que devia ler quando chegasse naquele ponto e a abri.

Além deste ponto está o Venenum Hortus. O Jardim Venenoso. Cada planta cultivada nesse pedaço de terra envenenada pode matar uma pessoa adulta cinco vezes. A maioria das pessoas que desejam ter contato com essas plantas precisariam cobrir cada centímetro de pele exposta e, mesmo assim, poderia não ser suficiente para protegê-las. Mesmo que você ainda não compreenda, tenho certeza que entenderá quando lhe digo que você, querida Briseis, não necessita de tais proteções.

Ela sabia.

Circe, uma mulher morta que nunca conheci, sabia o meu maior segredo — algo que eu mesma tinha acabado de descobrir.

Sua mãe, Selene, tentou poupá-la dessa responsabilidade, mas o destino tem uma maneira de nos alcançar. Você precisa decidir se pode dar continuidade a esse trabalho, pois é a única capaz de fazê-lo que restou, e sua importância é maior do que imagina.

As videiras se enrolaram umas nas outras como um emaranhado de cobras. Uma força interior, situada no mesmo lugar onde esse poder residia em meus ossos, me motivou a continuar. Passei pelo arco e entrei no jardim mortal.

Meu nariz queimou, meus olhos marejaram e minha garganta ficou gelada como se eu tivesse tomado um copo de água congelada. Tossi, tentando forçar o frio para fora do meu corpo, secando meus olhos com as costas da mão. Aos poucos, a sensação passou, deixando uma sensação formigante na minha boca e no meu nariz.

— Está bem — falei em voz alta, me endireitando. — Estou bem. Estou bem.

A forma como o frio me atingiu significava que algo venenoso, algo mortal, pairava no ar.

Os muros de pedra estavam cobertos em videiras verdes grossas, suas gavinhas se enrolando ao redor de cada tijolo envelhecido. O Jardim Venenoso, menor do que a parte da frente do jardim, tinha uma organização similar: canteiros suspensos, todos etiquetados com os nomes das plantas que existiam ali, seus conteúdos murchos e marrons.

BELADONA
Atropa belladonna

AGERANTINA
Ageratina altissima

MAMONA
Ricinus communis

ERVILHA-DO-ROSÁRIO
Abrus precatorius

OLEANDRO
Nerium oleander

CICUTA
Cicuta douglasii

No canto mais afastado, havia uma planta baixa em um vaso circular. Sua etiqueta dizia Mancenilheira (*Hippomane mancinella*). Essa árvore era tão mortal que as pessoas não deviam respirar perto dela, muito menos comer sua fruta em formato de maçã.

Dei um passo para trás e quase tropecei em algo no chão — um pássaro morto. Ao meu redor havia outras dezenas deles, seus corpos danificados em vários estágios de decomposição. A maioria deles fora reduzida a pilhas de ossos e penas amarelados. Olhei para cima. Inicialmente, o que pensei que fossem galhos de árvores enrolados fora do jardim era, na verdade, uma copa de urtigas, heras e rosas emaranhadas. As pétalas eram pretas como tinta, e os espinhos, maiores do que meus dedos. Tudo estava entrelaçado como um andaime de arcos de metal curvado.

Enquanto eu vagava entre os canteiros relendo as cartas, ficou óbvio que Selene fizera uma escolha. Ela não desejava minha ligação com esse lugar e, por algum motivo, Circe, mesmo do além, tentava contrariar isso. Não sabia se me importava com o que Circe achava que eu deveria saber. *Isso* era algo que apenas eu conseguiria fazer? Mas o que exatamente eu deveria fazer? Cuidar da botica delas? Não parecia que Rhinebeck tinha uma população ansiosa para sustentar o negócio de remédios naturais.

Ouvi um farfalhar acima de mim quando uma videira descia do topo do muro e produzia o copo-de-leite roxo mais lindo que eu já vira. Parecia um presente, como o bracelete de primavera. Colhi a flor e a coloquei atrás da minha orelha enquanto a videira se afastava.

Atordoada, saí do jardim. Circe e Selene estavam cultivando as plantas mais mortais da terra naquele jardim. Pelo que eu conseguia ver, elas colheram partes delas para guardar na botica junto com plantas que tinham usos mais comuns. Eu tinha mais perguntas do que respostas — e ninguém me contava toda a verdade. Peguei meu celular e liguei para a minha mãe.

— Oi — disse ela.

— Oi, pode me mandar o número da dra. Grant? Eu queria ver se ela tem qualquer informação sobre o cara que estava aqui.

— Hã, claro. Posso ligar, se você quiser.

— Não, tudo bem. Sei que o cara era um esquisito, mas espero que ele não morra. — Meu celular vibrou quando o número da dra. Grant apareceu na minha tela. — Obrigada, mãe.

— Te amo, amor.

— Te amo mais.

Desliguei e liguei para a dra. Grant.

— Dra. Khadijah Grant — atendeu ela.

— Olá, dra. Grant. Aqui é Briseis Greene.

Houve uma longa pausa.

— Olá, srta. Greene. Está tudo bem?

— Sim, senhora, tudo bem. Eu estava pensando no cara que vocês pegaram aqui em casa. Ele está bem?

— Está preocupada com ele? — Ela soava surpresa. — Pelo que eu saiba, ele está aguentando. Está muito sedado devido à natureza de seus ferimentos, que foram bem sérios.

— Então ele está no hospital?

— Sim. Northern Dutchess Hospital. Mas não se preocupe, ele tem escolta policial. Vamos interrogá-lo quando estiver consciente.

— Sabe o nome dele? — perguntei.

Houve outra pausa.

— Alec Morris. Ele tem setenta e três anos e morou em Rhinebeck a vida toda. Isso é tudo o que sei no momento. Não faço ideia de por que um homem da idade dele estaria correndo na floresta com uma faca, mas invadir propriedade privada é ilegal. Como mencionei anteriormente, não quero que algo impeça você e sua família de se estabilizarem.

De acordo com minha mãe, talvez nunca nos acomodássemos. Ela estava a um incidente de arrumar as malas e partir.

— Obrigada — falei. — Agradeço muito.

Eu conseguira a informação que precisava sem ter que mentir muito.

— Imagina — disse a dra. Grant.

Desliguei, mas, antes que eu pudesse colocar meu celular no bolso, ele vibrou.

Karter: encontrei mais guias de campo. Pensei que você poderia querer ficar com eles.

Bri: Quanto?

Karter: São por minha conta. Posso levar para você.

Bri: Claro. Old Post Road, 307. O GPS não funciona direito aqui, então tome cuidado.

Três pontinhos apareceram, e então desapareceram algumas vezes antes que surgisse outra mensagem.

Karter: Ok. Vejo você em 15 minutos?

Bri: Blz.

Tranquei o portão principal para o jardim secreto e observei as árvores esconderem a entrada, tornando quase impossível vê-la. Durante todo o caminho de volta para a casa, emaranhados de plantas venenosas serpenteavam pelo chão, como uma onda rasa de folhas verdes e pretas e espinhos brilhantes. Na linha das árvores, elas retrocederam, se enrolando em si mesmas. As videiras se partiram e eu saí.

Olhando para trás, senti olhos em mim, como se algo ou alguém me observasse. E isso realmente acontecera antes — um homem com um facão estivera esperando, me observando. Isso deveria ter sido o suficiente para me convencer a não retornar ao jardim, mas o incidente em que a floresta pareceu ganhar vida para me defender me deu uma falsa sensação de segurança. As videiras se fecharam atrás de mim e subi a passos rápidos o gramado inclinado em direção à casa.

Antes que eu subisse a colina, mamis veio descendo a grama com um sorrisão no rosto. Karter vinha logo atrás dela.

— Olha quem veio fazer uma visita — disse mamis.

— Oi — falei.

Karter me olhou de cima a baixo.

— Oi. Hã, o que você estava fazendo?

A pergunta me pegou desprevenida. Olhei para minhas roupas e percebi que minha camiseta estava molhada de suor na parte das axilas e que eu estava usando flores como as pessoas usavam joias.

— Explorando. Escuta, tenho que me trocar rapidinho. Quer entrar?

— Sim, ele quer — disse mamis.

Ela o conduziu para dentro e corri para o andar de cima. Posicionei o bracelete floral e o copo-de-leite na bancada do banheiro antes de tomar um banho. Peguei uma calça jeans e uma camiseta meio limpa que eu tinha na mochila, prendi meu cabelo com um lenço amarelo e voltei para baixo para encontrar Karter na sala de estar, se acabando de rir com minhas mães.

Mamãe secou as lágrimas do cantinho dos olhos.

— Ela costumava tirar a camisa e correr pela floricultura como se ninguém fosse reparar! Nunca vi uma criança que quisesse ficar mais pelada que Briseis.

Pigarreei.

— Bora? — Passei meu braço sob o de Karter e o puxei em direção à porta antes que minhas mães pudessem falar qualquer coisa mais. — Podemos despistá-las se corrermos — sussurrei.

Karter deu um sorrisinho.

— Aonde vocês vão? — perguntou mamis enquanto íamos para a varanda.

Havia uma caminhonete detonada na entrada. O para-choque da frente não existia mais e a tinta que um dia fora vermelha havia se transformado em uma ferrugem irregular.

— Vamos dar uma volta — falei.

— Vamos? — Karter parecia confuso. Agarrei o braço dele. — Ah, sim. É. Vamos dar uma volta.

— Está bem, usem o cinto de segurança — aconselhou mamis. — E deixem o celular ligado para que eu possa saber como estão.

— Sim, senhora. — Subi no assento do passageiro enquanto Karter ia para trás do volante.

Mamis garantiu que pudéssemos vê-la olhando a parte da frente da caminhonete.

— Tenho o número da sua placa, Karter.

Karter olhou para mim, nervoso.

— Ela tá falando sério?

— Sim.

— Perdi alguma coisa? Não faz nem um minuto que estávamos rindo e brincando.

Todo o veículo roncou quando o motor foi ligado.

— Minhas mães gostam de brincar, mas não dão mole quando se trata de mim. Principalmente mamis. — Gesticulei, pedindo para que ela saísse da frente da caminhonete. Ela voltou para a casa, mantendo contato visual com Karter até que ele desviou o olhar para ajustar o retrovisor.

Karter pressionou os lábios em uma linha fina.

— Ela não precisa se preocupar. Sério. — Ele parecia preocupado, e me senti mal por isso.

— Mamis é bem inofensiva — falei. — Acho que você ficará bem.

Karter lidava com a caminhonete como se ela tentasse escapar dele, puxando com força o volante para mantê-la na linha. Cada quebra-molas pelo qual passávamos fazia a cabine trepidar e estalar. Parecia que não havia nada entre mim e a estrada e, se atingíssemos um buraco, eu ficaria sem cóccix.

Ele olhou para mim com seus olhos gentis.

— Desculpa. A caminhonete é velha.

— Tudo bem — falei. — Minha coluna pode precisar ser realinhada depois, mas tudo bem.

Ele riu e a tensão aliviou.

— Peço desculpas novamente por mamis. É tudo novo para nós e ela está sendo superprotetora agora.

— Você chama essa mãe de mamis. Posso saber o porquê?

— Quero dizer, as duas são "mãe" — respondi. — Eu chamo as duas de "mãe", dependendo da situação, mas mamis é um apelido para mãe. Funciona para nós.

— Faz sentido. Pensei que talvez fosse um apelido para o nome dela.

— É, não. — Eu ri. — Chamar ela por um apelido do primeiro nome? De jeito nenhum, sou negra.

— Entendi — disse Karter, assentindo. — Então, aonde vamos?

— Pode me levar ao hospital?

Ele me analisou, de sobrancelhas franzidas.

— Você está bem?

— Estou bem, mas um homem... — me interrompi. Eu não sabia até que ponto contar a ele. — Tinha um cara na nossa propriedade um dia desses. Ele estava bem machucado. Quero checar como ele está.

Karter encarava a frente enquanto dirigia.

— Um cara aleatório?

— É — falei. — Ele encostou em algo venenoso e tivemos que chamar uma ambulância.

Ele fez uma careta.

— Uau, que boas-vindas à cidade, hein? Cara estranho na floresta dia sim, dia não? O hospital não fica longe. Vou levar você caso ache que é uma boa ideia.

— Não sei se é uma boa ideia ou não, mas quero ir. — Essa parte era verdade.

Havia uma sacola de papel no assento entre nós, e Karter a empurrou na minha direção.

— Acho que tem uns quatro ou cinco aí.

Os guias de campo estavam em perfeito estado, assim como aqueles que ele me dera antes.

— Tem certeza de que não quer vendê-los? Posso pagar.

— Estavam acumulando poeira na estante. Pense neles como um presente de boas-vindas.

— Obrigada.

— Teve chance de explorar? — perguntou Karter enquanto virava na estrada principal.

— Não muito — falei. — Nossa primeira aventura foi visitar a livraria e jantar no Ginger's.

— Quer passar pela cidade? Posso mostrar alguns pontos.

Embora quisesse ir ao hospital, eu estava apreciando a companhia de Karter mais do que esperava. Se fosse igual a todas as amizades que tive, esse seria o momento em que eu começaria a erguer minhas defesas, me atentar a cada movimento meu, me afastando de qualquer lugar onde eu poderia perder o controle, e não me arriscar em nada. Mas se isso ia ser um recomeço…

— Claro — falei. — Seria legal.

CAPÍTULO 11

Karter começou a dirigir em direção à cidade e conversamos como se nos conhecêssemos há muito tempo. Antes, ele me parecera estranho e desajeitado. Eu o achava apenas tímido, mas, à medida que passávamos mais tempo juntos, percebi que era apenas um garoto de fala suave. Ele era tranquilo e engraçado. Era fácil estar com ele.

— Esta é a Montgomery Street — disse ele enquanto entrávamos na cidade. — Quando você chega ao sul do centro, ela se torna Mill Street. — Passamos por um mercado rural com várias tendas e estandes coloridos e cheios. — A Rua do Comércio é onde a maioria das lojas fica. A Loja de Doces do Samuel é a minha favorita. — Ele apontou para uma loja com decorações azuis e um banco vermelho na frente. — O cara que faz o Homem-Formiga é sócio.

— Sério? Paul Rudd?

Mamis acha que Paul Rudd é o homem branco mais bonito que ela já viu.

— Ele mesmo — disse Karter, rindo. — Lá eles têm uns doces chamados Misturão. É pasta de amendoim, pretzel e biscoitos cobertos com chocolate ao leite. Bom demais.

— Agora estou com fome — falei.

— Levo você lá — ofereceu ele. — Quero dizer, só se quiser — adicionou depressa, mantendo o olhar à frente.

— Eu gostaria, gostaria mesmo, mas que tal outro dia? Quero chegar ao hospital antes que seja tarde demais.

— Ah, sem problema — disse Karter. — Não é como se a loja fosse sair do lugar.

Sorri e, enquanto seguíamos pela cidade, imaginei como os bordos que ladeavam as ruas ficariam quando a folhagem deles se transformasse em um caleidoscópio de dourados e vermelhos. Estávamos passando devagar o bastante para que eu visse seus movimentos sutis, gestos que eu não tinha certeza se as outras pessoas conseguiam reparar. Os movimentos eram como inspirar fundo — a curva suave das folhas, a estiragem quase imperceptível dos galhos —, e elas estavam fazendo aquilo por minha causa. Pela primeira vez em um longo tempo, isso parecia mais com um dom do que um fardo.

— Este lugar não parece real — falei.

— Demora um tempo pra gente se acostumar.

— Como foi crescer aqui? — perguntei. — Porque, não vou mentir, vi apenas outras seis pessoas negras desde que chegamos neste lugar, e você e sua mãe são duas delas.

— O fato de que você viu todos nós é a única coisa que precisa saber. — Ele balançou a cabeça. — Mas tipo, sério, tá tudo bem. As pessoas são gentis na maior parte do tempo. As que sempre moraram aqui são discretas. Os turistas são irritantes, principalmente no verão, mas o que se pode fazer, não é mesmo?

Passamos por uma casa imponente com uma placa que dizia Hospedaria Beekman Arms.

— Tudo parece saído de um livro de história. Quão antigo é este lugar?

— Bem antiga — disse ele. — A cidade, quero dizer. E as pessoas são bem velhas também. Acho que a idade média deve ser, tipo, sessenta e cinco anos.

— Sério?

— Provavelmente. — Karter sorriu. — Tem um bingo na Rua do Comércio que fica cheio todo final de semana.

— Então é lá que acontece a festa nas noites de sábado? Bom saber.

— Se por "noite" você quer dizer cinco e meia da tarde, então, sim. — Karter fez um retorno que ia de volta em direção à casa. — O hospital é por aqui.

Quando chegamos lá, era meio de tarde. Karter estacionou a caminhonete e se virou para mim.

— Quer que eu entre com você?

— Claro, mas não sei se vão me deixar ver ele.

— Acho que vamos descobrir, né?

Entramos e uma mulher com uma camisa floral de botões, o colarinho perfeitamente passado, nos olhou com desconfiança de sua posição elevada na recepção.

— Posso ajudá-los? Vocês parecem perdidos.

— Estou em busca de um paciente — falei. — O nome dele é Alec Morris. Ele veio de ambulância pra cá ontem.

Ela digitou no teclado e leu no monitor a sua frente.

— Ele está no quarto 316. Parece que está sob escolta, então você não vai conseguir visitá-lo sem a companhia de um policial.

Suspirei. Fazia sentindo. A dra. Grant dissera que estavam de olho nele.

— Obrigada — falei, sentindo uma pontada de decepção.

Me virei para ir em direção à porta, mas Karter enganchou o braço sob o meu e me puxou na direção do elevador.

— Vamos pegar seus remédios, aproveitando que estamos aqui — disse ele.

— Hã?

Ele deu um aperto leve em minha mão.

— Ah — falei, pegando a deixa. — Boa ideia.

Karter sorriu para a recepcionista enquanto entrávamos no elevador. Assim que as portas se fecharam, ele soltou meu braço.

— Não vão nos deixar vê-lo.

Ele pensou por um momento.

— Posso causar uma distração pra você entrar.

— Espera. O quê?

— Vou tropeçar e cair ou algo assim — sugeriu ele com um sorrisinho. — Pode ser que eu não precise fingir. Tenho dois pés esquerdos.

— Eu não tinha percebido. — Eu com certeza tinha percebido. Era meio engraçado que a pessoa que ia me ajudar a entrar escondida para ver um estranho da floresta era provavelmente a pessoa mais sem coordenação que já existiu. Empurrei meus óculos para cima no nariz. — Então, você é bom em enganar os outros? Devo me preocupar?

— Não. — Ele abriu um sorriso que exibia todos os dentes. — Mas lembre-se de mim caso precise fazer planos tolos que provavelmente não darão certo.

O elevador subiu ao terceiro andar. As portas se abriram e seguimos as placas até o quarto 316. Era o último no fim do corredor leste, onde havia um policial sentado do lado de fora mexendo no celular. Me escondi atrás de um carrinho e puxei Karter para baixo comigo.

— O que vamos fazer? Não posso simplesmente entrar lá.

Karter mordiscou o lábio inferior, franzindo suas sobrancelhas grossas. De repente, ele juntou as mãos.

— Tá.

Ele se levantou e saiu de trás do carrinho, atraindo a atenção do policial.

— Merda — xinguei baixinho.

De repente, o tornozelo esquerdo de Karter se torceu e sua perna se dobrou. Ele caiu no chão, gemendo, e começou a rolar.

O policial se levantou ao mesmo tempo que uma enfermeira se apressou até Karter. Corri atrás dela, na esperança de que isso tornasse minha tentativa de chegar ao quarto 316 menos óbvia. A enfermeira se ajoelhou ao lado de Karter, que segurava o próprio tornozelo. Uma fina camada de suor cobria a testa dele. Pelo visto, ele não estava brincando quando disse que talvez não precisasse fingir a queda. Ele me lançou um olhar e fez um gesto discreto com a cabeça em direção à porta antes de gemer outra vez. Passei silenciosamente atrás da enfermeira e do policial que tentavam confortar Karter.

O paciente estava algemado à cama, dormindo profundamente. O quarto era pequeno, com apenas uma janela que dava para o estacionamento. A decoração monocromática fazia o espaço parecer apertado.

Pigarreei. O homem se mexeu, sobressaltado. Ao erguer a cabeça do travesseiro, seu olhar pousou em mim. O olho direito estava tão inchado que não se abria, mas o corte em seu lábio tinha levado pontos. O monitor cardíaco dele soava alto.

— O que você quer? — Sua voz era áspera e contida. Dei um passo para mais perto dele. Ele semicerrou seu olho coagulado. — Ah, é você.

— Você não me conhece — falei. — Você me chamou de Selene antes, mas não sou ela.

O rosto dele, inchado e ferido como estava, suavizou.

— Desculpe. Você se parece demais com ela. É estranho.

— Você a conheceu?

Ele assentiu.

— E a irmã dela, Circe. Elas partiram agora. Todas partiram. — O olho dele ficou marejado. — Peço desculpas por assustar você. Fiquei confuso. Estava perdido lá.

— Sobre isso — falei. — Como você chegou ao portão? Fica numa propriedade privada, e é…

Ele ergueu a sobrancelha esquerda, um gesto simples que pareceu causar uma quantidade desproporcional de dor.

— É difícil sair de lá — falei.

Ele me olhou com cuidado.

— Sei como é difícil. — Ele se reajustou na cama, se encolhendo a cada movimento. — É por isso que levei um facão. Eu tive que cortar a vegetação para abrir caminho, e mesmo assim… — Ele ergueu as mãos na frente do corpo. A pele de alguns dedos se desprendera, e as unhas haviam escurecido. Ele se recostou no travesseiro e deu uma risada seca e rouca. — Eu devia ter sacado. Há um motivo pelo qual ninguém consegue chegar lá. Achei que havia armadilhas, talvez algum tipo elaborado de segurança. Eu sabia que o mato estaria alto, mas não fazia ideia de que aquela floresta maldita ia ganhar vida e tentar me matar.

Se houvesse uma planta ali perto naquele momento, teria me encontrado, atraída pelo meu coração acelerado.

— Não se preocupe — disse ele. — Não voltarei lá. Mal sobrevivi. Não faz sentido testar minha sorte.

— Por que estava lá, pra começo de conversa?

— A casa estava escura há anos. Depois que Selene morreu, Circe fechou a loja.

— A botica?

O monitor fez barulho e a algema no braço dele se retesou.

— Remédios naturais. Outras coisas também, mas não sou a pessoa certa para você perguntar sobre isso.

Ele olhou pela janela.

A parte da medicina natural fazia sentido, mas que outras coisas?

Ele se virou de lado e o lençol deslizou para fora de seu pé descalço. Estava coberto em feridas profundas que pareciam bastante dolorosas. Ele reajustou rapidamente o lençol.

— É para isso que preciso de uma erva. A diabete danificou os vasos sanguíneos, o que dificulta a cicatrização das feridas. Tentei cada unguento e creme que meus médicos recomendaram, mas nada funciona como confrei. Mas tem que ser o confrei que Circe e Selene cultivavam. É o melhor. Eu sabia que elas cultivavam a erva em algum lugar na propriedade, então fui descobrir onde. Eu estava sem a erva há muito tempo, quase dez anos. Estava desesperado. Não sabia que vocês haviam se mudado para lá. Vi você entrar na floresta e pensei... pensei que você fosse Selene. Que tinha voltado dos mortos para me ajudar.

— Espero que não soe rude, mas a morte é bem permanente — falei.

— Se você diz. — Ele balançou a cabeça. — Esqueça. Eu estava confuso. Talvez ainda esteja. Sinto muito. De verdade.

Minha intuição disse que ele estava dizendo a verdade, e me senti mal por isso.

— Escuta. Posso conseguir confrei para você. Tem um pouco na casa ainda.

Ele se virou para mim.

— Você faria isso? Mesmo eu tendo invadido e provavelmente te assustado à beça?

— Não tem problema.

— Você se parece com Selene. — Ele sorriu, havia tristeza em sua voz. — Você tem o coração gentil dela também.

— Não sou ela — falei num tom firme. — Meu nome é Briseis.

Ele arregalou os olhos.

— Como o mito grego.

Assenti.

— Vou arranjar confrei para você, se prometer não entrar escondido na propriedade outra vez. Não é seguro. — Não para ele, pelo menos, e não por causa das plantas. Minha mãe e mamis poderiam mandá-lo de volta para o hospital se ele reaparecesse.

Ele ergueu a mão direita. As feridas em seu antebraço estavam abertas e vazando.

— Palavra de escoteiro.

— Passe lá quando estiver melhor.

Saí do quarto do sr. Morris. O policial havia se sentado outra vez e girou a cabeça para mim.

— Como você entrou aí?

— Desculpe, era... era o quarto errado.

Ele me lançou um olhar semicerrado enquanto eu corria pelo corredor, entrando rapidamente na sala de espera. Karter estava sentado em uma cadeira voltada para a estação da enfermeira, com o joelho apoiado em uma mesinha e um saco de gelo preso nele com bandagens. Ele estava com o celular contra a orelha.

— É uma entorse. Está tudo bem. Não vai atrapalhar em nada.

Ele se afundou no assento.

Estendi minha mão. Ele devia estar conversando com a mãe.

— Deixa eu falar com ela. É culpa minha.

Ele balançou a cabeça.

— Mãe, preciso ir. Tenho que levar Briseis para casa.

Ela disse algo e ele grunhiu em resposta, desligando.

— Sinto muito — falei.

— Está tudo bem — disse Karter. Ele se levantou, testando o peso no tornozelo ferido. — Minha mãe está preocupada que eu possa perder meu turno na livraria. Ela não se importa com meu tornozelo.

— Como assim ela não se importa? Ela é a sua mãe.

Ele inclinou a cabeça, arqueando as sobrancelhas. Abriu a boca para dizer algo, e então mudou de ideia.

— Vamos.

Karter mancou até o elevador. Me abaixei sob o braço dele e passei meu braço ao redor de sua cintura, para que ele pudesse apoiar o peso em mim.

Ele sorriu.

— Obrigado.

— Pode contar comigo.

— Como está o cara? — perguntou ele. — Ainda vivo, suponho?

— Está péssimo, mas acho que vai ficar bem.

Ajudei Karter a entrar na caminhonete.

— Eu me ofereceria para dirigir, mas provavelmente acabaríamos voltando para o hospital com algo bem pior do que um tornozelo torcido. Nem tenho carteira de motorista.

— Estou bem — garantiu Karter. — Sério.

Me sentei no banco do passageiro. Eu me sentia culpada por tê-lo arrastado para isso.

— Ela estava muito brava, não é? Sinto muito. Eu não queria colocar você em apuros.

— Como falei, não é culpa sua.

— Fui eu que pedi a você para vir aqui.

Ele inclinou a cabeça para o lado.

— Talvez seja culpa sua. — Karter semicerrou os olhos, e nós dois rimos. — Nosso relacionamento é... complicado. Sempre sinto que estou estragando tudo, como se eu não estivesse fazendo ou dizendo a coisa certa.

Me recostei enquanto ele ligava a caminhonete e saía do estacionamento.

— Desculpe — disse ele, olhando para a frente. — Isso foi pessoal demais.

— Não, está tudo bem — falei. — Então, vocês têm um relacionamento complicado?

Ele hesitou antes de deixar os ombros caírem e balançar a cabeça.

— Eu não diria complicado. Eu a amo mais que qualquer coisa. Ela espera muito de mim. Parece que estou sempre a decepcionando.

— Só por que você torceu o tornozelo?

— Não é só isso. — Ele suspirou pesadamente. — Não é nada. Eu preciso parar de ser tão sentimental.

— Não, não diz isso — falei. — Ser sentimental é bom.

A boca dele formou um sorriso divertido. O celular dele vibrou no bolso enquanto parávamos na casa. Ele estacionou o carro, olhou para a tela e suspirou.

— Ela não sabe quando desistir.

Desci, pegando a sacola de guias de campo.

— Seja lá o que está acontecendo entre você e sua mãe, espero que melhore — falei. — E você pode conversar comigo, se precisar.

Ele sorriu, mas os olhos não.

— Quer tomar café da manhã comigo amanhã?

— Ou você pode vir para cá e eu faço o seu café! — Mamis veio na direção da caminhonete, esfregando as mãos.

— Como é que você ouviu o que ele disse? — Me virei para mamis. — Estava esperando na varanda?

— Sim — respondeu mamis, nem um pouco culpada.

— Pra mim, parece ótimo — disse Karter.

— Venha lá pelas nove. Faço um waffle de matar.

— Você nunca fez waffle na sua vida — falei. Eu nunca tinha conhecido ninguém que conseguia fazer o almoço e a janta tão bem, mas não conseguia fazer café da manhã nem se sua vida dependesse disso. Era por isso que o pessoal da padaria nos conhecia pelo nome. — Você queimou seus ovos mexidos da última vez que...

Mamis me agarrou em um abraço de urso para que eu não pudesse dizer mais nada.

— Vejo você amanhã, Karter. Traga seu apetite, querido.

— Eu venho — disse ele. — Tchau, Briseis.

Ele virou a caminhonete e partiu.

Mamis sorriu enquanto eu me livrava de seu abraço e empurrava meus óculos nariz acima.

— Sério? — falei. — Por que você está agindo assim? Você está bem? Precisa se deitar? — Coloquei a mão na testa dela para ver se estava quente.

— Garota, para — disse ela, sorrindo. — Estou feliz em ver você saindo de casa e fazendo amigos.

— Vai mesmo fazer waffles? Acabamos de nos mudar. Minha mãe vai ficar com raiva se você pôr fogo na casa.

— Vai dar certo. Me conta mais sobre Karter. Você gosta dele, né?

— Ele é muito legal — falei, parando para considerar o que ela estava insinuando. — Gosto dele como amigo e, sinceramente, é disso que preciso agora.

— Isso é tão importante quanto todo o resto — disse mamis.

Sempre dava para saber quando eu gostava de alguém logo de cara. Eu não passava a gostar das pessoas com o tempo. Ou eu gostava assim que as conhecia ou não gostava nem um pouco, e eu gostava de Karter. No entanto, isso implicava que, em algum momento, precisaria escolher o quanto revelar para ele, ou ocultar dele, e eu odiava essa parte.

CAPÍTULO 12

Encontrei minha mãe na cozinha, esfregando as prateleiras como se sua vida dependesse disso. Os olhos dela estavam vermelhos como se ela tivesse chorado.

Ela viu a preocupação no meu rosto.

— São minhas alergias. Este lugar é tão empoeirado. Aonde você foi?

— Dirigi com Karter por aí por um tempo.

— Viu alguma coisa interessante? — perguntou ela.

— Mais ou menos. Passamos por um lugar chamado Loja de Doces do Samuel. Era fofa. Servem café e tal. A gente podia passar lá um dia desses.

— Amanhã? — perguntou minha mãe.

— Não, mamis vai fazer waffles amanhã.

— Espera. *Quem* vai fazer waffles?

— Karter virá para o café da manhã, e vou fazer waffles — anunciou mamis enquanto entrava na cozinha, me lançando uma careta exagerada. — Olha só o que encontrei mais cedo. — Ela foi até o armário e pegou o que parecia ser a primeira máquina de waffles já feita. Ela a colocou na bancada com um baque alto. — Me inspirou.

Minha mãe encarou mamis como se ela tivesse duas cabeças.

Mamis cruzou os braços sobre o peito.

— Estou tão brava com vocês por pensarem que não consigo fazer waffles. Não é um bicho de sete cabeças.

— Eu sei — disse minha mãe. — Mas, querida, você já fez waffles alguma vez na vida?

Tentei abafar minha risada, mas não consegui. Nem mamãe. Mamis se virou e saiu.

— Vou provar que vocês estão erradas — disse ela sobre o ombro. — E então vão querer que eu faça waffles *o tempo todo*, e vou dizer não.

Minha mãe suspirou e se ajoelhou para limpar os armários baixos.

— Esteja com a câmera pronta quando ela começar a cozinhar, mas também esteja pronta para ligar para os bombeiros.

— Ah, pode deixar — falei. — Vou começar a mexer em umas coisas lá em cima. Eu, hã... encontrei algo quando estava dando uma olhada.

— Ah, é? O quê?

Eu queria contar tudo a ela, mas me interrompi. Eu ainda estava tentando decifrar as mensagens de Circe em suas cartas e qual era a relação entre minha imunidade e o trabalho que ela tinha mencionado.

— Um jardim — falei. — Está malcuidado e quase morto, mas acho que posso dar um jeitinho nele.

— Se alguém pode fazer isso, é você. — Ela se sentou, as pernas dobradas sob o corpo. — Você gosta daqui, amor? Sei que não é o Brooklyn. É diferente. Mas, para ser sincera, se pudermos controlar essas pessoas aleatórias aparecendo e a poeira, pode ser que eu passe a gostar do lugar. Ouvi pássaros cantando esta manhã, amor. *Pássaros.* E não aqueles pombos fedidos.

— Pombos nem cantam.

— Não, eles ficam ocupados demais roubando a comida das pessoas e cagando em tudo. Mas é disso que estou falando. Este lugar tem pássaros de verdade e, embora esse pólen tenha tentado me matar, aqui é lindo. Acho que amei.

Minha mãe era uma garota da cidade até os ossos, uma nova-iorquina, a rainha de cuidar da própria vida. Ela não acreditava que existia atravessar fora da faixa, e eu não achava que ela conseguiria viver sem seu sanduíche cubano favorito do mercadinho da esquina. Nunca imaginei que ela pudesse ser feliz fora do Brooklyn, mas lá ela parecia menos estressada do que o normal. Minha mãe dava sorrisos mais amplos e estava me dando mais liberdade do que eu jamais tivera.

De repente, minha garganta deu um nó. Há muito tempo, nossa única preocupação era pagar as contas. Agora, a mera possibilidade de não ter mais essa preocupação era o suficiente para me levar às lagrimas, porque eu sabia o que isso significaria para ela, para todas nós.

Ela se levantou e pegou minhas mãos.

— Escuta, falei com mamis e ela me fez refletir. Talvez você possa abaixar a guarda enquanto estamos aqui.

— O quê? — falei, surpresa. Eu não esperava isso dela.

— Talvez nós duas possamos relaxar um pouco. Fico tão preocupada com você e esse poder. Tudo o que quero é proteger você. Eu te amo tanto. — Ela traçou as linhas da minha palma delicadamente, e seus olho ficaram marejados. — Mas você tem esse dom por algum motivo, certo? Então talvez mantê-lo preso aí dentro talvez não seja a coisa certa. Vá explorar, fazer algumas plantas crescerem. Encontre algo bonito para colocar na janela, está bem?

Enterrei meu rosto no ombro dela.

— É muito bom ver você assim.

Ela me abraçou.

— Assim como?

— Feliz. Sem se preocupar tanto e me pedindo para colocar flores na janela.

Ela traçou a lateral do meu rosto com os dedos.

— Acredito que todas nós estivemos enfrentando muito estresse. Agora que temos este lugar, talvez possamos nos soltar um pouco. Mas veremos, amor. Vamos viver um dia de cada vez.

— Eu te amo, mãe.

Ela beijou minha testa e me abraçou com força.

— Eu te amo mais. Agora vá para o jardim e me traga peônias. Você sabe que eu amo.

— Espere aí.

Saí da cozinha e fui à botica. Subi na escada, buscando o frasco que eu vira quando chegamos — raiz seca de peônia. Peguei um punhado e voltei para a cozinha.

Com cuidado, coloquei a raiz na palma dela e cobri a mão dela com a minha. Inspirei fundo. Uma sensação cálida fluiu das pontas dos meus dedos. Uma onda de tontura tomou conta de mim, mas relaxei nela. Soltei minha mandíbula, deixei de lado os pensamentos sobre isso dar errado e permiti que a energia se movesse por mim.

A tontura desapareceu imediatamente. A raiz se mexeu. Minha mãe inspirou fundo. Um único galhinho verde surgiu entre meus dedos e cresceu trinta centímetros. Uma flor nasceu, revelando as pétalas mais pretas que eu já vira, o centro cheio de sementinhas vermelho como sangue.

— É uma peônia-ônix — falei. — É o tipo mais raro de peônia que existe.

Eu estava fascinada pela planta única e chocada com a minha resistência ao seu poder. Minha preocupação excessiva e tentativas de controlá-lo pareciam causar tontura e exaustão após fazer as flores desabrocharem. Não havia nada daquilo naquele momento. Quando olhei para minha mãe, ela me encarava.

— O que foi?

— Você, amor. — Ela me olhou como se me visse pela primeira vez. — Você é o exemplo vivo da magia de mulheres negras.

Ela pôs a flor em um copo alto de água, e, enquanto eu descia o corredor, os alto-falantes dela ganharam vida. As notas familiares de Josephine Baker cantando "Blue Skies" com sua tranquilidade característica flutuaram pela casa.

Mamis apareceu na porta da frente.

— Sua mãe que colocou essa música?

— Sim. Ela disse que está começando a gostar daqui.

A boca de mamis se transformou em um sorriso extático.

— Quem poderia imaginar? — Ela voltou a tirar o pó das prateleiras e dos parapeitos das janelas, cantarolando com a música.

Subi a escada e peguei o mapa que Circe tinha me deixado para estudar a disposição em tabuleiro dos canteiros do jardim. As plantas cresceriam melhor se eu reunisse aquelas que compartilhavam as mesmas necessidades de solo nos mesmos canteiros. Aquelas que precisavam de um solo mais ácido se desenvolveriam em canteiros com plantas similares em vez de dividir os canteiros individuais com tábuas.

Posicionei uma folha de papel em branco, anteriormente presa entre as páginas do meu caderno, sobre o mapa e comecei a analisar as disposições dos canteiros e rascunhar a reorganização das plantas. O papel ofício, branco e reluzente, se projetava uns sete centímetros acima do mapa. Passei os dedos pela sua borda áspera, que parecia ter sido recortada com uma tesoura pouco afiada.

Me levantei e peguei meus óculos com lupa embutida na caixinha em que eu tinha colocado todas as minhas ferramentas de pesquisa antes de sair de casa. Coloquei os óculos e imaginei a extremidade irregular do mapa. Faltava uma parte. E perto do centro, um pontinho minúsculo de tinta havia vazado de seja lá onde estivera antes. Havia algo além do muro mais distante do Jardim Venenoso.

Calcei meus tênis e corri escada abaixo. Mamãe e mamis estavam ocupadas, então saí pela porta da frente e dei a volta até o caminho escondido. Quando me aproximei, a cortina de videiras se abriu, mas, desta vez, não me importei com a reação das árvores. A floresta ao redor respondeu ao criar um movimento ondulante de arbusto, tirando do caminho galhinhos e pedrinhas e abrindo espaço para mim. Segurei o mapa com força e segui para os confins mais sombrios da floresta.

As árvores se afastaram, permitindo que eu destrancasse o portão. Entrei depressa, marchando direto para o portão lunar. Eu tinha mais coragem na floresta, mas não tinha certeza se deveria ser tão confiante nesta parte do jardim também. Um erro agora poderia ser fatal.

Entrei no jardim venenoso. Novamente, a sensação de água gelada sendo despejada na minha garganta me pegou de surpresa. O efeito gelado doeu, a princípio, mas desapareceu mais rápido do que na minha visita anterior. Engoli em seco. A sensação formigante permaneceu, mas não doía.

Devagar, me aproximei do muro dos fundos. Copas de árvores pesavam os arcos de metal acima da minha cabeça. O muro estava coberto por heras venenosas e vinhas-do-diabo tão grossas que eu mal conseguia ver as pedras abaixo. Toquei as folhas, testando minha imunidade mais uma vez.

Enquanto meus dedos roçavam na folhagem, videiras subiram e se enrolaram nos meus pulsos. Puxei minhas mãos para trás, mas elas apenas me agarraram com mais força. Os espinhos longos e parecidos com dentes se tornaram planos, encostando na minha pele sem feri-la. Meu coração galopava em um ritmo furioso enquanto eu tentava me soltar. Algumas das folhas roxas caíram com o esforço, mas voltaram a florescer sob o meu toque. Outra gavinha enrolou na minha cintura e me apertou com tanta força que não consegui respirar. Em seguida, me arrastou pelo chão, derrubando meus óculos, e então me ergueu no ar, deixando meus pés balançando acima do chão.

— Pare! — gritei.

As videiras venenosas afrouxaram seu aperto, colocando-me no chão gentilmente, mas sem me soltar. A vinha-do-diabo e a hera venenosa se afastaram como uma cortina de teatro diante de mim. Ali, no muro de pedra, havia uma porta de metal enferrujada. No centro dela, havia um topo de brasão.

A vinha-do-diabo se desenrolou, me soltando. Esfreguei meus punhos doloridos. Um único cacho de hera venenosa deslizava pelo chão. Dele, cresceram três gavinhas fininhas que trabalharam como dedos para pegar meus óculos e me devolverem.

— Hã, obrigada?

Eu não sabia mais o que dizer, então limpei as lentes na barra da minha camisa e me aproximei da porta recém-revelada para analisar o símbolo.

No centro havia o rosto de uma mulher ou — como percebi ao me inclinar — três rostos. Um olhava diretamente para a frente e os outros dois estavam voltados para os lados. Em suas cabeças, uma coroa de videiras entrelaçadas. Tudo estava contido em uma borda em forma de escudo, cercada por trepadeiras e folhas onduladas. No topo, uma chave atravessada por duas tochas estava estampada com detalhes intrincados.

A placa de apoio onde ficava a fechadura era belamente esculpida com um padrão enrolado que me lembrava a vinha-do-diabo.

Peguei minhas chaves e tentei usar todas as três na fechadura, mas foi em vão. Me afastei da porta e as videiras voltaram para o lugar, escondendo-a por completo.

As cartas de Circe não mencionavam outra chave, mas dizia que tudo que eu precisava saber poderia ser encontrado na casa. Talvez a chave estivesse lá em algum lugar. Soltei um suspiro exausto enquanto imaginava as pilhas infinitas de jornais e revistas, gavetas cheias de tralhas e armários tão grandes quanto o nosso apartamento. Eu nem sabia por onde começar.

Imaginar o que tinha atrás daquela porta tomou meus pensamentos enquanto eu revirava cada uma das gavetas e cada um dos armários. Perguntas surgiam na minha mente e se enrolavam em cada ideia que eu tinha. Eu não conseguia parar de pensar o que poderia haver lá e por quê, em um jardim cheio de plantas que mataria alguém que não fosse como eu, precisava estar trancado atrás de uma porta de aço que parecia pertencer a um banco.

Conferi o cofre mais uma vez para garantir que não havia perdido nada e tirei fotos das páginas do grande livro para saber como cuidar das plantas que não consegui identificar no Jardim Venenoso. Minhas mães haviam tirado muito lixo da torre, então examinei os títulos nas prateleiras um a um, conferindo entre as páginas por espaços escondidos onde alguém poderia ter escondido a chave para uma porta sinistra em um jardim murado no meio da floresta.

Os livros na prateleira dos fundos eram mais antigos que os da frente. As capas eram de couro e as páginas estavam amareladas e frágeis. Peguei um livro pequeno e esfarrapado que parecia estar em uma condição pior do que os outros. Na superfície, estava a palavra "Medeia" e, subscrito, o nome "Sêneca". Abri a capa e li uma das páginas.

"*Ó deuses! Vingança! Venham até mim agora, rogo, e ajudem-me...*"

Folheei o restante do livro. Eu assistira *Hércules* o suficiente para reconhecer alguns personagens, como Jasão, o líder dos Argonautas, que conduzia um navio chamado *Argo*. Mas o personagem principal do conto parecia ser Medeia, a mulher das pinturas penduradas na torre.

Deixei o livro de lado e continuei a examinar as prateleiras. Havia mais livros antigos, alguns envolvidos em plástico e se desfazendo nas costuras, e pilhas de páginas soltas. Cheguei a uma parte com meia dúzia de encadernações idênticas. Cada volume de capa de couro era cheio de listas de ervas e plantas, todos com instruções detalhadas de seus vários usos e cuidados. Cada erva, planta, árvore ou arbusto que eu conhecia estava detalhado ali, junto com dezenas de outros que não reconheci. Ao lado de cada um deles, instruções de uso. Todo o tomo era dedicado a receitas de remédios de ervas para aflições que iam de síndrome pré-menstrual a artrite. Havia bálsamos para hematomas e urtigas, remédios para estômagos irritados e dores de cabeça. Devolvi os livros para a prateleira e levei a cópia de *Medeia* comigo para a mesa no centro da sala para ler.

Passei meia hora o examinando. Medeia era uma mulher desdenhada, tão cheia de fúria e ódio que tramou contra seu marido infiel ao fazer um veneno para matar a nova amante dele. Fiquei tão desconfortável pela descrição de Medeia matando os próprios filhos para atingir Jasão que precisei fechar o livro para tornar a me concentrar. A história fazia parecer que Jasão era a pessoa por quem o leitor devia ter empatia, mas a figura trágica era Medeia, nitidamente. Que tipo de pessoa faria isso com os próprios filhos?

Reuni mais alguns livros das prateleiras dos fundos — *Metamorfoses, Fabulae, Heroides* — e os levei para o meu quarto.

Passei o fim da tarde lendo e fazendo anotações. Cada um dos livros que mencionavam Medeia estava marcado, passagens sublinhadas de lápis, anotações feitas nas margens. Ela era devota de uma deusa chamada Hécate, Guardiã das Encruzilhadas, Protetora das Chaves. Ela tinha uma centena de nomes, e a mitologia dela era ainda mais antiga que a de Medeia, datada de um tempo anterior à existência dos deuses nos mitos gregos. Hécate e Medeia eram sempre mencionadas em relação uma à outra.

Mamis apareceu no meu quarto.

— Você está bem? Faz um tempo que está aqui.

Chequei meu celular. Eram quase oito horas.

— Perdi a noção do tempo. — Me levantei da cama. — Falei pra mamãe que ajudaria a limpar. Desculpe, fiquei distraída pelos livros antigos que encontrei.

— Não se preocupe — disse ela. — Temos mais que tempo suficiente para limpar. Eu também não ia escolher limpar se pudesse ler um bom livro, amor. Desde que você esteja bem, vou deixá-la fazer o que quiser.

— Estou bem — falei. — Mas tenho uma pergunta.

— Diga.

— Você sabe algo sobre mitologia grega?

Ela franziu os lábios.

— Estudei administração na faculdade, amor. Mitologia grega não era algo que me interessava muito, mas eu tinha uma amiga que gostava. Ela foi curadora do Brooklyn Museum por alguns anos. Não sei se ainda está lá, mas posso dar o e-mail dela para você.

— Isso seria perfeito. Encontrei várias histórias antigas. Tem essa mulher chamada Medeia, e...

— Tipo a "Madea" do Tyler Perry?

— Hã, não — falei, sorrindo. — Não *Madea, Medeia.* Ela era filha de um rei, e acho que devota de uma deusa, e Circe tem fotos dela por toda a parte. É meio esquisito, mas quero pesquisar.

— Há várias coisas esquisitas por aqui — disse ela. — Aquele cara nos fundos? Esquisito. Imagino se vão prendê-lo depois que ele se recuperar, ou talvez já tenham prendido.

— Ele é meio velho — falei. — Não acho que devemos prestar queixa nem nada.

Mamis suspirou.

— Você deve ter razão. Vou falar com a sua mãe. Enquanto isso, comprei pizza e cerveja artesanal que provavelmente tem um gosto horrível. Estão lá embaixo.

A campainha soou. Ouvi a porta da frente se abrir, e então minha mãe chamou.

— Briseis? Tem uma pessoa procurando você.

— É o jovem Trevante? — perguntou mamis, espiando o corredor.

— O nome dele é Karter — falei, vendo no celular se tinha perdido alguma mensagem ou ligação.

Nada.

A dor da decepção que senti me pegou desprevenida. Eu estava ansiosa para passar tempo com ele de novo. Desci com mamis logo atrás de mim.

Enquanto espiava além de minha mãe, reconheci a pessoa ali.

Era a garota que estivera na entrada na outra noite, aquela que nos fizera chamar a polícia. Aquela que desaparecera bem diante dos nossos olhos.

CAPÍTULO 13

Esperei para ver se uma das minhas mães ia dizer algo. Mamis tinha visto alguém, mas não sabia das características. Já mamãe nem tinha visto a garota. Nenhuma delas pareceu reconhecê-la.

Assim que nossos olhares se encontraram, absorvi tudo a respeito dela, como se minha mente estivesse garantindo que eu não esquecesse de nenhum detalhe. Ela era a pessoa mais impressionante que eu já tinha visto. Sua pele era da cor terrosa das folhas de outono, e seu cabelo prateado estava preso para trás, na altura da nuca em uma massa de cachinhos bem pequenos. O canto da boca dela se ergueu enquanto ela me observava.

— Sinto muito por perturbar você — disse a garota, o olhar fixo em mim. Ela enfiou as mãos nos bolsos do seu casaco militar. — Sei que é tarde. Sou Marie, neta de Alec.

— Quem é Alec? — perguntou minha mãe.

Minha mente se agitou para pensar em uma mentira que não me trouxesse muitos problemas. Eu não podia contar para as minhas mães que eu visitara Alec no hospital.

— Um cara que conheci na cidade — falei rapidamente. — Quer entrar?

Marie inclinou a cabeça e sorriu.

— É claro. Obrigada.

Ela entrou, e minhas mães ficaram ali, esperando que eu explicasse.

— Vem comigo — falei, evitando as encaradas. — Vou pegar confrei para você.

Minhas mães ficaram para trás, mas eu podia senti-las nos observando enquanto Marie me seguia pelo corredor. Entramos na botica.

— Como Alec está? — perguntei. — Já deram alta para ele?

Marie revirou os olhos.

— Não. Mas ele está bem. Irritante, mas bem. Ele se enfiou nessa confusão e sofre enquanto está se curando… — Ela deu de ombros como se dissesse "fazer o quê". Pôs a mão no quadril e me olhou dos pés à cabeça tão vagarosamente que tive que desviar o olhar, envergonhada.

Uma sensação inquietante de confusão e, para ser sincera, dúvida, tomou conta de mim. Ela não devia ser mais velha que eu, talvez uns dezessete anos, no máximo. Não conseguia dizer se o cabelo dela fora pintado de prateado ou se aquela era a cor natural. Ela usava jeans justo, rasgado em alguns pontos na coxa, onde a pele dela ficava a mostra, e uma camiseta branca sob o casaco militar. As pesadas botas pretas batiam no chão enquanto ela andava pela loja. Havia algo na forma como ela se movia, como se estivesse em câmera lenta, cada movimento deliberado.

De repente, tomei consciência de que estava desarrumada e procurei por algum lugar onde pudesse ver meu reflexo. Peguei meu celular e fingi ler um e-mail enquanto trocava para a câmera frontal. Assim que me vi, quis esmagar meu celular e desaparecer num buraco no chão. Claro que essa menina linda surgiria logo quando eu estava no meu pior estado. Suspirei. Era tarde demais para fazer algo a respeito.

— Era você lá fora naquela noite — falei. Mantive a voz baixa para que minhas mães não ouvissem. — Você assustou minhas mães.

Ela sorriu como se fosse engraçado.

— Não era a reação que eu esperava.

— Você fica do lado de fora da casa de um estranho, no escuro. É óbvio que vai assustar alguém.

— Não foi minha intenção — disse ela baixinho. — Faz um tempo desde que a loja fechou. Fiquei sabendo que uma nova família se mudou para cá, então vim checar. Mas vocês não são uma *nova* família, são?

— Quer me explicar o que quer dizer com isso? — Examinei a prateleira e avistei o frasco com confrei perto do topo. Coloquei a escada no lugar e subi para pegá-lo.

— Você é parente de Circe. — Ela se colocou na base da escada de repente, segurando-a firme com uma mão só. — Sei só de olhar para você. Se importa se eu perguntar como?

— A irmã dela, Selene, era minha mãe biológica.

Ela fez um som que era como uma tossida, mas, quando a olhei, ela estava séria e pensativa. Desci e coloquei o frasco na bancada enquanto ela ia para o lado oposto.

— Posso perguntar uma coisa? — falei.

— Pode.

Outra vez, algo nela chamou minha atenção. Ela era bonita... não. Mais do que isso. Ela era linda. Mas não era apenas isso. Balancei a cabeça.

— Hã, desculpe... me perdi.

Ela deu de ombros.

— Acontece.

Me esforcei para lembrar o que eu queria perguntar a ela.

— Há lojas, sabe, on-line, que vendem a maioria destas coisas.

— Não quero comprar on-line, e ninguém quer também.

— Por que não?

— Não conheço quem está vendendo — disse ela, simples. — Não faço ideia da intenção desses indivíduos ao cultivar as plantas.

— Isso importa? A intenção da pessoa que as maneja?

— Mais que qualquer coisa. — Ela olhou para a parede de frascos de vidro, e então pousou as mãos no balcão, se inclinando à frente. — Li um estudo sobre isso uma vez. Dizia que, se você conversa com uma planta como se a amasse, ela cresce mais rápido e maior. Mas, se você apenas disser coisas negativas a ela, insultá-la, ela vai murchar e morrer.

— Verdade — falei. Eu tinha lido o mesmo artigo e até escrevi um trabalho sobre o processo para minha aula de estudos ambientais. — Então talvez tenha algo a ver com o que você pensa e sente enquanto cultiva uma planta.

Ela assentiu.

— Eu acho que sim. Imagino que plantas são meio como pessoas. Diga a uma pessoa que ela é inútil, magoe ela todos os dias, e ela vai murchar também. — Ela deixou seus dedos delicados dançarem pelo balcão, e então sobre seus lábios. Seus olhos eram como o centro dos girassóis, castanhos e quentes. Ela manteve o olhar no meu. — Mas imagine dizer a alguém que ele é lindo, magnético, maravilhoso. Todo santo dia. Imagine como ele floresceria.

Derrubei o frasco de confrei enquanto mexia em papéis, tentando evitar a encarada dela.

Marie se endireitou, um sorrisinho em seus lábios.

— Enfim, as plantas e as ervas aqui são melhores. Ficam frescas por mais tempo. Não apodrecem nos potes. Por que você acha que é assim?

— E-eu não sei — menti. Estava começando a ter uma ideia.

— Você é nova neste lugar, mas esse lugar não é novo pra você — afirmou Marie. — Está nos seus ossos. É parte de quem você é.

Eu não conseguia olhar diretamente para ela porque não sabia onde meu olhar pararia — em seus olhos grandes? Na curva de seu lábio inferior?

— Como sabe que está nos meus ossos?

— Sei várias coisas — declarou. — Por exemplo, há sacos de papel sob o balcão. E tem uma colher e uma balança também.

Olhei para baixo. Ela tinha razão.

— Vou levar duzentos gramas de confrei — disse ela.

— Certo. — Tirei a tampa do frasco. A espécie era *Symphytum officinale*. — Este tipo de confrei é chamado de confrei comum. É bom, mas a variante russa, *Symphytum uplandicum*, seria melhor para as úlceras de Alec. O conteúdo alcaloide é maior nessa variante.

Ergui a cabeça para olhar para Marie. As sobrancelhas dela estavam arqueadas, a boca em um meio sorriso. Rapidamente, coloquei as folhas secas na balança, pesei duzentos gramas e depois as coloquei no saco de papel. Na gaveta à minha direita, encontrei uma folha de pequenos adesivos pretos usados para selar o saco. Entreguei-o para Marie e ela empurrou uma nota de vinte dólares sobre o balcão.

— Não posso aceitar — falei.

— Por quê? É o que eu pagava para Circe.

— Quando? Todos dizem que este lugar ficou fechado por um longo tempo.

— Faz um tempo. — Ela empurrou o dinheiro para mais perto de mim. — Você tem contas a pagar, certo? Espero mesmo que reabra a botica. Este lugar é mais importante para as pessoas do que você imagina.

Ela evitou minha pergunta sobre quando havia pago Circe como se eu nem sequer tivesse perguntado. Algo permanecia nas palavras dela, outro significado. Aquele lugar.

Marie se inclinou para frente, rolando as contas de seu colar entre os dedos. As unhas dela eram pintadas de um vermelho semelhante ao tom do caminhão de bombeiros, e uma ágata cor de musgo no formato de caveira adornava seu dedo médio.

— Isto foi passado pela minha família por gerações. Vê as contas? Sabe do que são feitas?

Me inclinei à frente para observar melhor o colar. Ela mordeu gentilmente o lábio inferior e suspirou. O calor do hálito dela e a proximidade de seu rosto com o meu acendeu um fogo em mim. Pisquei para espantar os pensamentos e tentei voltar a focar no colar.

O que pareciam ser contas de madeira eram, na verdade, sementes pretas e vermelhas, secas e furadas bem no meio.

— São *Abrus precatorius* — falei. — Ervilha-do-rosário.

Ela tamborilou os dedos no balcão.

— Inofensivas nesta forma…

— Mortais para cultivar.

— Exatamente.

Circe provavelmente sabia ou suspeitava da minha imunidade, o que me fez questionar se seu conhecimento sobre esse dom misterioso era maior do que eu imaginava.

— Circe as trocou pra mim ao longo dos anos — disse Marie. — Está vendo estas? — Ela tocou duas sementes rachadas e esfarelando perto do fecho. — Talvez você possa consertá-las agora que ela partiu.

O frasco com a etiqueta de *Abrus precatorius* estava vazio, mas ela já devia saber disso. Não estava me pedindo para subir a escada — ela queria que eu as fizesse crescer para ela.

— Eu pagarei cem dólares por cada semente — disse Marie.

A porta da botica se abriu de súbito. Minhas mães caíram de cara no chão. Mamis praticamente saiu rolando, então se pôs de pé em um pulo e ficou parada na porta.

— Eu só… só estava checando os batentes da porta — gaguejou ela enquanto esfregava o ombro. — Os batentes estão soltos. E as dobradiças estão… estão quebradas. Precisamos consertar isso. — Ela deslizou a mão pelo batente, inspecionando-o, e então se virou para minha mãe. — Querida, poderia chamar alguém pra consertar isto?

Minha mãe pôs o celular na orelha. Sem desbloqueá-lo. Nem digitar um número. Ela fingiu falar com alguém e depois parou, enfiando o celular de novo no bolso.

— Estávamos ouvindo a conversa — admitiu. — Desculpem. Vamos deixar vocês em paz.

Elas cambalearam para fora da sala e fecharam a porta — que funcionava perfeitamente.

Suspirei.

— Elas não têm jeito.

Marie riu enquanto pegava o celular.

— Qual é o seu número?

— Você quer o meu número?

— Sim — disse ela sem hesitar.

Levei um segundo para conseguir me lembrar da droga do meu número de telefone. Eu precisava me endireitar porque estava me constrangendo. Após digitar os números, ela me enviou uma mensagem para que eu pudesse salvar o contato dela.

— Me ligue. Podemos falar mais sobre Circe e este lugar, ou conversar sobre outra coisa. — Antes que eu tivesse a chance de responder, ela saiu da sala, parando apenas para me encarar diretamente por sobre o ombro. — Tchau, Briseis.

Quando ela pronunciou meu nome, senti uma onda calor percorrer meu corpo, porém, não era do tipo que faz flores brotarem. Ela desapareceu no corredor. Minhas mães voltaram em menos de um minuto.

— Desembucha — disse mamis. — Quem era aquela? E por que ela estava olhando para você *daquele jeito*?

— Ela disse que vai pagar cem dólares por sementes? — Minha mãe parecia muito preocupada. — Que tipo de sementes? Ópio? Os jovens estão se drogando por aqui?

— O quê? Não. São... são plantas. — Eu precisava dar pelo menos um pouco de informação para que elas não se preocupassem. — Circe e Selene tinham uma botica. Isso nós sabíamos, mas a questão é que elas estavam cultivando e colhendo tudo naquele jardim que mencionei.

— E já havia pessoas dispostas a pagar por essas coisas? — Mamis examinou as prateleiras.

— É por isso que há pessoas aleatórias aparecendo — falei. — Este lugar esteve fechado por um tempo, mas agora que sabem que estamos aqui, as pessoas esperam que a gente reabra a loja.

— E vamos reabrir? — perguntou minha mãe. Ela se voltou para mim. — Você quer fazer isso?

Não que eu não quisesse fazer. Era mais como uma *obrigação*. A única habilidade em que eu me destacava na vida era aquela que essas pessoas desconhecidas necessitavam. Não poderia ser coincidência. Simplesmente, tinha que ser algo a mais.

— Quero tentar reabrir a botica. Cuidarei dos canteiros e verei se consigo trazer as plantas de volta à vida. Podemos gerenciá-la como nossa floricultura. Talvez vocês possam me ajudar com a administração?

Minha mãe suspirou.

— Pode ser similar, mas ainda é um negócio. É muito trabalho.

Mamis parecia pensativa.

— Não pagamos aluguel, e o inventário seria o que você cultivar no jardim, certo?

— Eu mesma cultivaria tudo — falei. — Só teríamos que investir em sacolas, talvez etiquetas, mas seria só isso.

— E você não está preocupada com, sei lá, a forma como faz você se sentir? — Minha mãe questionou.

Balancei a cabeça.

— Não se eu não me esforçar para controlar. Quando me solto, é mais fácil.

Mamis sorriu.

— Os custos iniciais seriam nada. Seria um lucro de quase cem por cento. Acho que teríamos que evitar fazer promessas sobre o que esses produtos podem ou não fazer por motivos legais, mas, fora isso, acredito que seja viável.

Ficamos em silêncio por um momento. Estávamos todas analisando, descobrindo se nosso plano poderia funcionar. Eu conseguia ver minha mãe se preocupando com cada detalhe, analisando de todos os ângulos, e mamis parecia satisfeita por estar resolvido. Ela já estava anotando nossa lista de suprimentos e possíveis horários de funcionamento em uma sacola de papel. Depois de várias discussões e estabelecer um cronograma baseado em quão rápido eu achava que conseguiria refazer o estoque dos conteúdos da botica, tínhamos um plano para a reabertura.

Minhas mães conversavam animadamente enquanto iam para o quarto dormir. Fiquei feliz ao pensar que poderíamos ficar, que eu poderia passar mais tempo com Karter e, com sorte, ver Marie outra vez. O rosto dela estava estampado na minha mente.

Fechei a botica e fui para o meu quarto. Escovei os dentes e coloquei uma touca de cetim. Enquanto passava pela lareira, as plantas perto dela se entrelaçaram e derrubaram os vasos.

Enquanto eu as endireitava, percebi um detalhe peculiar. Diferente da lareira no quarto das minhas mães, esta não estava tomada por destroços em seu interior. A grade elevada, que normalmente suportaria os troncos, parecia nova, exceto pela poeira acumulada. Não havia indícios de que algo tivesse sido queimado ali. Recuei um pouco e estiquei o pescoço para espiar dentro da chaminé. Não consegui ver nada, mas supus que estivesse obstruída, assim como a outra. Por precaução, agarrei a corrente e me posicionei o mais distante possível da abertura antes de puxá-la.

Esperei o metal ranger enquanto a chaminé se abria e me preparei para a subsequente chuva de pássaros e folhas mortas. Em vez disso, ouvi um ronco baixo, um som que poderia ter sido confundido com um trovão distante, enquanto uma nuvem de poeira me engolia. A lareira se afundou na parede, e então rolou para a direita, revelando uma salinha.

Me afastei tossindo, meus olhos marejados. Esperei que minhas mães viessem correndo, mas houve apenas silêncio. Não era como uma porta surgindo do nada, como nas histórias assustadoras que Karter e eu compartilhamos, mas era o suficiente para me fazer considerar por um momento fugir pela janela mais próxima.

A lareira não era de verdade. Era uma imitação, e atrás dela havia um espaço do tamanho de um armário grande. Uma mesa de tampo retrátil estava contra a parede dos fundos, uma cadeira de madeira embaixo dela. Acima, um mapa grande estava preso em um quadro de cortiça. Peguei meu celular e liguei a lanterna, direcionando a luz para cima. Havia três alfinetes no mapa, acima de Rhinebeck, e outros três espalhados em diferentes continentes.

A mesa estava empoeirada, coberta por papéis soltos, rascunhos de plantas e livros organizados em pilhas certinhas. Imaginei Circe ou talvez Selene sentada ali estudando os mapas e desenhos. Esculpida na superfície escura da mesa de madeira de cerejeira havia um símbolo que reconheci — o mesmo brasão da porta escondida no Jardim Venenoso. Tracei as linhas e curvas dos três rostos com os meus dedos.

Direcionei a luz para a parede atrás de mim. Havia apenas mais uma coisa pendurada no espaço mofado — outra pintura de Medeia. Essa pintura era maior que as da torre, adornada em uma pesada moldura prateada e desgastada pelo tempo. Medeia estava no centro no primeiro plano, seus olhos grandes e escuros me observando, o cabelo solto, cachinhos na altura de seus ombros nus. As mãos estavam juntas em concha diante do corpo, e na palma dela havia seis sementes.

Fui até a parede oposta para ter uma visão completa da pintura e, ao examiná-la, percebi que Medeia não estava sozinha. Dominando a metade superior da tela, havia uma segunda figura. Uma mulher trajando um robe preto ondulante surgia logo atrás de Medeia. Seus olhos eram tão pretos quanto a própria tinta e sua pele era como as pétalas aveludadas de um copo-de-leite, preta e deslumbrante. Uma exuberância de cabelos escuros grossos e brilhantes emolduravam seu rosto. Entre os valos e picos de seus fios naturais, havia uma coroa de raios dourados.

Os outros retratos me deixaram nervosa, como se Medeia observasse cada um dos meus movimentos, mas essa pintura provocou em mim uma profunda inquietação. Como se ela e a mulher ao seu lado soubessem quem eu era e, talvez, o que eu conseguia fazer. Os lábios entreabertos delas e olhares penetrantes me deram uma sensação inabalável de que estavam esperando que eu *fizesse* algo. Me virei e saí da sala, puxei a corrente e observei a lareira voltar para o lugar silenciosamente.

CAPÍTULO 14

Karter estava na porta principal às nove da manhã seguinte, e eu havia adicionado a sala atrás da lareira na minha lista crescente de segredos.

— Como está o seu tornozelo? — perguntei.

— Melhor. Foi só uma entorse. — Ele puxou a perna da calça. O tornozelo estava enfaixado, mas ele mancava um pouco quando entrou. Dentro da casa, um estardalhaço de panelas soou. Karter deu um pulo.

— O que foi isso?! — gritou minha mãe do andar de cima.

— Mamis está na cozinha! — gritei de volta.

Ela apareceu no topo da escada.

— Eu estava esperando que ela esquecesse do café. Karter, querido, peço desculpas de antemão. Você não precisa comer nada que ela servir.

Karter olhou para mim, nitidamente preocupado.

Abafei uma risada.

— Achou que eu estava brincando quando falei que ela nunca fez um waffle na vida?

— Pra ser sincero, achei, sim — respondeu ele.

Conduzi Karter pelo corredor e, quando viramos para a cozinha, avistamos mamis usando uniforme completo de chefe: o jaleco branco, o chapéu — tudo.

— Caramba — falei.

Mamis se virou.

— Observe e aprenda, garota — disse ela. — Observe e aprenda.

— Onde você arrumou essa roupa?

Mamis me dispensou com um gesto.

— Não se preocupe com isso.

Ela dispôs sobre a bancada todos os ingredientes que ia usar. Karter e eu nos sentamos na mesa estreita nos fundos da cozinha enquanto minha mãe entrou e imediatamente pegou o celular. Mamis misturou os ingredientes e despejou a massa na máquina de waffle. O som era um sibilo.

— Isso é fumaça?

— É vapor — disse mamis.

Meia-hora depois, nossos waffles queimados estavam no lixo e as janelas estavam abertas para que as nuvens de fumaça cinzenta pudessem escapar. Mamis foi à cidade buscar o café da manhã sob a condição de que nunca mais falássemos sobre suas habilidades de fazer waffle.

Depois do café da manhã, Karter e eu fomos lá para fora. Ainda não era metade da manhã, mas o vento quente do verão já pesava no ar. A combinação de barriga cheia e calor me fez sentir preguiçosa enquanto dávamos a volta nos fundos da casa. Olhei para a entrada do caminho escondido.

— Precisa dar nota 10 para a confiança dela — comentou Karter. — Ela estava convencida de que conseguiria fazer aquele café da manhã. Você não sabe mesmo onde ela conseguiu a roupa?

— Não faço ideia — falei, rindo. — Me sinto mal, mas ela é muito boa com o almoço e o jantar. Não sei por que ela não consegue fazer café da manhã. Geralmente, comemos pãezinhos.

— Deve ser uma boa ideia. — Ele pôs as mãos nos bolsos. — Então, e agora? Vocês vão ficar por um tempo ou…

Empurrei meus óculos para cima.

— Achei que não iríamos. No começo, eu não queria vir pra cá.

— Por quê? — perguntou Karter.

— Eu estava preocupada. É uma mudança e tanto e a cidade é... familiar. Estar aqui é tudo novo.

— Entendo isso.

— Mas eu meio que rompi com os meus amigos — falei. — Talvez "romper" não seja a maneira certa de dizer. É mais como se fôssemos uma coisa quando nos conhecemos e agora somos outra completamente diferente. Nós nos distanciamos, e eu me acostumei a me rebaixar. — me interrompi. — Desculpe. Agora sou eu contando a você todos os meus problemas.

— Eu contei a você sobre minha mãe, então é justo que você me conte seus problemas. — Karter sorriu. — É pra isso que servem os amigos, não é?

Não consegui conter o sorriso. Ele já me considerava amiga?

— Estamos aqui e acho que faremos dar certo. Além disso, estou me divertindo descobrindo sobre Rhinebeck e a casa.

— A casa? Como assim?

— Quero dizer, estive conversando com as pessoas. A dra. Grant está no comando do Departamento de Segurança Pública e disse que faz tempos que acontecem coisas aqui. A casa tem uma reputação de atrair pessoas estranhas.

Karter massageou a nuca.

— Posso contar uma coisa?

— Ah, não — falei. — Isso não pode ser bom. O que é? Alguém morreu aqui? Ou esse lugar costumava a ser um necrotério ou algo assim?

Ele balançou a cabeça.

— Não, mas ouvi histórias sobre este lugar também. E sobre as pessoas que moravam aqui antes.

— Sério? — Estava surpresa. — O que você ouviu?

Ele olhou para o chão, passando o peso do corpo de um pé ao outro.

— As pessoas dizem que as mulheres aqui eram metidas com bruxaria.

— O quê? — Eu ri, mas Karter não. — Você acredita nesse tipo de coisa?

— Não sei. Acho que não. É só o que ouvi por aí. Embora talvez seja bom saber.

— Caso apareçam bruxas? — Eu ia rir de novo, mas o rosto de Marie apareceu na minha mente. Balancei a cabeça. Esse negócio de bruxaria era ridículo… certo?

O celular de Karter vibrou e ele atendeu.

— Só tô aqui com a Briseis, mãe — disse ele, revirando os olhos. Uma expressão confusa tomou conta de seu rosto. Ele estendeu o celular. — Ela quer falar com você.

Eu o peguei.

— Oi, sra. Redmond.

— Olá, Briseis. Está tudo bem? — perguntou ela. — Como vão as coisas? Está gostando da casa?

— Está tudo bem.

— Que maravilha. Você não sabe como fico feliz em saber que a casa não ficará para o banco.

— Estou feliz também — falei.

Karter girou a cabeça para trás e então sussurrou:

— Ela adora tagarelar. Desliga na cara dela.

— Eu tenho uma pergunta rápida — falei, dando um empurrãozinho em Karter. — Há outra chave que você deveria ter me dado?

A sra. Redmond hesitou.

— Tenho certeza que dei a você tudo o que eu tinha. Gostaria que eu conferisse?

— Se você puder — falei. — Não é nada de mais.

— Achou uma porta que não conseguiu abrir? — indagou ela.

Hesitei.

— Alguns armários. Queremos garantir que não há ratos dentro deles.

— Entendo — disse a sra. Redmond. — A propriedade é bem grande, e a srta. Cólquida admitiu que nunca jogou nada fora. Talvez haja outra chave em algum lugar na casa.

Eu já tinha procurado na torre, nos quartos, em todos os armários e gavetas. Mas eu encontrara uma sala secreta, então havia a possibilidade de ter deixado algo passar.

— Escuta — disse a sra. Redmond. — Vou conferir se deixei algo para trás no meu escritório.

— Obrigada — falei. Entreguei o celular para Karter, e ele desligou a ligação sem se despedir.

— Vocês estão com problemas para abrir portas? — perguntou ele. — Tem certeza de que estão trancadas? Às vezes, nessas casas velhas, as dobradiças ficam presas e você precisa... — ele se interrompeu.

Segui o olhar dele pela grama alta que nos cercava. As folhas de grama se estendiam na minha direção como milhares de braços ansiosos. Como eu poderia ter sido tão burra? Caminhar pela grama com ele desse jeito? Eu não podia fazê-lo desver o que estava acontecendo e, para piorar, a grama mudou a cor para um tom marcante de néon. Elas se recusavam a serem ignoradas.

Karter agarrou o meu braço.

— Por que a grama está fazendo isso?

Eu não tinha escolha. Poderia apressá-lo de volta para a casa e agir como se estivesse tão confusa quanto ele. Eu poderia começar o ciclo vicioso de mentiras e fingimento, ou poderia fazer algo que nunca fiz. Como seria expor tudo? Essa amizade com Karter era nova e eu não queria ter que me esconder da forma como fazia com Gabby.

Observei a expressão dele. Karter estava ansioso, mas se moveu para mais perto de mim, não para longe. Inspirei fundo.

— Sou eu.

Ele piscou sem parar.

— Você está fazendo a grama fazer isso? — Ele olhou ao redor. — Como?

— N-não sei. Por favor, Karter. Por favor, não tenha medo. — Ele ficou em silêncio, mas não se mexeu. Interpretei como um sinal de que ele queria saber mais. — Venha comigo.

Peguei a mão dele e o puxei na direção do caminho escondido. Paramos perto das árvores. Na hora certa, a cortina de videiras se abriu diante de mim. Karter arregalou os olhos. Ele deu um passo para trás, tirando a mão da minha.

— O que... o que está acontecendo? — perguntou ele.

Me virei para Karter. Se ele estava assustado, poderia partir. Eu estava decepcionada, mas não surpresa.

— Sei que é estranho, mas preciso falar com alguém sobre o que descobri.

O peito de Karter subia e descia com esforço. Ele estava meio agachado, como se estivesse pronto para sair correndo a qualquer momento.

— Apenas venha comigo — falei. — Por um tempinho?

Karter soltou o ar, longa e vagarosamente.

— Pra onde?

Entrei no caminho e olhei para ele.

— Será mais fácil se eu puder mostrar. Por favor?

Estendi minha mão, esperando que ele a aceitasse e me desse a chance de provar para mim mesma que conseguia fazer isso.

Ele deu um passo hesitante à frente, e então segurou minha mão com firmeza.

CAPÍTULO 15

Antes, as plantas pelo caminho haviam se afastado, abrindo espaço para mim. Agora, elas permaneciam perto dos meus pés, deslizando como serpentes venenosas e preenchendo a trilha, prontas para atacar. Karter se manteve bem próximo, apertando meu braço enquanto eu o conduzia. As árvores estalavam e gemiam ao se arquearem em minha direção.

— Continue — falei. — E fique por perto.

Emergimos na clareira e Karter afrouxou o aperto, embora eu não o tenha soltado. Imagens de Alec sendo arrastado por videiras tão grossas quanto o meu braço surgiram na minha mente. Ele fora uma ameaça a mim, e este lugar sentira isso e agira de acordo. Não sabia que mecanismo fizera aquilo acontecer, mas mantive Karter por perto, pensando que poderia mantê-lo seguro.

As flores-morcego escuras que cobriam o prado se mexeram juntas. Karter tentou avistar além delas, o olhar pousando no portão.

— O que tem lá?

— Mais plantas — respondi, sem saber como contar a ele o que era. — É o que eu queria mostrar a você.

— Se são só plantas, por que está trancado assim? — Ele gesticulou para a tranca.

— Algumas delas são venenosas — respondi. Peguei a chave do bolso e destranquei o portão. A primavera se afastou enquanto os portões enferrujados abriam. Peguei Karter pela mão de novo e entramos na área murada.

Karter se aproximou mais de mim.

— As coisas venenosas... são como hera venenosa ou algo assim?

— Não, são mais como oleandro e beladona.

Ele franziu a testa.

— Não faço ideia do que isso significa, mas soa como algo com o qual não quero mexer. — Ele examinou a árvore no meio do jardim e os canteiros ao redor. — Estas são venenosas?

— Não. Estas são bem inofensivas, mas... — Olhei em direção ao muro que dividia o jardim no meio. — As plantas lá atrás são mortais. Podem matar só de encostar na pele.

Ele engoliu em seco, mas manteve o olhar no portão.

— Sério? Então não podemos ir até lá?

— Não.

Ele se virou para mim.

— Mas se não me tocarem, ficarei bem? Você foi até lá, certo? E você está bem.

— Sim. Mas o veneno... não me afeta da mesma maneira que afeta outras pessoas.

Karter ergueu a sobrancelha.

— Está bem. Então tomarei cuidado. E não tenho certeza do que você está fazendo ou como, mas eu... eu quero ver tudo.

Havia um tom de animação na voz dele, porém minha imaginação logo foi invadida por uma visão dele tropeçando e caindo num arbusto de urtiga.

— Prometo que tomarei cuidado — disse ele, como se pudesse sentir minha hesitação.

Eu desejava dividir esse local com ele, pois estava cansada de temer o contato com as pessoas. Eu não queria mais me esconder.

— Podemos entrar no portão. Não toque em nada. Nem encoste em nada, está bem?

— Juro que não vou — respondeu ele, esticando o pescoço para olhar além do portão lunar.

Segui em direção à abertura circular que dividia a parede. Eu o deixei passar, parando assim que entrei. A porta trancada nos fundos estava outra vez tomada de hera. Ninguém saberia que estava ali a não ser que procurasse.

— Uau — disse Karter, e pigarreou.

— Você está bem? — perguntei enquanto a sensação fria familiar descia pela minha garganta.

De repente, o olhar dele disparou para o topo do muro. Uma videira do tamanho de um poste telefônico caiu e bateu no chão com um baque surdo. Ela deslizou pelo chão como uma cobra, expondo seus espinhos como presas.

Karter cambaleou para trás, tossindo repentinamente enquanto seus olhos começaram a lacrimejar sem parar. Eu havia cometido um erro. Ele não deveria estar ali.

— Me faça um favor e não se mexa — falei com o coração acelerado. As plantas estavam reagindo a mim. Uma energia agitada permeou o ar enquanto os emaranhados de videiras e vinha-do-diabo começavam a se desenrolar do topo do muro. Disparei diante de Karter enquanto as videiras que se pareciam com serpentes tentavam tocá-lo. Gritei: — Não!

— Elas ouvem você? — Os olhos de Karter estavam arregalados, e ele respirava com dificuldade.

Eu não tinha certeza se me obedeceriam, mas não sabia mais o que fazer. Pus minhas mãos diante do corpo.

— Parem!

A videira se enrolou em si mesma e ficou parada.

Karter olhou ao redor, agitado.

— Podemos ir?

Saímos do Jardim Venenoso e, enquanto fazíamos isso, as videiras afastaram e retomaram sua posição no topo do muro. Karter tinha recuado totalmente e estava parado à sombra da grande árvore. Seus olhos estavam vermelhos e o rosto, brilhante de suor. Ele coçava o pescoço.

— Vou morrer?

— Não — falei.

— Você tá bem? Por que eu sinto que vou morrer?

Ele se sentou, arfando entre ataques de tosse. Depois de alguns minutos, a respiração dele ficou mais lenta e seus olhos pararam de lacrimejar. Ele ficaria bem.

— Você não pode voltar lá. Sinto muito. Achei que você ficaria bem se não tocasse em nada. — Era arriscado demais e eu me sentia péssima.

— Isso não afeta você nem um pouco?

— Pelo que eu saiba, não. Escuta — comecei, antes que ele tivesse chance de me fazer mais perguntas. — Sei que isso é... diferente. Acredito que o que está acontecendo pode estar relacionado às pessoas que moravam aqui antes, Circe e Selene.

Achei que Karter fosse surtar, talvez me dizer que precisava ir embora e não voltar nunca mais, mas ele ficou sentado em silêncio, perdido em pensamentos por um minuto antes de falar.

— E elas deixaram este lugar para você? Como você as conhecia?

— Eu não as conhecia.

Ele inclinou a cabeça para o lado.

— Então por quê...

— Selene era minha mãe biológica.

Karter piscou.

— Ah.

— Isso não é um segredo — expliquei. — Fui adotada. Eu sempre soube disso. Minhas mães são as melhores. Não as melhores em fazer waffles, mas ok.

As videiras sobre os muros altos farfalharam, e Karter ficou tenso como se estivesse prestes a sair correndo.

— Circe e Selene tinham uma loja de remédios naturais do lado de fora da casa. Vou tentar reabri-la.

— Parece que vai dar trabalho — disse Karter, olhando ao redor do jardim. — Está tudo morto.

— Vou consertar — falei. — Talvez você possa me ajudar.

— Hã, eu mato plantas só de encostar nelas. Não consegui nem manter um brotinho de feijão vivo para a feira de ciências. E com certeza não voltarei lá. — Ele acenou na direção do Jardim Venenoso. — Senti como se estivesse sufocando.

Me sentei ao lado dele. Uma gavinha de flores desceu da copa acima de nós. Ela se enrolou ao redor do meu pescoço e se quebrou, me deixando com um colar de pequenas-flores cor de rosa intenso.

Karter abriu a boca em um O pequenininho.

— Como... como você faz isso?

— Não sei. — Meu coração estava na garganta. Eu nunca tinha falado sobre as minhas habilidades tão abertamente para ninguém além das minhas mães, e essa tentativa parecia um grande risco.

— É...

Me preparei para o que ele poderia dizer. Estranho? Assustador? Esquisito?

O rosto de Karter suavizou. Seus ombros relaxaram e ele balançou a cabeça.

— Não sei. Talvez seja magia.

Pisquei algumas vezes, tentando clarear minha mente.

— Não sei se seria magia. Sou assim minha vida inteira, mas, antes chegar aqui, sempre temi perder o controle e estragar tudo, ou machucar alguém.

— Não é assim agora? — perguntou ele, o olhar saindo de mim para as plantas e de volta para mim.

— Não. — Ao dizer isso, percebi o quanto esses últimos dias me permitiram me enxergar de um jeito que nunca havia feito antes. — Muita coisa mudou desde que cheguei aqui. Coisas aconteceram que me fizeram questionar se aqui não é onde devo estar. — Eu não sabia se ele entendia, mas esperei estar sendo clara. — Posso mostrar mais, se você quiser. Vou trazer de volta à vida todos aqueles canteiros. Farei o que for preciso para ficar aqui, já que esse lugar está fazendo a mim e as minhas mães felizes de uma maneira que eu nem sabia que era possível. — Suspirei, sentindo o peso total daquela verdade. — Seria ótimo se você pudesse me ajudar.

— Desculpe — disse Karter.

Meu coração murchou na mesma hora.

— Vou ter que arrancar ervas daninhas, capinar o canteiro ou algo assim, porque não consigo fazer nada especial. Não como você.

Olhei para ele, ousando ter esperança de que ele estivesse dizendo o que eu achava que estava.

Ele se inclinou para mais perto de mim, me empurrando levemente com o ombro. Os olhos dele se iluminaram.

— Isso é surreal, mas eu tô dentro. Você é tipo a Hera Venenosa Negra.

Não havia como dizer a ele o quanto significava para mim sentir — pela primeira vez em muito tempo — que eu tinha um amigo ao meu lado.

— Quer começar agora?

Ele pegou o celular, limpou fosse lá qual notificação estava na tela, e me deu um sorriso.

Desfrutamos da tarde no jardim, mantendo-nos distantes da área destinada aos venenos. Karter encontrou uma mangueira e logo a conectou à torneira embutida no muro. A água que, de início, jorrou em explosões irregulares na cor de ferrugem, logo começou a fluir de maneira constante e cristalina. Reguei a acácia até o solo ao redor de suas raízes ficar devidamente encharcado. Deslizei a mão sobre a casca áspera e fissurada do tronco, olhando para cima, na direção da copa entrelaçada de galhos. Uma sensação de calor percorreu as pontas dos meus dedos. As folhas cresceram, se expandindo até ocultarem o sol. Um zumbido melodioso preencheu meus ouvidos enquanto a árvore se movia, esticando-se em direção ao céu. Karter observou, a boca entreaberta. Não desviou o olhar e até juntou as mãos quando eu trouxe um arbusto murcho de caules de angélica de volta à vida.

— Elas precisam de muita água e sombra para florescerem — comentei.

Agora elas tinham as duas coisas, graças à mangueira e à copa expandida da acácia. Me inclinei para mais perto. Um cheiro pungente e longevo emanava da planta enquanto grupos de pequenas flores brancas ganhavam vida. Coloquei minhas mãos no solo abaixo delas, e as plantas dobraram de tamanho.

— Você realmente precisa da minha ajuda? — Karter sorriu.

— Você pode juntar as folhas caídas se quiser — respondi.

— Por mais divertido que isso soe, vou arranjar uma cadeira e talvez um pouco de limonada. Vou fazer companhia enquanto você pratica sua magia.

Se isso era tudo o que Karter queria fazer, estava mais do que bem por mim. A companhia dele era tudo o que eu queria.

Fui até a parte da frente do jardim, irrigando os canteiros e observando-os despertar de seu repouso. Próximo à entrada, havia um pequeno canteiro de flores, abrigando uma coleção de plantas decadentes e desgastadas, agrupadas em um só lugar. Essa parte não estava registrada no mapa, mas uma plaquinha de metal entre os caules quebrados e as folhas apodrecidas dizia "Jardim de Hécate". Esvaziei o regador no canteiro, encharcando o solo. Enfiando meus dedos na terra, inspirei o ar abafado e deixei o calor fluir das pontas dos meus dedos. Flores tão escuras quanto os céus noturnos desabrocharam como fogos de artifício — ajugas-pretas, tulipas rainha da noite, heléboro-negro e íris negras de pétalas preto-arroxeadas.

Ouvi Karter arquejar. Quando o olhei, ele rapidamente mudou a expressão chocada para um sorriso divertido. Seu olhar foi para a placa.

— Quem é Hécate?

— Não tenho certeza. — Lá estava aquele nome outra vez, Hécate. Eu o lera em uma das histórias sobre Medeia, mas não conseguia me lembrar qual. Me levantei. — Todas as plantas parecem bem até agora. Vou transplantar algumas delas, mas podemos fazer isso outro dia.

— E quanto a elas? — Karter gesticulou para o Jardim Venenoso. — Quem vai trazê-las de volta à vida?

Peguei meu celular e olhei para as fotos que eu tirara das páginas do grande livro na casa. Algumas das plantas precisavam ser molhadas com orvalho coletado na manhã depois da primeira lua cheia do mês. Suspirei. Aquelas plantas venenosas precisavam de um cuidado intenso, e eu teria que cuidar delas sozinha para evitar que Karter se machucasse.

— Elas terão que esperar. Acho que está bom por enquanto. Vamos sair daqui.

Alívio tomou conta da expressão dele. Torci que fosse porque estava calor e nós dois estávamos suados e com sede, e não porque ele queria ir correndo para casa e nunca mais voltar.

Fizemos a curta caminhada até a casa e chegamos lá bem quando minhas mães estavam descendo com um pequeno sofá pelos degraus da frente. Toda a parte de baixo do móvel estava retalhada.

— Tinha esperança que tivéssemos deixado os roedores no Brooklyn — disse mamis. — Sonhei demais, né?

O celular de Karter vibrou e ele conferiu a tela.

— Preciso ir. — Ele correu e deu um abraço rápido em mamis. — Obrigado pelo café da manhã. Estava ótimo.

— Querido, você não precisa mentir para ela — assegurou minha mãe. — Ela precisa ouvir a verdade.

— Você sabe que estou ouvindo, não é? — disse mamis. — Estou bem aqui.

Karter deu uma risadinha.

— Mando mensagem para você mais tarde, Briseis. — Ele entrou na caminhonete, acenou e partiu.

— Bri, meu amor, você precisa levar minha arma de choque se vocês vão ficar andando nessas florestas — mamãe advertiu enquanto eu a seguia para dentro. — Há animais selvagens lá.

— Você quer que eu use uma arma de choque em um animal selvagem? — Comecei a rir, mas percebi que ela não estava brincando. — Mãe, como eu faria isso?

Mamis balançou a cabeça.

— Não vamos dar choque em animais selvagens. Devemos tentar ser amigas deles. Estamos em seu território agora.

Minha mãe arfou.

— Ser amigas deles? Quem é você, a Branca de Neve Negra?

— Apenas aguarde — disse mamis. — No fim do verão, terei veados e filhotes de coelho comendo cenouras da minha mão.

Mamãe balançou a cabeça e se virou para mim.

— O que você e Karter estavam fazendo aí fora? Cuidando do jardim?

— Está uma bagunça, mas fizemos progresso hoje.

— Precisa de ajuda? — perguntou mamis. — Sua mãe e eu podemos ajudar.

— Não me coloca nessa — disse minha mãe. — Se você quer ir pra lá, fique à vontade, mas me tira dessa. Te amo, Bri, meu bebê, você sabe que sim, mas não vou fazer nada.

— Está tudo bem. Karter pode ajudar, e não me importo de ficar lá sozinha. Até que é bom. Me dá a chance de… — olhei para mamis antes de continuar — … me soltar.

Mamis assentiu e mamãe pareceu satisfeita de não ter que ir lá para fora. Eu havia compartilhado mais com Karter do que com elas, o que me fazia sentir bastante culpada. Afinal, elas sempre me apoiaram incondicionalmente, em todas as situações. Mas se Karter ficasse chateado e decidisse que era demais, ele podia ir embora. Eu ficaria devastada, mas encontraria uma forma de superar. Minhas mães não podiam se afastar de mim — elas não iam querer fazer isso. Era melhor tentar garantir que elas nunca tivessem que escolher entre me amar e ter medo.

Karter veio todos os dias durante a semana seguinte. Fiquei preocupada que a mãe dele o fizesse trabalhar na livraria, mas ela o cobriu na maioria dos dias. Ele me ajudou a montar uma lona plástica para coletar orvalho para as plantas venenosas, mas nunca o levei de novo ao Jardim Venenoso. De qualquer forma, ele não queria voltar lá. Sempre que se aproximava do portão lunar, ele tossia, mesmo não havendo nada venenoso no ar ao redor.

Falamos por horas sobre como minhas mães reagiram quando descobriram o que eu podia fazer, como era morar no Brooklyn. Porém, quando o tópico da conversa se voltava para ele, Karter sempre hesitava. Não falava nem uma palavra sobre o pai, e sua mãe era uma viciada em trabalho ao ponto de negligenciá-lo. Karter sempre mudava de assunto quando ficava pesado demais.

As plantas no Jardim Venenoso cresceram com suas infusões de água da chuva e orvalho, mas levaram um tempo próprio. Elas ganharam vida sob meus dedos, mas, quando enfim coletei duas colheitas completas do jardim da frente, apenas uma estava pronta no escondido.

Karter trabalhava na frente do jardim enquanto eu coletava ervilhas-do-rosário e molhava a raiz de cicuta, a mamona e o oleandro. Toda vez que eu fazia isso, deixava as partes mais tóxicas das plantas entrarem em contato com minha pele nua, só para me testar e ver se Circe estivera errada a meu respeito. Nunca tive alergia nem um vergão, muito menos convulsões ou sangramentos das membranas mucosas — coisas que deviam acontecer quando esses venenos entram na corrente sanguínea.

Uma tarde, depois de guardarmos ancinhos e mangueiras e enquanto eu arrastava um saco de heléboro para o portão, Karter parou.

— Posso te perguntar uma coisa?

— Acho que nunca respondi a essa pergunta com um não.

Não havia nada que ele tivesse me perguntado até então que eu tivesse evitado.

— Sei que você é feliz com suas mães, mas se pergunta sobre sua mãe biológica?

— Hã... sim. É o normal, não é?

— Faz sentido — disse Karter. — Sabe como ela morreu?

A pergunta me pegou desprevenida. Não respondi logo de cara. Minha mente retornou ao momento exato em que fiz essa pergunta para as minhas mães. Acho que eu tinha dez ou onze anos. Um dos meus colegas de classe havia ido a um funeral e contou tudo quando voltou. Me fez pensar mais sobre a morte do que eu havia pensado até então. Bem no meio do nosso jantar, enquanto comíamos espaguete, perguntei o que acontecera com Selene, e minha mãe me explicou que a agência de adoção contou que Selene falecera pouco antes que minha adoção fosse finalizada. Eu já sabia disso, mas queria saber como. A agência havia lhe contado que Selene morreu de uma doença.

— Ela estava doente — falei.

— Sinto muito — disse Karter com a voz baixa. — Sei que tudo isto pertencia a ela. Meu pai morreu quando eu tinha doze anos, e eu costumava ir ao parque onde cozinhávamos para sentir que tínhamos algo em comum depois que ele partiu. Estava me perguntando se é assim que você se sente agora.

Minha garganta se fechou.

— Sinto muito pelo seu pai. Eu não havia pensado nisso assim, mas acho que é lindo.

Olhei ao redor. Eu estava compartilhando algo com Selene e Circe? Selene quisera um dia compartilhar aquilo comigo? Eu achava que ela não, mas Circe sim. A carta dela deixara isso óbvio, mas ainda havia algo a descobrir. Cada vez que meu olhar se voltava para a porta oculta, a qual eu ainda não tinha a chave, sentia seu magnetismo aumentar. Havia algo mais que precisava ser descoberto.

CAPÍTULO 16

Karter partiu para seu turno da tarde na livraria, e aproveitei o tempo para tomar banho, colocar música no banheiro que eu não tinha que dividir com ninguém e dar ao meu cabelo a atenção que ele precisava tão desesperadamente. Duas horas e uma performance do *Homecoming* da Beyoncé depois, meu cabelo estava desembaraçado, hidratado e preso em twists sob uma touca plástica. Tinha passado hidratante no corpo e me sentia como uma nova eu. Jurei para mim mesma que jamais deixaria Marie, ou qualquer outra pessoa, me ver desarrumada de novo.

Encontrei mamis em um dos quartos que ela estava usando como um escritório improvisado, com a cômoda como mesa. Tudo tinha cheiro de lençóis recém-lavados e pot-pourri. Ela colocara o computador para cobrar e registrar os pedidos, mas pulara a primeira viagem de volta à floricultura para ajudar porque um dos outros amigos da minha mãe havia se voluntariado a ajudar Jake.

— Ei, mamis. Você tem aquele e-mail da sua amiga da universidade? Quero perguntar a ela sobre alguns livros que encontrei.

— Desculpe, amor — disse mamis. — Me esqueci totalmente.

Ela me enviou uma mensagem com o endereço de e-mail e voltou ao trabalho.

Fui para o meu quarto, abri meu notebook e escrevi um e-mail curto para a professora Madeline Kent.

Professora,

Sou Briseis Greene. Minha mãe, Angie Greene, me deu seu e-mail. Eu gostaria de lhe fazer algumas perguntas sobre mitologia grega, especificamente sobre a história de Medeia. Encontrei algumas versões diferentes e pensei que talvez você tenha informações mais detalhadas.

Obrigada por seu tempo,
Briseis

Enviei. Antes que eu pudesse soltar meu celular, recebi a resposta.

Olá, Briseis! Será um prazer falar com você. Tudo bem se eu te ligar?

Enviei para ela meu número, e meu celular tocou alguns minutos depois.

— Professora Kent? Muito obrigada por falar comigo. Desculpe o incômodo.

Ela riu.

— Imagina. Como está Angie? Estive tão ocupada que não tive tempo de ligar para ela ultimamente.

— Ela está bem. Estamos passando o verão em Rhinebeck.

— Ah? Rhinebeck é linda durante o verão. Já estive aí algumas vezes. Como posso ajudá-la?

— Estamos limpando a casa onde estamos ficando, e as pessoas que moravam aqui antes gostavam bastante de mitologia, principalmente Medeia. Mamis disse que você é especialista?

— Tenho um PhD em Estudos Clássicos e outro em Inglês.

— Então você com certeza é especialista.

Ela riu levemente.

— Sou e não perco a oportunidade de dizer isso. Quanto a Medeia, ela é uma figura trágica, mas não alguém que as pessoas identificam logo de cara quando pensam em mitologia grega. Ela é mais associada com ópera e cursos que examinam as narrativas centradas no tema da mulher desprezada.

— Você quer dizer como ela matou os próprios filhos para voltar com o ex?

— Essa parte, sim. — A professora Kent suspirou. — Acho que dentro da maioria das narrativas, você encontrará os pensamentos e crenças do autor. Quando você ouvir um relato sobre mulheres vilanescas, deve sempre questionar quem é o narrador da história. O mito de Medeia foi contado e recontado uma dúzia de vezes, mas sempre por homens que parecem se deleitar nas ações terríveis dela sem mencionarem o que as causou. Às vezes, a história dela é usada para apresentar as mulheres como loucas, imprevisíveis ou vingativas. — Ela soava muito irritada.

— Estive lendo as histórias, e é estranho para mim que uma personagem ficcional...

— Não é ficção.

Hesitei.

— Espera. O que não é ficção?

— Medeia — disse a professora Kent. — Ela não é um personagem ficcional. Não totalmente, no caso. Muitas das histórias que pensamos como ficção provaram ter base na realidade. É o mesmo com Medeia. Há relatos contemporâneos de uma mulher que se encaixa na descrição dela. Ela era considerada uma bruxa e compartilhava o nome e as origens dela, sendo filha do Rei de Cólquida.

Perdi o ar.

— Cólquida?

— Sim. Uma família poderosa da Grécia antiga. Você disse que esteve lendo sobre ela. Nem todas as versões da história dela são iguais, mas ela com certeza era filha do Rei de Cólquida. Às vezes esse fato é omitido, dependendo da preferência do autor.

Eu não me lembrava de ter visto esse nome nos livros lidos até então, mas ainda havia muitos outros que eu ainda precisava ler.

— E você disse que ela era uma bruxa?

A professora Kent riu.

— Sim. Naquela época, ser mulher era o suficiente para ser rotulada como bruxa, mas, para ela, o título estava muito mais ligado ao seu talento em preparar venenos.

Senti que todo o ar tinha sido tirado do quarto. Minha mente estava atordoada.

— Posso... posso mandar um e-mail com algumas perguntas para você? É muita informação para absorver.

— Ah, claro. O que funcionar para você. Diga a Angie e Thandie que mandei um oi, e, por favor, sinta-se à vontade para me ligar, mandar mensagem ou e-mail quando quiser. Nunca me canso de falar dessas coisas.

— Obrigada, professora.

Desliguei e fiquei em silêncio por um momento. Minha familiaridade com mitologia grega provinha majoritariamente de assistir *Hércules* vezes demais quando era criança e um forte desejo de ser uma das musas. Eu sabia a história de Aquiles porque tinha o mesmo nome da esposa dele e havia pesquisado apenas para descobrir que Pátroclo era o amor da sua vida e Briseis provavelmente era apenas amiga dos dois. E, óbvio, eu tinha ouvido a trilha sonora de *Hadestown* mais vezes do que poderia contar — mas eram histórias. Mitos. Abri um e-mail em branco e tentei redigir minhas perguntas para a professora Kent em um tipo de ordem.

Professora Kent,

1) Primeiramente, você é uma especialista nisso. Qual é o valor da sua consulta? Seu tempo é valioso, e não estou pedindo que faça isso de graça. Por favor, me envie seu Venmo ou PayPal.

2) Mitos gregos foram baseados na realidade? Todos ou só alguns? E quais?

3) Você disse que Medeia poderia ter sido uma pessoa de verdade, uma bruxa? Como a Bruxa Má do Oeste ou Sabrina?

Eu tinha outras perguntas, mas não achava que a professora Kent seria a pessoa certa para perguntar. Aquele nome, "Cólquida", era o sobrenome da família da minha mãe biológica. Eu me questionei se o interesse delas em Medeia havia se transformado em uma obsessão doentia.

Refletir sobre tudo aquilo me deixou ainda mais curiosa sobre o que se escondia atrás daquela porta nó Jardim Venenoso. Mais pinturas de Medeia? Mais livros? Outra coisa?

Enviei o e-mail para a professora Kent e me deitei sobre os travesseiros, olhando para o dossel acima da minha cama. Se Circe queria que eu soubesse o que havia atrás da porta secreta, por que ela não me deixou uma chave como tinha feito com as outras portas?

Peguei meu celular e liguei para a sra. Redmond. A chamada caiu na caixa postal; no entanto, decidi não deixar uma mensagem. Mandei uma mensagem para Karter para saber se ele podia me passar o contato de sua mãe, mas, quando se passaram cinco minutos sem resposta, decidi pedir as minhas mães que me levassem à cidade para que eu pudesse passar no escritório da sra. Redmond. Eu as encontrei no quarto extra, revirando um antigo guarda-roupa cheio de casacos de inverno.

— Vocês podem me levar à cidade?

— Claro — disse mamis. — Preciso ir ao mercado mesmo. Aonde você precisa ir?

— A sra. Redmond disse que poderia ter outra chave para mim — falei, mas logo me arrependi.

— Uma chave para quê? — perguntou minha mãe.

— O armário no meu quarto — menti. — Está trancado e a chave-mestra não funciona nele.

Mamis foi pegar as chaves, e coloquei um lenço sobre meus twists ainda úmidos antes de encontrá-la na entrada. Fomos à cidade e estacionamos diante do mercado.

— Posso ir andando daqui — falei, descendo do carro. O ar úmido embaçou meus óculos, e eu os limpei na minha camisa. — Quer encontrar comigo na cafeteria que vimos aquele dia, aquela ao lado da loja de velas?

— Está ótimo — disse ela.

O escritório da sra. Redmond ficava a dois quarteirões dali. Enquanto eu caminhava até lá, espiei algumas das fachadas de lojas na Rua do Comércio — um brechó, uma pizzaria e um lugar vendendo sinos de ventos e casas de pássaros feitas à mão. Escondida em uma rua lateral tranquila, encontrava-se uma charmosa butique, com uma placa de quadro de giz que dizia LUCILLE'S. Através da janela, avistei uma senhora de idade, com uma cabeleira repleta de dreadlocks, ocupada atrás do balcão. Fizemos contato visual, e eu estava prestes a desviar o meu olhar quando percebi que a reconhecia de algum lugar. Ela gesticulou para que eu entrasse, então abri a porta e entrei.

— Eu estava imaginando quando nos encontraríamos — disse ela. Seus grandes olhos castanhos se iluminaram ao me ver. Ela levou as pontas dos dedos aos lábios.

Eu ainda não sabia de onde a conhecia.

— Desculpe, mas eu a conheço? Sinto que já a vi antes.

— Eu trabalho no turno da manhã na loja de velas descendo a rua. Vi você do outro lado da rua uns dias atrás.

Enquanto ela sorria, a lembrança de vê-la com mamis da primeira vez que viemos à cidade voltou a mim.

— Eu conhecia esse rosto — disse ela. — Vocês, mulheres Cólquida, são iguaizinhas. — Ela deu a volta no balcão e segurou minhas mãos, deslizando as pontas dos dedos pela minha palma. Ela inspirou profundamente. Parecia perdida.

— Sou Briseis — falei, me livrando com gentileza do toque firme dela.

— Eu sei — disse ela.

— Como?

— As notícias se espalham. Marie estava aqui uns dias atrás falando da linda garota na botica.

Minhas bochechas coraram e eu olhei para o chão.

— Ah, o amor jovem — disse ela saudosamente.

— O quê? Não. E-eu nem a conheço — gaguejei.

— Só espere — disse a mulher, um brilho conhecedor em seu olhar. — Então, me conte, a botica voltou a funcionar? Preciso de produtos. Tenho que arranjar tudo individualmente agora. Artemísia vem do Alabama, arruda da Geórgia, erva-doce da Califórnia. É exaustivo.

— E-eu vou reabri-la — afirmei. Agora, só conseguia pensar em Marie.

— É muito bom ouvir isso. — Ela piscou para mim. — As pessoas me chamam de Mama Lucille. Sinta-se à vontade para fazer o mesmo. Acha que pode separar um pouco de lavanda, verbena e calêndula? Tem o suficiente dessas? Oitenta gramas de cada é o suficiente. Deve bastar até você refazer os estoques.

— Posso separar um pouco — falei, olhando ao redor da loja dela. Era um espaço apertado e lotado, mas as prateleiras estavam cheias de velas. Elas não possuíam o aroma frutado típico das velas da loja de artigos para banho onde Lucille trabalha nas manhãs. Essas velas tinham formatos diferentes, eram separadas por cor e estavam guardadas dentro de recipientes de vidro. — Para que você usa as plantas da botica?

— Muitas coisas — disse ela. — Coloco em velas, adiciono em óleos, faço chás e sopas etc.

— "Coloca em velas"? Como assim?

Ela pensou por um momento.

— Significa imbuir uma vela com o propósito específico de usar certos óleos e ervas.

Olhei para ela de novo. Havia uma pergunta na ponta da minha língua, mas a segurei. Eu não queria dar a entender que estava zombando dela, de forma alguma, mas não podia entender bem o que ela queria dizer sem fazer perguntas.

— Você é uma… bruxa? — Ri, nervosamente.

Esperei que ela risse também, mas não riu.

— Você ficaria incomodada se eu fosse? — perguntou ela.

Eu pisquei, e então fingi olhar algo no meu celular.

— E-eu não sei. — Depois do que a professora Kent mencionara sobre bruxas, depois dos rumores que Karter compartilhara comigo, não parecia uma ideia tão impossível. — Eu acho que não.

Lucille me entregou uma nota novinha em folha de cem dólares.

— Pra quê isso?

— As ervas — disse ela.

Eu não havia pensado no preço, mas aquilo parecia demais.

— Vou precisar dar seu troco.

— Tudo bem. Coloque na minha conta. Deve haver um livro lá com meu nome nele. Você me verá bastante. Eu costumava visitar nas tardes de quinta-feira e semanalmente durante os solstícios. Funciona para você?

— Acho que sim.

— Ótimo! — Ela pegou minha mão de novo. — Você teve algumas dúvidas sobre ficar, mas está no caminho certo.

— Como você…

— Fique — interrompeu ela. — Fique, abra a botica e… — Ela deixou as palavras morrerem. Seu entusiasmo energético foi substituído por uma expressão de total confusão e preocupação. — Você… você estoca oleandro? Tem dele lá agora?

— Não — falei. — Quero dizer, teremos, quando eu cultivar um pouco mais, mas é mortal, então tomarei cuidado.

— Não faça isso — disse ela, séria. — Não o estoque. — Lucille me deu um tapinha no meu ombro, então deu a volta no balcão e escreveu algo em um papel. — Estes são meus números de telefone. Não tenho celular porque não gosto dessas coisas. Ligue para meu telefone daqui ou para o da minha casa se precisar de alguma coisa.

Ela me entregou o papel.

Peguei meu celular e conferi as mensagens. Nada de resposta de Karter. Aproveitei para salvar os contatos de Lucille.

— Preciso ir — falei. — Foi bom conhecê-la. Ligarei quando suas encomendas estiverem prontas.

— Combinado.

Sai de Lucille's e caminhei o resto do caminho até a livraria da sra. Redmond. Eu esperava ver Karter lá antes de ir até o escritório dela, mas a porta estava trancada de novo e uma placa que dizia DESCULPE, ESTAMOS FECHADOS estava pendurada na janela.

Escalando a estreita escadaria ao lado da livraria, cheguei ao segundo andar do edifício, repleto de portas que deviam levar a diversos pequenos escritórios. Uma placa pendia na porta mais próxima à entrada do edifício, ostentando o nome M. REDMOND. Bati na porta. Sem resposta. Parecia ter uma televisão ligada lá dentro. Disquei o número de Karter outra vez e agora ele atendeu.

— Ei, é a Briseis. Tá ocupado?

— Não muito. Só trabalhando.

— Ah? Você está na livraria? Eu acabei de passar e não vi você. Achei que tinha ido para casa.

— Tenho outro trabalho. Minha mãe está na livraria hoje. Ela provavelmente foi comprar algo para comer.

— Você tem dois empregos?

— É, nada demais. Tenho que ganhar grana.

— Você pode pedir à sua mãe para me ligar quando ela puder? Tenho uma pergunta sobre a casa.

— Claro. Está tudo bem?

— Sim. Não é nada superimportante.

— Assim que falar com ela, vou dizer que você está tentando entrar em contato.

— Está bem, obrigada. Quer almoçar comigo amanhã?

Houve uma longa pausa. Conferi a tela do meu celular para garantir que a ligação não tinha caído.

— Ok, eu ligo para você.

Ele desligou antes que eu pudesse me despedir. Voltei lá para baixo e segui para a cafeteria. Espiei para ver se mamis estava me esperando, mas ela não estava lá. Meu celular vibrou. Era uma mensagem de mamis.

Mamis: Me encontre no mercado AGORA!

Comecei a andar em direção ao mercado, pegando o ritmo quando chegou outra mensagem.

Mamis: CADÊ VC?

Corri pelo último quarteirão e entrei no estacionamento do mercado. Dois veículos da Segurança Pública estavam estacionados perto do nosso carro e mamis falava nervosamente com uma mulher baixa e loira.

Corri até ela, lutando para recuperar meu fôlego.

— O que está acontecendo?

A mulher loira olhou para mim e então para seu bloquinho.

— Olha — disse mamis, apontando para o carro.

Estava em um ângulo estranho, um lado mais baixo que o outro. Os pneus tinham cortes profundos, a borracha com um corte limpo.

— Alguém furou os pneus enquanto você estava no mercado? — perguntei.

— Sua mãe vai ficar puta da vida.

A mulher pegou o depoimento de mamis, que dizia que os pneus estavam em ótimo estado quando ela entrou no mercado e vazios quando saiu. Ela não viu nem percebeu nada nem ninguém estranho.

Mamis ligou para o seguro e eles enviaram um reboque para levar o carro até o mecânico rua abaixo. Ficamos sentadas por duas horas na sala de estar abafada do lugar esperando eles trocarem os pneus. Enquanto minha mamis assinava a papelada e tentava não desmaiar por ver o custo do reparo, meu celular tocou. Era a sra. Redmond. Saí para atender.

— Sra. Redmond?

— Oi, Briseis. Karter disse que você queria falar comigo.

— Sim, desculpe incomodar. Queria saber se você encontrou as outras chaves.

— Estive bem ocupada. Não consegui parar pra procurar, mas sou boa em manter tudo organizado e garantir que os desejos dos meus clientes sejam sempre atendidos.

O tom dela era brusco e me senti culpada por dar a entender que ela era desorganizada.

— Sinto muito. A casa é velha. Talvez não haja chaves para algumas das portas.

— Estou aqui no escritório agora. Vou retornar a ligação assim que conferir.

— Está bem, obrigada.

Mamis me encontrou no carro, parecendo exausta. Entramos, e ela apoiou a cabeça no volante.

— Não deixam a gente comprar apenas dois pneus novos. Tem que comprar quatro ou o carro vai ficar desalinhado, mas a única coisa desalinhada agora é a droga da minha conta bancária. Sempre acontece alguma coisa.

Meu celular tocou de novo.

— Oi, sra. Redmond.

— Oi, Briseis. Peço desculpas. Não tenho outra chave para você, mas tenho algo que minha secretária colocou no lugar errado. É um desenho. Está aqui, se você quiser vir pegar.

— Estarei aí em cinco minutos. — Pus a mão no braço de mamis. — Vai ficar tudo bem, vou reabrir a botica e ganhar algum dinheiro.

— Sempre vendo o lado positivo. — Ela sorriu e se recostou no banco do carro.

— Puxei você — falei. — Pode me levar ao escritório da sra. Redmond rapidinho? Ela tem um papel que esqueceu de me dar.

— Você não veio de lá antes?

— Sim, ela não estava lá, mas está agora.

Cinco minutos depois, desci do carro e fui até o escritório da sra. Redmond outra vez. A porta estava entreaberta.

Entrei e um sino eletrônico soou.

— Já vou — disse ela da outra sala.

O escritório era apertado, mas bem decorado. No centro da sala, havia uma pequena mesa repleta de papéis e pastas. Havia também uma estante com dois ou três livros, todos sobre o campo jurídico. O som de água corrente e a descarga de um vaso me informou que a única outra porta no escritório levava a um banheiro. Uma foto das Cataratas do Niágara estava pendurada na parede. Uma pequena TV estava sobre um arquivo no cantinho. Era hora do noticiário, e um meteorologista avisava sobre uma iminente onda de frio que traria chuva e vento a Rhinebeck e região.

A sra. Redmond saiu e me deu um rápido abraço de lado antes de se sentar à mesa.

— Eu deveria ter sido mais cuidadosa ao juntar sua papelada. Peço desculpas, Briseis. De verdade. — Ela pegou um papel e estendeu para mim. — Como mencionei, normalmente sou organizada, mas parece que minha secretária colocou este documento no lugar errado. Eu o encontrei com alguns papéis que seriam descartados.

Peguei o papel.

— Está tudo bem.

Era um desenho do mesmo brasão que tinha na porta nos fundos do Jardim Venenoso e na mesa do escritório escondido, mas havia algo embaixo que não reconheci — três linhas horizontais uma em cima da outra. Eu não tinha certeza se elas estavam nos outros brasões. Suspirei, frustrada. Isso não era útil, e não me dizia como eu devia encontrar a chave para a porta no jardim.

— Então, como vão as coisas na casa? — perguntou a sra. Redmond. — Tudo bem naquele lugar velho?

— Está indo bem — respondi. — Quero dizer, ainda há muito trabalho a fazer. O lugar está cheio de lixo.

Ela balançou a cabeça.

— Pena. Deu uma olhada no restante da propriedade? Sei que há muito espaço. Karter disse que vocês têm passado muito tempo em um jardim. Pra ser sincera, estou um pouco surpresa. Jardinagem não é muito a praia dele.

— Ele está me ajudando — falei. — Obrigada por deixá-lo vir. Sei que ele tem muitas responsabilidades na livraria.

— Tem, sim, mas, se você der ouvidos para ele, tudo é demais, muita coisa para dar conta. — Ela balançou a cabeça. — O que posso fazer? Sou apenas a mãe dele. Não sou tão empolgante quanto a garota nova na cidade. — A amargura manchava suas palavras, e eu só conseguia pensar no quanto Karter desejava conquistar sua aprovação. — Briseis, eu queria perguntar uma coisa a você. — Ela juntou as mãos na frente do corpo. — Por um acaso, alguma jovem passou na sua casa? Uma mulher de cabelos prateados?

— Você está falando da Marie?

— Ah, eu não sei o nome dela. Perguntei porque, há algumas semanas, enquanto organizava os documentos da casa, precisei ir até lá para me certificar de que tudo estava trancado. Tivemos alguns invasores pela cidade, e eu não queria ninguém entrando na propriedade. — Ela abaixou a voz e se inclinou para mais perto. — Vi uma jovem na entrada.

Minha pele se arrepiou.

— Ela... ela disse alguma coisa?

— Não. Foi a coisa mais estranha, e sendo bem sincera, me assustou. Ela partiu antes que eu tivesse a chance de confrontá-la. Mas você disse que a conhece?

— Quero dizer... acabamos de nos conhecer. Eu não a *conheço.*

— Certo — disse a sra. Redmond. — Estou tão feliz que conseguimos levar você à casa e que tomará conta do lugar de agora em diante. Por favor, não se ofenda com o que vou dizer, mas nem todo mundo tem boas intenções. Você é nova aqui e tem a posse de uma propriedade muito grande. Pode haver pessoas que vão querer tirar vantagem de você.

Eu não tinha certeza de onde ela queria chegar.

A sra. Redmond se recostou.

— Desculpe, Briseis. É meu instinto materno, sempre me preocupando. Sabe, Karter é... — Ela parou de repente e olhou além de mim, para a TV. Uma faixa piscava no inferior da tela e o repórter assumiu um tom solene.

"Uma tragédia tomou Rhinebeck esta noite. Hannah Taylor, uma residente de muitos anos da cidade, foi encontrada depois de uma exaustiva busca cobrindo o Condado de Dutchess, e o resultado não é o que esperávamos." A voz do repórter falhou enquanto ele anunciava os detalhes da morte da mulher.

A sra. Redmond balançou a cabeça e seus olhos ficaram marejados.

— Ah, não. — Ela encarou a televisão, as mãos trêmulas.

— Sra. Redmond?

Ela rangeu os dedos enquanto olhava para a mesa.

— Hannah e eu estudamos juntas no ensino médio. Nos formamos no mesmo ano.

Olhei para a televisão outra vez.

— Sinto muito.

Ela abaixou a cabeça e secou os olhos.

— Você me dá licença, Briseis? Preciso fazer algumas ligações. A mãe de Hannah deve estar desolada.

— Sim, é claro.

— Por favor, tome cuidado — disse ela, a voz tomada de emoção.

— Tomarei.

Estendi a mão e apertei gentilmente o braço dela, e então fui ao encontro de mamis no carro.

CAPÍTULO 17

— Pegou o que precisava? — perguntou mamis, olhando para o desenho na minha mão.

— Não. Não era uma chave. É um desenho que estava com outros documentos. — Olhei para a janela do escritório enquanto partíamos. — A sra. Redmond acabou de ficar sabendo que uma amiga próxima morreu.

— Sério?

— Passou na TV. Encontram o corpo dela em algum lugar aqui perto.

— Que terrível. — Mamis balançou a cabeça e deu um grande suspiro enquanto voltávamos para casa.

— Você está bem? — perguntei.

— É engraçado como as pessoas reclamam sobre coisas que acontecem na cidade grande, mas nunca tive meus pneus cortados lá. Isso me abalou.

Eu me virei para ela.

— Sinto muito. Estamos aqui por minha causa.

Mamis apertou minha mão.

— Não, amor. Não diga isso.

— Você se arrepende de vir pra cá?

— *Você* se arrepende?

— Não — respondi. Não era totalmente verdade. — Talvez um pouquinho.

— Por quê? Você tem andado por aí com Karter. Parece mais feliz agora.

— É, mas tem sido esquisito para você e a mamãe. Sei que já falamos sobre isso e vocês disseram que me apoiam, mas estamos morando em um lugar com pessoas que conheciam minha mãe biológica e a família dela. Estamos vivendo em uma casa que pertenceu a eles. Isso com certeza deve fazer vocês duas se sentirem meio estranhas.

— Estamos sendo sinceras? — perguntou mamis.

Inspirei fundo. Esse era o jeito dela de dizer que estava disposta a ter uma conversa difícil.

— Sim — falei. — Estamos sendo sinceras.

Mamis assentiu.

— Não sei por que sua mãe biológica escolheu adoção. Você era, e ainda é, a coisa mais maravilhosa que já vi. Eu te amei no momento que a vi e questionei por um bom tempo como alguém poderia abandoná-la.

Um nó se formou na minha garganta. Mamis manteve o olhar à frente enquanto continuava.

— Mas meu pensamento tinha falhas. Eu não sabia o quanto devia saber sobre o processo de adoção. Não tenho direito de julgar ninguém, principalmente quando a decisão da sua mãe biológica possibilitou que você chegasse na minha vida. O que ela fez, seja lá por qual motivo, foi uma escolha que nos permitiu estar juntas. Penso muito nela e estar aqui me faz pensar ainda mais. Espero que ela não tenha chegado a essa decisão sob nenhuma circunstância além de que era a escolha certa para vocês duas. — Mamis pigarreou. — E agora estamos aqui, no espaço dela, tornando-o nosso, e eu estaria mentindo se dissesse que não estou nem um pouco preocupada com como tudo isso afeta você.

— E eu estou preocupada com como tudo isso afeta você e minha mãe. — Não consegui conter as lágrimas. — Eu não aceitei vir pra cá porque queria saber mais sobre minha família biológica. Eu vim porque sabia que ia nos ajudar.

— Mas é disso que se trata — disse mamis. — Você não tem que escolher, amor. Pode fazer as duas coisas. Óbvio que você ia querer saber mais sobre essas pessoas, o passado delas, a vida delas, e eu... *nós* apoiamos você. Você ama sua mãe e eu, certo?

— Mais do que qualquer coisa.

— E é recíproco, querida. Eu te amo mais do que me amo, e você sabe o quanto eu me amo.

Eu ri entre as lágrimas. Ela era a melhor em tornar uma situação pesada mais leve.

— Fale com as pessoas, pesquise, veja fotos, faça perguntas. Nós duas sabemos que você tem algo correndo nas veias que não pode ser facilmente explicado. Talvez esta seja a sua chance de chegar na raiz disso. Sua mãe e eu estaremos aqui não importa o que aconteça. Somos uma família. Nada vai mudar isso, entendeu?

Minhas mães eram diferentes em muitos aspectos, mas não na forma como me amavam — incondicionalmente e de todo o coração. Apertei a mão dela.

— Eu te amo.

— Eu te amo mais.

Paramos diante da casa, e ela se inclinou e me apertou forte. Minha mãe veio nos encontrar.

— Vocês estão chorando? — perguntou ela.

— Só tendo uma conversa sincera com nossa bebê — respondeu mamis.

Saímos do carro e ficamos ali, olhando para os pneus novos. Mamãe passou o braço pelo meu ombro e limpou meu rosto manchado de lágrimas com a manga da camisa.

— Preciso saber de alguma coisa?

— Não — disse mamis. — Estávamos chorando pelos meus waffles e pensando como serão melhores da próxima vez.

Minha mãe me puxou para mais perto dramaticamente.

— Ah, amor, eu também ia chorar se eu tivesse que comer outro café da manhã feito por ela.

— Os próximos waffles serão uma explosão de sabor. — Mamis piscou para mim.

— Achei que tínhamos concordado em não usar mais gírias — falei.

— Isso não é uma gíria — disse mamãe. — Ela quer dizer que os waffles não vão só queimar, vão estar literalmente pegando fogo, tipo show de fogos de artifício na cozinha! — Ela olhou para os pneus novos e revirou os olhos. — Não acredito nisso. Por que alguém furaria nossos pneus?

— O pessoal na oficina mecânica disse que acontece — disse mamis. — Jovens, sabe?

— Eles precisam de uma surra — resmungou minha mãe enquanto subíamos a escada da varanda.

Nuvens ondulantes e cinzentas rolavam pelo céu. O cheiro de chuva pairava no ar. Minhas plantas iam adorar e eu não ia precisar regá-las.

Entrei e subi para o meu quarto. Analisei o desenho que a sra. Redmond me dera — um rascunho em preto e branco, destituído dos detalhes encontrados nas ilustrações do grande livro. Refleti se Circe ou Selene teriam sido as autoras daquele esboço e qual seria o significado das três linhas desenhadas na parte inferior.

Após garantir que minhas mães estavam ocupadas no andar de baixo, abri a porta escondida atrás da lareira. Entrei e observei mais de perto o brasão esculpido na mesa. Não havia linhas ao redor dele. Abri as gavetas e procurei quaisquer marcações, símbolos, qualquer coisa que pudesse me ajudar a descobrir o que faltava, mas não havia nada.

Frustrada, me joguei em uma cadeira e encarei o brasão. O acabamento em verniz na área do símbolo estava desgastado, como se tivesse sido desgastado pelo tempo. Tracei a marca apagada e descobri que passava por debaixo do tampo da mesa. Desci da cadeira e me agachei, passando a luz do meu celular por ali. Três linhas estavam profundamente marcadas na madeira, e uma covinha rasa ficava bem em cima delas.

— Puta merda — sussurrei, meu coração martelando no peito.

Pressionei o dedo na marca. Ouvi um clique suave e um compartimento se abriu com um baque alto. Dei um pulo, batendo minha cabeça na extremidade da mesa. Apertei minhas mãos sobre a área dolorida. As plantas no meu quarto se juntaram sobre mim, esticando suas raízes pelo chão.

Havia um caderno de esboços escondido dentro de um compartimento secreto do tamanho de uma pequena gaveta. Peguei-o e comecei a folhear. O Coração de Absirto estava desenhado lá em detalhes ainda mais intricados do que no grande livro. O funcionamento interno da planta era diferente de qualquer coisa que eu já tinha visto. O caule parecia estar coberto por algo mais semelhante a pele do que matéria vegetal. Os lóbulos eram mostrados abertos e os espaços vazios internos estavam cobertos por estruturas pálidas que pareciam teias de aranha. Na última página, havia uma receita e algumas anotações feitas no canto inferior.

O Elixir da Vida
Coração de Absirto
Mercúrio
Ouro Líquido
Transfigurar
Infundir em uma dose de mel

Este peso às vezes é demais para suportar.

O Coração deve ser mantido, mas a que custo?

Devemos encontrar as partes que se perderam com o tempo. Devemos. Temos que reuni-los para salvá-la. Mesmo que seja tarde demais, devemos fazer isso.

Absirto em pedaços, vida eterna.

Absirto completo, mestre da morte.

Talvez eu abandone essa tarefa árdua e deixe que nossa família se torne lenda e mito, como nossos ancestrais fizeram no passado.

Entre as últimas páginas do caderno havia uma única folha de papel, selada entre dois pedaços de embalagem de plástico. Enquanto eu o analisava sob o brilho da minha lanterna, pensei que "papel" talvez não fosse a palavra certa para descrever aquilo. Era mais como um tecido. Eu conseguia ver as fibras individuais saindo de suas extremidades irregulares. Estava preenchido com uma escrita que se assemelhava ao grego que tinha visto nos livros sobre Medeia. Tinha muitos buracos, então presumi que a embalagem era a única coisa que o impedia de se desintegrar.

Coloquei o livro na mesa e mexi no compartimento para ver se encontrava algo mais. Havia um pedaço de tecido amassado enfiado nos fundos. Enquanto eu o puxava, algo caiu no chão.

Peguei o objeto. Era uma pequena chave com aparência antiga, feita de um material num tom *off-white* pesado demais para ser plástico — talvez algum tipo de osso. Mais ou menos do tamanho do meu mindinho, seu arco era um coração belamente esculpido no estilo de Dia dos Namorados. Havia outra forma dentro, moldada a partir de uma pedra vermelha brilhante, e esta lembrava um minúsculo coração humano.

Uma onda de empolgação tomou conta de mim e minhas mãos começaram a tremer. Era isso que eu procurava. Tinha que ser a porta para o jardim.

Meu celular fez um som e, se eu não estivesse o apertando com força graças a pura animação, o aparelho teria caído. Era Marie.

— Alô?

— Oi, Briseis. Desculpe ligar tão tarde.

Olhei para o relógio na minha tela.

— Tudo bem. Não são nem nove horas. Está tudo bem?

— Eu estava me perguntando se você queria que eu fosse até aí.

Olhei para a chave. Eu queria muito ir direto ao jardim, mas o horário e o som da voz dela me fizeram reconsiderar.

— Posso perguntar uma coisa?

— O que quiser — respondeu ela.

— Certo, eu, hã... você sabe sobre...

— O jardim? — interrompeu ela.

— Então você sabe.

— Nunca estive dentro do jardim delas, mas sim, sei.

— Circe contou algo a você? Sobre o que tem lá?

Houve uma longa pausa.

— Por que você não vem pra cá e a gente conversa sobre isso? — disse Marie.

— Agora?

Tirei o lenço e toquei meu cabelo. Fazia algumas horas que eu havia secado parte do meu cabelo antes de fazer os twists para esticá-lo ao máximo, reduzindo assim o tempo de secagem pela metade. No entanto, ainda estava úmido na raiz.

Ela deu uma risadinha.

— Vamos lá! Faz um tempo desde que tive companhia.

— Não tenho uma carona pra me levar até aí. E também não dirijo. E eu...

— Eu mando um carro buscar você.

— Posso pegar um Uber sozinha. Não tem problema.

Ela bufou no telefone.

— Sabe como pode ser perigoso fazer isso? Mandarei meu carro com um motorista de confiança para trazê-la até aqui em segurança.

Eu não havia ouvido certo.

— Espera. Está falando de um motorista particular?

— Quinze minutos.

— Pode ser trinta?

Ela bufou.

— Está bem. Até já.

Ela desligou.

Fechei a sala secreta e guardei o recém-descoberto caderno e a chave debaixo do meu colchão. Coloquei o secador na temperatura baixa, em jato forte, e o deixei soprar meu couro cabeludo até ter certeza de que podia desfazer os twists em segurança. Eu não poderia encontrar Marie desarrumada outra vez.

Depois de dez minutos debaixo do secador e de desfazer os twists em modo relâmpago, meu cabelo estava penteado e pronto. Minhas sobrancelhas estavam caóticas, e eu não estava a fim de usar muita maquiagem, mas ainda queria parecer bonitinha. Coloquei argolas douradas nas orelhas e passei um pouco de gloss nos lábios. Calcei meus tênis e desci. Minhas mães estavam na sala estar.

— Tudo bem se eu for à casa da Marie um pouquinho? — pedi.

— Quem é Marie? — perguntou minha mãe.

— A garota que veio aqui naquele dia.

Ela ergueu a sobrancelha.

— Se você quiser, amor... Mas acha que é uma boa ideia? Você acabou de conhecê-la.

— Ela parece bem legal — falei.

Mamis me encarou.

— Legal, né? É por isso que você está de argolas? Todo mundo sabe que argolas significa que você está tentando parecer arrumadinha.

— Pareço arrumadinha?

— Sempre — garantiu mamãe. — Precisa de carona?

— Não. Ela está mandando um carro.

As duas se viraram para mim, de olhos arregalados.

— Um carro? — perguntou minha mãe. — Que tipo de comportamento de rico…

— Caramba, Briseis é solteira. Elas podem ser um casal escrito nas estrelas — disse mamis.

Minha mãe pensou por um instante e balançou a cabeça em concordância.

— Agarre a grana, amor.

Tive vergonha. Muita.

— Em primeiro lugar, vocês são péssimas e, em segundo, não é isso o que está acontecendo. Ela sabe sobre algumas das plantas na botica e me convidou para falar sobre isso.

Meu celular vibrou.

Marie: O carro chegou.

— O carro está aqui.

Mamis foi para porta com minha mãe logo atrás. Me aproximei e espiei. Na entrada, havia um sedã preto com vidros fumê. Uma mulher saiu do lado do motorista. Alta e careca, de ombros largos, vestindo um terninho vermelho-sangue, contornou o lado do passageiro. Abri a porta e fui até a varanda.

— Srta. Briseis? — perguntou ela.

Os lábios da minha mãe se transformaram em um pequeno círculo. As sobrancelhas de mamis se arquearam tanto que desapareceram na ruga que atravessava a testa dela.

Beijei minha mãe e abracei mamis.

— Mando mensagem quando chegar lá.

Corri para o carro e a mulher abriu a porta para mim. Só quando eu estava ao lado dela que me dei conta de que ela devia ter pelo menos um metro e oitenta de altura.

— Okoye não teria chance contra você, né? — falei.

Os olhos castanhos intensos dela me analisaram, e ela sorriu, a boca cheia de dentes perfeitos e branquinhos.

— A srta. Morris garantirá que sua filha volte para casa sã e salva — disse ela para as minhas mães, que ainda estavam boquiabertas na varanda.

Entrei e ela fechou a porta. O interior do carro tinha cheiro de baunilha quente, e o estofamento era do mesmo tom de vermelho do terno da mulher. A porta do motorista abriu e fechou, e a divisória desceu.

— Confortável? — perguntou a mulher.

Assenti.

— Fique à vontade para pegar o que quiser — disse ela.

Um frigobar cheio de refrigerantes e garrafas de água iluminado por um círculo de luzes brancas ficava no meio do console. Franzi os lábios para evitar perguntar, em voz alta, o que estava acontecendo. Peguei um refrigerante de gengibre.

— Está perfeito. Obrigada.

Saímos da garagem e seguimos pela estrada que levava para longe da casa.

— Sou Nyx — disse a mulher. — Trabalho com a srta. Morris.

— Marie?

— Sim.

— Você trabalha com ela? Tipo, dirigindo para as pessoas e tal?

Nyx sorriu.

— Entre outras coisas.

Abri a cerveja e tomei.

— Talvez você não vá ser sincera comigo, mas vou perguntar mesmo assim. Isto é uma armadilha?

Nyx ergueu a sobrancelha.

— Você terá que ser mais específica.

— Tipo, ela não está tentando me matar nem nada, né? Minhas mães se preocupam.

Eu ficaria tão brava se tivesse colocado as argolas só para ser assassinada pela garota mais linda que já vi.

Nyx riu.

— Não. Você estará segura com ela.

A resposta era um pouco estranha, mas também era estranho beber refrigerante de gengibre no banco de trás de um carro de luxo a caminho da casa de uma estranha. Tentei ser educada na conversa.

— Então, as poucas pessoas que conheci desde que estou aqui viveram a vida inteira em Rhinebeck. É assim pra você e Marie? Vocês são daqui também?

— Eu não — disse Nyx. — Vim da Califórnia anos atrás. Mas a srta. Morris vive aqui em Rhinebeck desde que era a terra de Beekman.

— Quem é Beekman?

O nome soava familiar, mas eu não conseguia me lembrar onde o ouvira.

Achei ter visto Nyx se encolher pelo retrovisor.

— Um velho. Mas vou parar de falar antes que acabe revelando demais. Pode ser que eu já tenha revelado.

— Tudo bem — falei. — Sou nova aqui. Não conheço a fofoca da cidade.

— Isso é bom. Esta cidade está repleta de curiosos, e, agora que você está naquela casa, tenho certeza de que será o assunto.

— É. Tô começando a entender isso.

Dirigimos pela cidade e cruzamos a Rua do Comércio. A agitação de Rhinebeck ficou para trás enquanto seguíamos para o sul. Vinte minutos depois, Nyx conduziu por uma entrada inclinada e estreita. Espiei pela janela, mas era difícil ver pelos vidros escuros.

— Chegamos — disse Nyx.

Ela desceu e deu a volta para abrir a porta. Me vi na entrada de uma casa muito grande e que parecia muito chique. O gramado imaculadamente cuidado podia ser confundido com um mar de grama.

Estátuas pontuavam a paisagem e fiquei arrepiada pela forma como se assomavam na escuridão invasora, a pele de mármore delas refletindo a luz suave da casa. Depois da entrada, havia um espaço vazio, mas consegui ouvir água corrente.

— O poderoso Hudson fica além do penhasco — disse Nyx.

— Então, Marie é rica? Ou os pais dela são ricos? Porque este lugar parece caro pra caramba.

Nyx riu e gesticulou em direção à casa, mas não me respondeu.

Enquanto eu a seguia pelos degraus amplos da entrada da casa, ouvi algo além do som abafado do rio. Parando, olhei na direção do penhasco, estreitando os olhos para a escuridão. Uma lufada de ar rítmica, como pássaros batendo asas.

— Por aqui — disse Nyx, me chamando para dentro.

O interior da casa era tão impressionante quanto o exterior. Pisos de mármore cinza sarapintados, com padrões hexagonais de azulejos de ébano, polidos até refletirem como um espelho. Uma pintura de uma mulher de aparência régia em um vestido longo e estampado estava pendurada no saguão, ao lado de uma aquarela de paisagens verdejantes. Um lustre de ferro afixado nas vigas expostas encharcava toda a entrada em um brilho quente e ondulante.

Nyx me conduziu por um longo corredor até uma pequena biblioteca.

Uma *biblioteca.*

Dentro de uma *casa.*

Uma lareira grande o bastante para uma pessoa entrar nela tomava conta de toda a parede dos fundos. As chamas lá dentro se agarravam às suas últimas brasas moribundas, lançando uma luz âmbar dançante por toda a parte.

— Por favor, fique à vontade — disse Nyx.

Assim que ela saiu, fui imediatamente até a estante embutida mais próxima. Peguei um lindo livro ilustrado de contos de fadas e o levei até o amplo sofá de couro. Passava as mãos delicadamente pelas páginas à medida que folheava o livro. Algo na aparência, na textura e até no aroma dos livros antigos despertava em mim uma sensação de tranquilidade. Os livros que Karter me deu e aqueles que encontrei no torre me traziam a mesma sensação. Nyx voltou alguns minutos depois, trazendo uma variedade de carnes, queijos e biscoitinhos em uma tábua larga de madeira. Ela a deixou sobre a mesinha.

— Você não precisava fazer isso — falei. — Você teve que andar, tipo, um quarteirão pra trazer isso para mim, né? A cozinha dessa mansão é muito longe?

— Você não está com fome?

Encarei Nyx. A sala estava bem escura, mas não tanto ao ponto de eu não saber se ela estava falando comigo ou não. Ela não havia movimentado a boca. Segui o olhar divertido dela até a poltrona perto da lareira, onde Marie estava sentada de pernas cruzadas, um meio sorriso em seus lábios.

Nyx me deu uma piscadela antes de partir, fechando a porta atrás de si.

— Você estava aí esse tempo todo? — perguntei. — Desculpe. Eu não vi.

Eu não tinha notado a poltrona, muito menos a linda garota sentada nela, quando entrei.

Seu cabelo prateado estava preso em um coque perfeito. Ela usava calça justa cinza e um suéter curto que combinava. A pele dela brilhava à luz da lareira. E seus olhos... eu estava encarando de novo. Balancei a cabeça.

— Estava esperando sua ligação para que eu pudesse convidá-la — disse Marie. — Mas você demorou, então tive que tomar a iniciativa.

Um rubor tomou conta do meu rosto.

— Eu ia ligar.

— Quando? — perguntou ela, prendendo meu olhar no seu. Ela parecia mesmo querer saber.

— Quando eu me acomodasse — falei, sincera.

Ela parecia satisfeita com minha resposta e relaxou na poltrona.

— Deve ser cansativo pra você, tomar posse da casa e de todas as suas... responsabilidades.

— Está falando da botica?

Ela piscou algumas vezes, e então se reajustou no assento.

— Dá muito trabalho, né? Deixar tudo pronto.

— Sim — falei. Olhei ao redor de novo, e então de volta para Marie. — Esta casa é incrível. Assisti *A Bela e a Fera* vezes demais para não pensar em ter uma biblioteca na minha casa.

— Você pode vir quando quiser. Ligue para Nyx e ela te busca.

Observei o rosto de Marie.

— Não estou tentando ser mal-educada, mas isso tudo é muito, muito estranho. Você mora aqui sozinha? E por que está sendo tão legal comigo?

Marie jogou a cabeça para trás e deu a risada mais melódica que já ouvi. Era como sinos.

— Não sei o que você quer que eu diga. Acho que sou uma pessoa legal? Tive sorte, então gosto de fazer o bem quando posso.

— Ah, e você vive aqui com... quem? Seus pais?

— Meu avô, Alec. Ele é meio que um historiador amador. A maioria dos livros antigos são dele. — Ela gesticulou para as estantes. — Ele é responsável por boa parte da decoração, e é por isso que esse lugar parece ser habitado pelo espírito de um nobre francês ou sei lá. Olha. — Ela apontou para o retrato de um homem usando armadura e sentado em um alto cavalo marrom, de espada em punho. — Quem é aquele?

— Com certeza tem a alma de alguém presa na pintura.

Sorri e não tive como ter certeza, mas acho que a ouvi suspirar. Ela se levantou de repente e veio até o sofá, sentando-se ao meu lado. Trouxe os joelhos para perto do corpo e apoiou o queixo sobre eles. A pele negra macia de sua barria aparecia debaixo do suéter.

— E Nyx? — perguntei, afastando meus pensamentos. — Ela é, tipo, sua assistente?

Marie tornou a rir.

— Ela é mais como uma segurança.

— Sério?

— O que foi? — Marie sorriu. — Ela pode virar alguém do avesso sem problemas.

— Não, e-eu acredito, mas para que você precisa de segurança?

— Tenho... minha família tem dinheiro. Pessoas tentam se aproximar. É por precaução.

Estendi a mão e peguei algumas fatias de queijo.

— Você gosta? — perguntou Marie.

— Sim. Parece uns lanchinhos chiques.

Marie sorriu para mim.

— É uma tábua de charcutaria.

— Se você diz. Não vai comer um pouco?

— Não. Estou bem. Coma o quanto quiser.

Ela se aproximou de mim, se inclinando mais do que o necessário. Cheirava a baunilha e manteiga de cacau. Tinha uma correntinha fina de ouro ao redor do tornozelo e suas unhas dos pés estavam pintadas de verde néon. Deixei o queijo de lado. Não sabia que precisava me concentrar para comer até aquele momento, pois não conseguia manter o foco. Tudo a respeito dela exigia toda a minha atenção.

— Quer ver o restante da casa?

Não muito. Eu estava perfeitamente feliz de estar sentada ali e encará-la como uma esquisitona pelo resto da noite.

— Vamos — disse ela. Pegou meu braço e me conduziu pelo corredor. — Morei em Rhinebeck minha vida inteira, mas amo viajar. Às vezes só preciso me afastar de Alec e da coleção de antiguidades assombrosas dele.

— Você não está na escola?

— Me formei mais cedo — explicou ela. — Acho que aprendi mais viajando do que sentada em algum prédio escolar.

Eu nunca tinha ouvido alguém dizer *prédio escolar* para se referir à escola. Talvez as pessoas ricas fizessem as coisas de maneira diferente.

Nós viramos à direita e Marie me conduziu por outro longo corredor com mais pinturas assustadoras em molduras ornamentas de ouro. Ela me mostrou uma piscina interna, mas disse que a externa era melhor para nadar no verão. Chegamos a um par de portas duplas altas, e ela as empurrou para abrir.

A sala só podia ser descrita como um minimuseu. Havia várias caixas de vidro repletas de artefatos lá dentro. Máscaras, espadas, vasos, roupas e ferramentas todos perfeitamente exibidos.

— Minha coleção — disse Marie. — Alec e eu estamos levando todos esses artefatos de volta a seus países de origem. A maioria deles foi roubada, contrabandeada ou vendida no mercado clandestino. Tanta história roubada. — Ela balançou a cabeça. — Agora, os museus cobram taxas para podermos ver coisas que nem pertencem a eles.

— Como você conseguiu tudo isso?

— Essa é uma história longa e chata.

Fui até o mostruário no cantinho. Dentro, havia uma cumbuca quebrada que parecia ser feita de ouro, e nela havia uma figura minúscula de uma mulher com três faces.

— A deusa tríplice, a própria Hécate — disse Marie. — Essa foi um presente de alguém que me era muito próximo.

— Protetora das Chaves — falei, repetindo as palavras que tinha lido em um dos livros na casa.

Marie semicerrou os olhos.

— Você a conhece?

— Mais ou menos — falei. — Li algumas coisas e o nome dela sempre está relacionado ao de uma mulher chamada Medeia.

Enquanto eu encarava o símbolo, me lembrei daquele no brasão na porta do jardim.

— Vi a peça — disse Marie. — Amo teatro.

— Eu também — falei, sorrindo. — Não vi essa, mas há alguns retratos dela na casa.

— Circe amava ler. E essa história é trágica, angustiante mesmo. Talvez ela tenha encontrado paralelos com a própria vida.

— A vida dela foi trágica? — Voltei minha atenção para outro mostruário de artefatos. — Ela tinha uma grande casa, que está quitada. Era dona de um negócio e, considerando a quantia que você disse ter gastado lá, tenho certeza que ganhava bem. Não me parece muito trágico.

Me virei e vi que Marie havia cruzado a sala e estava a um metro de mim.

Meu coração disparou.

— Nem tudo era fácil pra ela — disse Marie baixinho. — Ela carregava um grande peso.

— Que peso?

De repente, tudo parecia mais intenso, mais alto. Eu estava consciente do balançar dos canos de água quente e do zumbido da eletricidade que abastecia as luzes nos mostruários. O medo havia despertado meus sentidos.

Marie deu alguns passos na minha direção.

— Você encontrou a botica e o jardim. Tenho certeza de que já viu o que há atrás daqueles muros altos.

— As plantas para abastecer a botica? — Minha voz soava baixa e vazia.

— Isso é uma parte, mas… — Ela me encarou, seus olhos buscando e enfim encontrando algo que pareceu preocupá-la muito. Ela se aproximou, devagar e deliberadamente, da forma como fizera quando fora à minha casa. Semicerrou os olhos, o castanho brilhando à pouca luz. — Elas estavam mantendo um grande segredo.

CAPÍTULO 18

Tive uma vontade gigantesca de ir embora… não, não ir embora. Fugir.

— Desculpe — disse Marie. — Por favor. Por favor, não vá. — Ela juntou as mãos na frente do corpo. — Não estou tentando pressionar você para me dar qualquer informação…

— Eu nem tenho informações — falei. — E-eu não abri a porta.

Ela deixou escapar um grande suspiro de alívio.

— Ótimo. Não abra.

— Por quê? O que tem atrás dela? — Me aproximei mais da porta.

— Não tenho certeza. — Ela inclinou os ombros para a frente enquanto abraçava o próprio corpo. Ela inspirou fundo. — Circe cuidava de uma planta muito rara e muito venenosa. O único motivo de eu saber disso é … — Ela se interrompeu. A dor contorceu seu rosto. — Por causa de Astreia. Ela era uma parente sua e minha melhor amiga no mundo inteiro, como uma irmã.

Parte do medo havia passado, mas mantive a porta no meu campo de visão.

— O que ela disse sobre a planta?

O olhar de Marie se distanciou como se ela estivesse se lembrando de uma antiga memória.

— Ela me disse que era o centro de seu mundo, que consumia seus dias quando estava acordada e invadia até seus sonhos. Uma vez, ela me contou que daria a vida para mantê-la segura, e eu ri. — Marie parecia enojada consigo mesma, lágrimas ameaçando cair. — Ela não falou comigo por seis meses.

— Por quê? Há várias plantas venenosas no jardim. Pelo menos uma dúzia delas são mortais.

— Não é como as outras plantas. Não poderia ser, ou elas não teriam que mantê-la trancafiada. — O tom dela ficou mais sombrio. — Se for verdade, e tenho fortes motivos para acreditar, então você nunca deve abrir a porta. Nem falar dela. Nunca.

— Onde está Astreia agora? — perguntei. — Você acha que ela sabe que estou aqui? Por que ela não está cuidando da casa e do jardim?

O rosto de Marie ficou tenso.

— Astreia morreu há muito tempo.

— Ah. Eu sinto muito — falei. Balancei a cabeça, frustrada.

— O que foi?

— É como se todos que poderiam me dar respostas estivessem mortos. Isso me deixa em uma posição esquisita em relação a tentar descobrir as coisas. — Enquanto eu repassava a lista crescente de pessoas que faleceram e onde isso me deixava, me dei conta de algo. — Como Astreia morreu?

Marie me olhou, hesitando.

— Minha mãe biológica também morreu. Circe e Astreia também. Agora que estou pensando nisso, estou preocupada.

O que atormentava a linhagem familiar Cólquida para me deixar como a última sobrevivente? A pergunta me perturbou.

— Porque a morte é traiçoeira quando você é uma Cólquida — disse Marie.

Ergui as sobrancelhas.

— E o que isso quer dizer?

Ela cruzou os braços sobre o peito.

— Significa que se eu fosse até o arquivo do tribunal do condado e pedisse uma cópia do relatório do médico-legista para Astreia ou mesmo Selene, garanto que haveria um problema. Foi transferido, perdido, pegou fogo em alguma salinha…

— Você não sabe como nenhuma delas morreu?

Marie balançou a cabeça.

— Não. Perguntei a Circe sobre Astreia, mas nem ela conseguiu me dar respostas. Por muito tempo, acreditei que fosse outro segredo, algo que Circe havia prometido manter escondido, mas agora estou em dúvida. Talvez ela não sabia o que aconteceu, ou talvez soubesse, mas não queria me contar.

— E o médico-legista? — continuei. — Esta é uma cidade bem pequena. Talvez você consiga respostas diretamente com ele...

— Esta *é* uma cidade pequena. Tão pequena que o consultório do médico-legista e a funerária são administrados pela mesma família há anos. Acho que isso é ilegal e, e para piorar, o cara responsável é um babaca. Como eu disse, os arquivos sempre estão indisponíveis ou perdidos.

— Entendo como é ter perguntas e sentir que não consegue as respostas certas — falei. — É assim para mim desde que cheguei aqui.

Marie se arrepiou.

— Astreia era minha amiga e, para alguém como eu, é difícil fazer amigos. Se eu soubesse o que aconteceu com ela, talvez me fizesse sentir menos… não sei, menos perdida.

Meu medo havia passado e pousei uma mão no braço de Marie gentilmente. Ela parecia vulnerável, sem saber o que fazer ou dizer a seguir.

— Entendo. Talvez eu possa ajudar. Sabe como posso entrar em contato com o médico-legista?

Ela pegou o celular e, segundos depois, recebi uma mensagem dela.

— Esse é o contato dele. Eu não ficaria esperançosa.

— Veremos. Perguntar não dói — falei. — Enfim, como está Alec?

— Vivo — respondeu ela.

Esperei que explicasse e segurei uma risada nervosa quando percebi que aquele tom na voz dela soava como decepção.

— Está lá em cima — disse ela depressa, percebendo minha dúvida. — Ele provavelmente vai acabar na cadeia do condado em breve por invadir sua propriedade. — Ela parecia enjoada.

— Já conversei com minhas mães sobre isso. Ninguém quer que ele fique preso. Eu ficaria preocupada se meu avô...

Por meio segundo, Marie arregalou os olhos. Eu a encarei, tentando decidir como eu ia dizer o que estava pensando sem soar mal-educada.

— Você não está me contando toda a verdade sobre o que ele é pra você. Não entendo isso, depois de tudo que você falou sobre sua amiga e como odeia ser mantida no escuro...

— Tem razão — disse Marie. — Tem razão. — Ela me observou com cuidado. — Ele não é meu avô, mas é minha família, então cuido dele, mesmo que se meta em confusões.

— Está bem. — Fiquei satisfeita por ela estar disposta a me oferecer uma explicação. — Isso serve.

— Podemos deixar o resto das perguntas para outra hora? — perguntou Marie.

— Na verdade, tenho mais uma questão — falei. — Você invadiu o quintal da casa antes que eu me mudasse?

O cantinho da boca de Marie tremeu como se ela segurasse um sorriso.

— A sra. Redmond, a advogada que está lidando com todas as coisas da casa, disse que te viu na entrada há algumas semanas. Fiquei pensando no que você estava fazendo lá.

— Eu estava garantindo que tudo estava indo bem. Circe não ia querer uma estranha na casa dela.

— Sou uma estranha — falei.

Marie balançou a cabeça.

— Não é. Pode se sentir assim, mas não é verdade.

Conferi meu celular. Nenhuma mensagem das minhas mães ainda. Elas esperariam que o relógio batesse às onze para me lembrar do meu toque de recolher. Se eu não respondesse, elas estariam no carro cinco minutos depois, como fadas-madrinhas modernas. No entanto, em vez de tirarem de mim um vestido chique e sapatinhos de cristal, elas tomariam meu tempo livre, meu celular e qualquer ideia de que eu era quase adulta.

— Você já tem que ir? — perguntou Marie.

— São quase onze.

— Isso não é bem uma resposta, é?

Esperei que a pergunta dela significasse o que pensei que significava — que ela queria me ver de novo.

— Suponho que você não tenha um toque de recolher.

— Ah, sim — disse ela. Desta vez, a decepção era perceptível. — Vamos. Eu levo você até a porta.

Ela me conduziu pelo labirinto de corredores até a entrada. Enquanto eu descia os degraus, Nyx saiu da escuridão da direção do penhasco e do estranho barulho que eu ouvira antes.

Marie pigarreou alto, e Nyx parou, bateu no casaco para se livrar de algo e abotoou os botões.

— Me liga. Ou eu ligo para você — disse Marie. — Ah, e posso levar vocês para vê-las quando quiser.

— Quem? — perguntei enquanto caminhava até o carro.

— Selene e Circe. Elas estão no jazigo da família, não no grande cemitério onde as outras pessoas são enterradas. Fica num lugar mais afastado. Se quiser ir, me avise.

— Ah. Certo — falei. Eu não sabia se isso era algo que eu queria fazer, e o assunto me pegou desprevenida.

— É você quem sabe — disse Marie.

— Vou pensar nisso.

Me virei e Nyx abriu a porta para mim.

Entrei e Marie voltou para dentro de casa. Fiquei em silêncio no banco de trás enquanto Nyx me levava para casa. Quando chegamos, minhas mães estavam à porta, esperando.

Eu saí, e Nyx me encontrou no lado do passageiro.

— A srta. Morris me pediu para entregar isto a você. — Ela me deu um pequeno cartão. — É o meu número. Ela disse que você é bem-vinda na casa quando quiser.

— É muito gentil da parte dela — falei.

— Ela gosta muito de você — comentou Nyx. — Acho que ela não tem uma amiga de verdade desde que Astreia morreu, e isso faz muito tempo.

— Não pode fazer tanto tempo assim. Ela só tem 17 anos.

Nyx deu uma risada grave e rouca. Ela levou um momento para se recuperar.

— Perdoe-me. Tecnicamente, isso é verdade.

— Não sei o que isso quer dizer — falei. — Mas sei que ninguém aqui gosta de me dar respostas diretas e isso é muito irritante.

— Ela vai contar a você, tenho certeza. — Ela ajustou o blazer e a postura. — Quando a srta. Morris pensou que elas, a família Cólquida, haviam partido, ficou mal. E quando descobriu que você é parente delas... — Ela encarou o lado por um momento. — Eu nunca a vi tão aliviada.

— Por quê? O que importa se sou parente delas? Todo mundo que conheci aqui faz parecer que é importante. Não vejo assim.

Nyx parecia pensativa.

— Quem sou eu, ou qualquer um de nós, para dizer a você como deve se sentir? Mas um aviso, se me permite: Agora que está aqui, pessoas virão. Todo o tipo de pessoas, a maioria delas sem más intenções. Tente manter a mente aberta.

Pensei em Alec e Marie e me perguntei se ela queria dizer pessoas como ele ou totalmente diferentes.

— Posso fazer isso. Acho.

— Espero que sim. — Ela me deu um tapinha no braço e partiu.

Minhas mães me fizeram contar cada minuto da minha visita. Elas queriam cada mínimo detalhe. Ficamos acordadas por uma hora repassando tudo: a biblioteca, os aperitivos chiques, o carro chique, as múltiplas piscinas e a afinidade de Marie por coisas antigas. No fim, elas só conseguiram concordar que eu precisava tomar mais cuidado e que Marie provavelmente tinha muito dinheiro e tempo livre demais. Mas eu sabia que ela tinha mais que um interesse passageiro em mim, e isso me aqueceu por dentro. Esperava conseguir vê-la de novo, e em breve.

CAPÍTULO 19

Dormi, mas só porque não podia fugir da casa no meio da noite para usar a chave nova. Quando acordei na manhã seguinte, ainda não era sete horas. Fiquei deitada na cama pensando no que Marie dissera. Ela me aconselhou a não abrir a porta, que havia algo inimaginável atrás dela. Estava preocupada que a planta fosse venenosa, mas isso não era problema para mim. Eu só conseguia pensar em abrir aquela porta. Quando ouvi minhas mães acordando, pendurei a chave em formato de coração no meu cordão e as informei que retornaria para o café, enquanto seguia o corredor. Assim que fechei a porta atrás de mim, comecei a correr. Disparei pela lateral da casa e pelo gramado, até chegar nas árvores. O caminho se abriu diante de mim e me abaixei para passar. Segui até o jardim e, ao me aproximar da clareira, peguei a chave que eu já tinha e abri o portão. Ao se abrir, um broto de boca-de-leão deslizou do muro e se enrolou na minha cabeça, formando uma coroa de flores fúcsia antes de se quebrar e voltar ao muro. Essa interação se repetia toda vez que eu entrava naquele lugar, e minha casa já estava repleta com a minha coleção de joias florais, todas intactas, sem nenhuma pétala ou caule murcho.

O portão se fechou com um baque atrás de mim, e virei a esquina, indo direto para o Jardim Venenoso.

A seção da frente do jardim havia ganhado vida desde que Karter e eu começamos a trabalhar nele. A vegetação estava mais vibrante e viva do que nunca, se movendo e se expandindo enquanto eu ia para o portão da lua. Me preparei para o arrepio do veneno que pairava no ar quando ele atingiu a parte de trás da minha garganta e queimou o interior do meu nariz. Levei apenas um segundo para me recuperar.

Enquanto a parte da frente do jardim havia assumido o tom de sempre-viva, oliva e esmeralda, o Jardim Venenoso também havia ganhado vida como nunca. Cobertores de beladona se entrelaçavam com folhas selvagens em ondulantes tons de preto, zibelina e obsidiana — tão vibrante e prismático quanto seu lado benigno. Espinhos carmesins mortais saíam dos galhos da vinha-do-diabo, que havia dobrado de tamanho e agora se enrolava na folhagem crescida.

Me aproximei do centro do muro dos fundos. A vinha-do-diabo se ergueu, revelando a porta. Segurei a chave na minha mão trêmula, e sua pedra em forma de coração brilhou quando a inseri na fechadura e girei até ouvir o clique.

A porta rangeu quando a abri. Eu esperava outro jardim ou depósito, mas era uma área murada e escura, do tamanho de um armário de corredor. O cheiro de terra úmida permeava o ar. O cômodo tinha um teto inclinado feito da mesma pedra que as paredes e era coberto do chão ao teto com emaranhados de hera venenosa, cicuta e, para meu espanto, calistemo.

O calistemo devia estar extinto. Eu só vira fotos em preto e branco deles, tiradas no fim dos anos 1800, quando um único broto permaneceu no Museu Britânico. Suas flores em forma de estrelas saíam de seus brotos de três folhas e espalhavam um pólen cor de ferrugem. Devia ter causado feridas na minha pele e fechado meus olhos e minha garganta, porém, mais uma vez, não fui afetada, e tudo que senti foi um frio de gelar os ossos. Afastei a nuvem de pólen e o arbusto se encolheu, como se tivesse percebido seu erro.

Liguei a lanterna do celular, olhando ao redor. O emaranhado de calistemo se mexeu, revelando uma escadaria estreita que descia. Apenas os degraus de cima estavam visíveis. Me aproximei, estendendo meu celular. A coluna fraca de luz iluminou o chão da sala abaixo. Os degraus estavam cobertos por uma camada de alga verde escorregadia. Água escorria pelas paredes, correndo em fios delicados, encharcando a pedra sob meus pés. Agarrando meu celular, adentrei a escuridão.

Uma sala pequena e sem janelas tomou forma enquanto meus olhos se ajustavam no breu. Havia uma caixa de vidro bem no centro. Acima dela, no teto, uma abertura cilíndrica com a largura de uma latinha de refrigerante. Olhei para dentro dela e, apesar de conseguir ver alguma luz vinda de fora, não era forte o suficiente para chegar ao fundo.

Voltei minha atenção para a caixa da altura da minha cintura. Havia dobradiças entre os painéis de vidro fosco. Tentei abrir uma, mas nem se mexeu. Direcionei minha luz e tive um vislumbre do que continha. A planta estranha sem dúvidas lembrava um coração humano. Meu celular caiu da minha mão trêmula e bateu no chão com um baque alto.

Me atrapalhei para pegá-lo enquanto a lanterna ligava e desligava. Ao avaliar o dano, dei de cara com uma rachadura no vidro, semelhante a uma teia de aranha. Suspirei. Eu devia ter ficado lá em cima.

Voltando a observar a caixa, minha lanterna iluminou algo na pedra perto de sua base. Empurrei meus óculos na ponte do nariz e me agachei para ler as palavras gravadas na placa enferrujada.

CORAÇÃO DE ABSIRTO

Me levantei devagar, focando a caixa de vidro. A planta do grande livro era real, e, fosse lá por qual motivo, Circe havia me feito caçá-la até encontrá-la. Estava atrás de um portão trancado, de uma porta trancada e um aglomerado de plantas tóxicas que levaria a maioria das pessoas para o hospital — se vivessem o suficiente até chegarem a um.

As extremidades da sala pareciam me sufocar. O Coração repousava na caixa, como algo saído direto de um pesadelo. A planta estava enraizada em um pequeno círculo de terra rodeado por pedras pretas reluzentes, e ao lado dele havia um segundo círculo de terra onde nada crescia.

Busquei uma forma de abrir o vidro e encontrei uma pequena fechadura marcada pelo mesmo brasão da porta acima. Usando a chave branca como osso com o coração de rubi, destranquei a caixa. Sem o vidro fosco no caminho, observei a planta. Era ainda mais estranha de perto. Lembrava o desenho no grande livro, mas não era cor de rosa e cheia. Estava se desintegrando e acinzentada. O caule que lembrava uma artéria serpenteava na terra seca. Sem pensar, estendi a mão para tocar uma das folhas quebradas. Talvez fosse ganhar vida como as plantas na floricultura.

Meus dedos mal haviam roçado na folha mais próxima quando um choque frio percorreu meu braço como um pulso elétrico. Cambaleei para trás, agarrando minha mão. Uma dor dormente se espalhou no meu pulso. Gritei e minha voz ecoou ao meu redor. Arfando, meu coração acelerado, me apoiei na parede. Minha mão parecia um bloco de gelo. A dor superava a experiência de cortar minha mão ao dissecar cicuta ou qualquer outra que já sentira. Era a coisa mais tóxica com a qual eu já havia entrado em contato.

Rapidamente, tranquei a caixa e parti, garantindo que a porta de metal também estivesse trancada. Minha mão doía, e o frio se espalhara para o meu braço como gelo fluindo nas minhas veias. Esfreguei as costas das minhas mãos, tentando espalhar calor para as pontas dos meus dedos, mas a dor de tocar minha própria pele era agonizante. Andei de um lado a outro no Jardim Venenoso, chacoalhando minha mão.

Eu era imune à cicuta, à hera venenosa, ao calistemo, mas essa coisa — o Coração de Absirto — havia me ferido de uma maneira que não achava ser possível. Essa imunidade tinha limites?

A dor permaneceu, se recusando a passar. Chequei a hora pelo vidro rachado da tela do meu celular. Apenas depois de trinta minutos, que mais pareceram horas, a dor começou a se dissipar.

Um arbusto de oleandro rosa-claro havia ultrapassado os limites de seu canteiro e se espalhado pelo chão, tomando conta do heléboro e sufocando-o. Naquele momento, decidi intervir e ocupar minha mente. Retirei um saco de malha dos ganchos no muro do jardim e puxei o oleandro, colocando-o lá dentro. Olhei para o local na parede onde a porta estava escondida. Eu não sabia o que era o Coração de Absirto nem por que estava escondido em uma sala secreta, cercado por plantas letais em quantidades capazes de matar toda a população de Rhinebeck várias vezes. Marie havia me alertado sobre o perigo. Ela me pedira para não abrir a porta. Eu deveria ter ouvido.

Peguei o oleandro que reunira e saí do jardim. Minha mão ainda doía enquanto eu seguia para casa. Eu queria manter aquela sala trancada. Se o objetivo de Circe era que eu a encontrasse, seu desejo tinha sido realizado. Eu já tinha a visto, mas não pretendia retornar lá. Por que ter uma planta assim? Algo venenoso assim era perigoso, não que alguém pudesse sequer chegar perto dela — mas, mesmo assim, para quê arriscar? O pavor chegou e se enterrou nos meus pensamentos.

CAPÍTULO 20

Meu celular vibrou no meu bolso. Fiquei surpresa que ainda estivesse funcionando. Era Karter.

— Oi, Briseis — disse ele. — Tá ocupada?

Eu o coloquei no viva-voz para não ter que pressionar o vidro quebrado contra meu ouvido.

— Não, acabei de sair do jardim.

Eu ainda não estava preparada para compartilhar o que tinha visto.

— Quer ir assistir um filme?

— Sim.

Eu estava disposta a fazer qualquer coisa para me afastar do Coração. Karter repassou os filmes que estavam em cartaz.

— Busco você às sete? — ofereceu ele.

— Está ótimo.

Cheguei em casa e estava subindo os degraus da frente quando um carro estacionou na garagem. Um homem mais velho usando jeans e um suéter com gola em V desceu dele. Ele sorriu amistosamente e me deu um tchauzinho. Era careca e usava óculos redondos apoiados na ponte do nariz.

— Precisa de algo da loja? — perguntei. Não poderia ser outra coisa.

— Preciso — disse ele. — Se não for muito incômodo.

— Entre.

Abri a porta, e minhas mães me olharam do sofá.

O homem acenou para elas.

— Bom dia. Sou Isaac Grant.

Eu o observei enquanto minhas mães iam apertar a mão dele.

— "Grant"? — repeti. — Conhece a dra. Grant?

— Ela é minha filha — respondeu ele. — Ela me contou que vocês haviam se mudado para cá e pensei em vir dizer oi e buscar algumas coisas.

Minha mãe olhou para o saco debaixo do meu braço.

— O que é isto?

— Maconha — falei.

Minha mãe riu a risada mais fácil que já ouvi e olhou de mim para o pai da dra. Grant.

— Estou brincando — falei. Me virei para Isaac. — Sério. É só uma piada. Por favor, não chame sua filha para vir me buscar.

Ele ergueu as mãos.

— Seu segredo está seguro comigo, mas posso garantir que ela não está reforçando as leis sobre maconha enquanto pessoas negras estão na cadeia por acusações de porte e Karen e Brad ficam ricos vendendo drogas comestíveis no Colorado. — Ele pegou a carteira e exibiu um cartão que parecia uma carteira de motorista, mas tinha as palavras "Programa de Cannabis Medicinal" impressas no topo. — Se vocês conseguirem certificar este lugar, talvez possam ser meu novo dispensário.

Por um segundo, vi cifrões piscarem nos olhos das minhas mães.

— Não é maconha — falei. — É para a loja. Tem coisas venenosas.

Isaac guardou a carteira.

— Estão de volta aos negócios, então?

Assenti. Mostrei a ele a botica e coloquei o saco de oleandro no balcão.

— Você poderia se afastar por um momento? Não quero que chegue perto disto.

Isaac deu vários passos para trás.

Minha mãe e sua fase de alimentos crus, que durou apenas três dias, ressaltaram que o armário com prateleiras que encontramos na loja parecia um grande desidratador, do tipo usado para desidratar frutas, mas em maior escala. Percebemos que era para secar as plantas antes de transferi-las para os potes.

Fui até o armário e puxei a prateleira de cima, transferindo-a para o balcão. Estendi minha mão desprotegida para o oleandro, mas parei. Olhei de volta para Isaac que, obviamente, observava cada um dos meus movimentos, então peguei uma colher e transferi o oleandro para o desidratador sem tocá-lo.

— O que, hã, você gostaria? — Eu soava como se trabalhasse no drive-thru do McDonald's, mas era melhor que perguntar: "Que tipo de maluquice cultivada no meu jardim esquisito você gostaria?"

— Preciso de sessenta gramas de enxofre — disse Isaac.

— Hã, o quê?

— Das profundezas do inferno.

Virei minha cabeça.

— Desculpe — disse ele, pressionando a mão no peito. — Meu senso de humor tem sido descrito como seco, mas nem sempre apropriado.

— Enxofre parece assustador.

— Tecnicamente, é súlfur — disse ele. — Mas enxofre soa mais dramático, e eu amo tudo o que é dramático.

Olhei para as prateleiras de cima. Embora tudo estivesse organizado em ordem alfabética, não conseguia lembrar de ter visto enxofre, um item que certamente não poderia ser cultivado no jardim, venenoso ou não.

Deslizei a escada até a posição desejada e subi. Entre um frasco de endívia e um pote de erva-de-gato, havia um recorte circular nos fundos da prateleira. Passei os dedos sobre ele e uma portinha se abriu. Dela, emanava um odor de ovos podres. Lá dentro, havia um recipiente coberto. A etiqueta dizia "Enxofre".

— Pela sua expressão, suponho que encontrou — disse Isaac.

Enquanto descia, tentei deixar o frasco o mais longe possível de mim. Assim que alcancei o chão, o coloquei no balcão.

— Quer levar tudo? — Ofereci, empurrando-o na direção dele.

— Só preciso de sessenta gramas no momento.

Procurei nas gavetas algo para recolher os pedaços de enxofre amarelo de dentro do frasco. Eu jamais conseguiria tirar o cheiro da minha mão se o tocasse. Mexendo em alguns papéis sob o balcão, encontrei um livro de capa de couro. Coloquei-o sobre o balcão e o abri.

Dentro, havia canhotos de vários recibos. Quinhentos gramas de artemísia, cem gramas de pó de raiz de acácia, vinte e seis palitinhos de palo santo, tudo registrado com nomes e datas: Louise Farris, 20 de outubro de 1995; Hudson Laramie, 12 de junho de 1990; Angela Carroll, 14 de agosto de 1993.

Perto do fim do registro havia uma lista de nomes e valores, e lembrei que devia dar a Lucille o troco pelas ervas que ela pegaria depois. Busquei até encontrar "Lucille Paris" e anotei cem dólares com a data. Deixei o livro de lado, encontrei um par de pinças de madeira, peguei alguns pedaços de enxofre e os coloquei na balança.

— Não conheço muitos usos para enxofre — falei. — Quer me contar sobre isso?

Isaac se aproximou do balcão, empurrando os óculos nariz acima.

— Dá para fazer sabão. Mata ácaros em animais e pessoas. — Seu tom era controlado e as palavras, ensaiadas.

— Você tem ácaros? — tentei entender. — Ou seu animal de estimação tem ácaros?

— Meu animal de estimação.

— Cachorro? Gato? — Eu não achava que Isaac Grant estava dizendo a verdade.

Ele não respondeu, mas deu uma risadinha. Me observou com cuidado, e então passou os olhos pelas prateleiras.

— Você tomou posse deste lugar — disse ele. — Para que você acha que serve?

Lá vem essas porcarias de charadas. Suspirei.

— É uma botica. Remédios naturais.

Isaac deu uma risadinha.

— Em parte, sim. É essa a face apresentada para a comunidade local que não faz ideia do que está acontecendo debaixo de seus narizes.

Ele parecia prestes a realmente me dar alguma informação que não fosse uma pergunta disfarçada de enigma.

— Você tem muitos, muitos ingredientes aqui — prosseguiu ele. — Sozinhos, são úteis para remédios naturais, chás, infusões e afins. Mas combinados, podem ser bem mais poderosos.

— Combinados? — perguntei, confusa. — Pra quê?

— Todo o tipo de coisa. Combinar o que você tem aqui, da maneira certa, pode provocar mudanças no mundo real.

— Parece magia — falei, brincando.

Ele não riu.

— Sim, magia.

— Tá falando sério? — Não que eu não acreditasse nele. Como eu poderia dispensar o que ele dizia quando eu sabia tudo o que eu conseguia fazer?

— Meu humor — comentou ele, observando as prateleiras de novo. Ele gesticulou para o armário com as ervas venenosas. — Raiz de acônito. E se puder fazer a gentileza de me dar um prato de cobre.

Hesitei por um momento, mas a curiosidade tomou conta de mim. Peguei o acônito e revirei os armários inferiores até encontrar uma pilha de pratos rasos de cobre.

— Por favor, coloque uma raiz no prato — disse ele.

— Você quer que eu faça? — questionei.

— Você pode? — ele perguntou de volta, um tom de preocupação em sua voz. — Circe conseguia fazer com as próprias mãos. A imunidade dela aumentou durante os anos trabalhando na loja, mas percebi que você não tocou o oleandro. Pensei...

Ele mencionou algo mais, porém, não escutei. *Circe também conseguia fazer isso.* Ela podia mexer nas plantas diretamente com as próprias mãos. Eu não era a única com aquela habilidade, e Circe estava ciente disso. Isaac parecia acreditar que era um dom que ela desenvolvera, um efeito colateral por lidar com plantas venenosas, mas eu sabia a verdade. Circe provavelmente já nascera com essa aptidão, mas saber disso só me trouxe mais questionamentos.

— Você está bem? — Isaac me trouxe de volta à realidade.

— Sim. Estou.

Abri o frasco de acônito. Ele cobriu a boca e o nariz com a manga do suéter. Não tinha cheiro, mas até uma particulazinha em sua traqueia poderia matá-lo. Estendi a mão e peguei uma única raiz. O frio atingiu as pontas dos meus dedos e os fez doer por um momento antes de voltar ao normal. Coloquei a raiz no prato de cobre.

Isaac enfiou a mão no bolso e pegou um frasco pequeno. Ele o destampou e despejou um líquido brilhante e prateado sobre o acônito.

— O que é isto?

— Mexo com alquimia — disse ele. — Levei um longo tempo para produzir essa substância. É essencial na minha prática, mas quase impossível de fazer. Por gentileza, se você puder pressionar sua mão nela.

— O quê? Por quê?

Ele sorriu amigavelmente, mas havia pena em sua expressão, e não gostei.

— Não sei há quanto tempo você reconhece seu potencial, nem o quanto explorou suas habilidades. Posso garantir, no entanto, que não é limitado a fazer crescer um jardim, venenoso ou não, embora seja uma parte muito útil. Sua habilidade é muito maior, e é esse o motivo de pessoas como eu virem encontrar você aqui. Esta botica tem sido um pilar da comunidade mágica de Rhinebeck há gerações.

Comunidade mágica.

Marie havia mencionado algo similar, e Lucille também. Me repreendi por pensar que eu ia cultivar poejo, talvez um pouco de manjericão, e pronto.

Isaac olhou para a raiz de acônito.

— Eu não posso transmutar a mistura. Posso prepará-la, mas é necessário mais que isso para completar o processo. Algo que não pode ser aprendido em um livro. Os ingredientes que uso são altamente tóxicos, fatais para alguém como eu. Mas esse não é o caso para outras pessoas. Tente. Acho que pode responder sua pergunta sobre eu estar falando sério ou não.

Meu coração pulsava em um ritmo ensurdecedor. No entanto, como eu havia feito várias vezes desde que chegamos a Rhinebeck, estendi minha mão. Posicionei a palma sobre a mistura, pressionando-a com força. Uma sensação gelada penetrou profundamente em minha pele. Eu não sabia se devia fechar os olhos ou manter o foco. De repente, uma dor aguda e intensa se alastrou por minha mão, parecendo rasgar meus músculos. A dor era tão intensa que me cegava, e me afastei depressa, mas algo já havia ocorrido no prato. O líquido prateado havia dissolvido a raiz de acônito.

— O que está acontecendo? — perguntei.

O líquido viscoso se revirou, emanando um brilho quente. Isaac suspirou, deixando os ombros caírem, e juntou as mãos à frente do corpo.

— Você conseguiu.

— Consegui o quê?

Com cuidado, ele transferiu a mistura para o frasquinho e o colocou no bolso.

— O teste acontecerá em uma semana. Passarei aqui para avisar a você se deu certo.

— Se o que deu certo? — Eu estava tão confusa. — O acônito é letal. Seja lá o que esse líquido for, é perigoso. O que vai fazer com isso?

— Terei o maior cuidado. Você tem minha palavra.

Minhas mães apareceram na loja.

— Está tudo bem? — Mamis foi a primeira a falar.

— Sim — respondi.

Isaac se virou para partir, mas parou na porta, olhando por sobre o ombro.

— Guarde seus segredos com cautela. Quando você consegue fazer algo muito bem, sempre haverá aqueles que vão querer tirar vantagem. — Ele pegou um pequeno envelope branco e o colocou no balcão. — Eu a verei em breve. Cuide-se.

Ele se virou e partiu.

— Como foi? — perguntou minha mãe, olhando para o corredor. — Ele comprou algo?

— Sim — respondi. Olhei para minha mão que ainda doía. — Ele é um alquimista.

— Alquimista? O que é isso? Tipo um feiticeiro?

— Talvez? — Eu não tinha certeza.

Mamis se aproximou, pegou o envelope e espiou lá dentro.

— Puta merda! — Ela tirou várias notas novinhas de cem dólares.

Mamãe agarrou o envelope.

— O que é isto? São de verdade? O que você deu a ele?

— Só um pouco de enxofre — respondi.

Minhas mães me encararam.

— Sei o que parece, mas este lugar vai atender um tipo... único de clientela.

— Como aquela garota, Marie? — mamãe lembrou.

Marie era única, mas provavelmente não da forma como minha mãe estava insinuando.

— Como Marie e a senhora que conheci na cidade, Lucille. O pai da dra. Grant comprou algo de nós e vai voltar para comprar mais.

Temos que manter a mente aberta para os tipos de pessoas que podem aparecer.

Minha mãe colocou o dinheiro de volta no envelope.

— Não vou mentir. Não gosto disso, principalmente depois do que aconteceu com o homem lá fora. Lembra dele? Senhor Facão?

Mamis riu.

— Você está pensando demais. Vai ficar tudo bem.

Eu esperava que ela estivesse certa.

CAPÍTULO 21

Enquanto estávamos na entrada esperando que Karter me buscasse para o cinema, minha mãe mexia no meu celular. Ela colocou uma fita adesiva transparente na tela quebrada e tentou me convencer de que estava praticamente novo. O que ela realmente queria dizer era que tinha parado de pagar o seguro e que eu não ganharia um celular novo tão cedo. Fiquei feliz por ela não pressionar sobre o que tinha acontecido.

— Estou feliz que você vai sair com Karter — disse mamis. — Mas quando vai deixar aquela garota rica levar você para sair?

— Talvez eu a chame para sair. Mas não porque ela é rica — falei. — Gosto dela.

— O que você quiser fazer, amor — disse minha mãe, sorrindo. — Qualquer um é melhor que aquela mandona da Jasmine ou aquele conquistador barato do Travis.

— Mãe! Para. Jasmine nem era tão ruim assim.

— Você tem sua opinião, eu tenho a minha — disse minha mãe, com convicção.

Minha ex-namorada não estava pronta para um relacionamento, então terminamos em comum acordo, mas minhas mães focaram apenas o fato de que ela começou a namorar uma pessoa do último ano logo após o término. Era apenas mais conveniente para elas. Mas Travis? Sim, ele merecia aquele título. Terminei nosso namoro quando descobri que ele estava saindo não com uma, mas duas outras garotas de escolas diferentes.

— Seu celular está carregado? — checou mamis.

— Sim. E vou levar o carregador e o adaptador para carro.

Juro, às vezes sair de casa era como ir a uma missão da qual eu poderia nunca retornar.

— Tem dinheiro? — perguntou minha mãe. — Vários lugares só aceitam dinheiro. E leve o spray de pimenta com você também.

— Mãe, só vamos ao cinema. — Dei um abraço forte nela. — Quando eu estiver fora, você e mamis podem assistir a Netflix, jogar Uno, ou fazer qualquer outra coisa chata que vocês normalmente fazem. Não se preocupe comigo.

Ela devolveu o abraço.

— Tome cuidado.

— Vou tomar. — Levei o spray de pimenta para deixá-la feliz.

A campainha soou. Mamis atendeu, e Karter tropeçou na soleira.

— Você está bem? — perguntou ela, segurando-o pelo cotovelo.

Ele alisou a camiseta e a frente dos jeans.

— Estou, sim. Valeu.

Ele segurava um pequeno buquê de margaridas.

— São para mim? — Olhei para ele.

— Sim — disse ele, entregando as flores. — Bonitas, não são? E-eu sei que você gosta de plantas.

Minhas mães trocaram um olhar rápido e preocupado.

Um farfalhar atraiu minha atenção para as flores que eu segurava. As longas pétalas branco-leitosas se alongaram e os centros amarelos ensolarados ficaram mais intensos.

— Amor, por que você não me deixa colocar as flores na água? — disse minha mãe, se oferecendo para pegar o buquê.

Karter encarou as flores, e então a mim, sorrindo, mas mamãe estava prestes a surtar.

— Está tudo bem — falei. — Ele sabe.

— Você... você contou pra ele? — Minha mãe estava se esforçando para soar calma.

— Ela me mostrou — disse Karter.

Mamis sorriu.

— Vocês passaram tanto tempo naquele jardim que imaginei que ele sabia de algo. Fazendo amigos, namoradas *e* dinheiro? Ganhamos na loteria aqui, hein?

Toquei os caules das margaridas. O buquê ganhou vida, brotando mais uma dúzia de flores enquanto as raízes rasgavam o papel em direção ao chão, buscando terra para se enterrarem.

— Acho que elas terão que ficar em um vaso — falei.

Mamãe pegou as flores e as deixou de lado.

— Pronta? — perguntou ele.

Dei um abraço nas minhas mães e acenei para elas enquanto entrávamos na caminhonete e partíamos.

— Suponho que você não compartilhou seus talentos com seus outros amigos? — começou Karter.

Balancei a cabeça.

— Tentei. Eu queria, mas nunca dava certo.

— Estou feliz que tenha me contado — disse ele. — Eu gostaria de ter algum talento secreto pra te mostrar, mas não tenho nenhuma habilidade legal. — Ele riu. — Ah, ganhei o campeonato de soletração no oitavo ano, então se você precisar que eu soletre "otorrinolaringologista", pode contar comigo.

— Bom saber — falei, rindo.

— Você gostou das flores?

— Adorei.

— Tive a sensação de que se trouxesse flores, você se exibiria. Tenho pensado em tudo que você pode fazer e, às vezes, me pergunto se é real, entende?

— Entendo. É bom não ter que esconder. Muito bom, na verdade.

Após tentar e falhar em encontrar sinal de rádio, desliguei o aparelho.

— Vamos falar do filme. Temos duas escolhas. Um é uma comédia romântica e o outro é um filme independente de terror. De vampiro.

— Amo filmes assustadores — confessei.

— Eu também — disse ele. — Mas não gosto muito dos sustos, sabe? Gosto de filmes de terror que nos fazem pensar. Você já assistiu *Corra*?

— Sim! — Eu estava animada porque tínhamos gostos similares para filmes. — Não vou mentir. Quando chegamos aqui, eu só pensava nisso. "Por favor, não deixe que uma velha branca possua meu corpo."

Nós rimos até chorar enquanto parávamos na Rua do Comércio, estacionávamos e saíamos. Árvores envoltas em fileiras de luzes brancas iluminavam o quarteirão.

Senti o impulso familiar de me conter, de estar hiperalerta a cada planta ou árvore ao meu redor. Conforme caminhávamos, as árvores farfalhavam, mas não faziam muito alarde, e me perguntei se talvez fosse porque eu estava mais à vontade com minhas habilidades do que antes.

— Aqui está — disse Karter.

Parei e olhei ao redor. Não vi uma marquise nem uma bilheteria.

— Aqui está *o quê?*

— O cinema.

Karter gesticulou para duas das casas que foram transformadas em lojas. No beco entre elas havia uma placa de metal que dizia CINEMA, e além dela havia um conjunto de portas duplas que levavam ao que parecia ser a parte de trás de uma casa antiga.

— Sério?

— O que foi? Estava esperando outra coisa?

— Está me dizendo que o cinema é na casa de alguém?

Karter riu.

— Vamos.

Passamos por algumas pessoas reunidas do lado de fora, a caminho do saguão, que não era mais do que uma pequena sala. Um cara trabalhava em uma pipoqueira que parecia ser da mesma época em que lançaram os primeiros filmes. Quando nos viu, ele correu para detrás do balcão.

— Vampiros? — perguntou ele.

— Sim — disse Karter. — Você assistiu? É bom?

— É muito bom — respondeu o cara. — Um pouco sangrento, mas de uma maneira muito artística e profunda.

Olhei de esguelha para Karter e ele sorriu.

— Dois ingressos, então — disse ele.

Peguei meu cartão para pagar, mas Karter já estava entregando duas notas de vinte para o cara.

— Pode deixar.

Ele pagou nossos ingressos, dois sacos pequenos de pipoca e duas garrafas de água, já que refrigerante não era permitido no cinema.

— Divirtam-se! — O cara nos deu um tchauzinho desajeitado e voltou para a pipoqueira. Estava nítido que ele levava o trabalho muito a sério.

Seguimos por um pequeno corredor decorado com pôsteres de filmes antigos e rolos vintages de filme.

Enquanto entrávamos na sala, olhei para Karter.

— Tem, tipo, vinte assentos aqui.

— Vinte e quatro — disse Karter. — E todos estão vazios. Escolha.

Havia quatro fileiras de seis assentos cada, e a tela ficava tão próxima que eu poderia jogar uma pipoca e acertar. Escolhi dois assentos no meio da segunda fileira.

— Nunca vi algo assim na minha vida.

Karter deu uma risadinha e se recostou no assento.

— Mas é legal, né?

Olhei ao redor enquanto dois caras entravam e se sentavam na última fileira.

— É diferente — falei.

Alguns minutos depois, as luzes se apagaram. A tela se acendeu e o filme começou. Peguei a pipoca. Estava amanteigada demais, e desejei muito ter um refrigerante para ajudar a descer.

Karter terminou sua pipoca e ficou olhando para a minha.

— Quer? — sussurrei.

Ele riu.

— Quem reparte sempre fica com a melhor parte. Obrigado.

Nos aproximamos, tentando manter o riso bem baixinho, principalmente porque o personagem na tela estava sendo rasgado em pedacinhos por algum tipo de criatura morta-viva. Um péssimo momento, mas eu me sentia mais feliz que em meses.

No meio do filme, a porta dos fundos do teatro se abriu e mais duas pessoas entraram. Vestiam roupas escuras e uma delas usava um boné de beisebol, a aba cobrindo o rosto. Eles se sentaram bem na nossa frente.

— Pra quê? — sussurrou Karter. — O filme já está na metade.

Um dos homens na última fileira pigarreou. Me virei para encará-lo, mas ele olhava para a frente, evitando meu olhar. O cinema ficou um breu durante uma cena na qual os personagens entravam em uma cripta subterrânea. Enquanto meus olhos se ajustavam à escuridão e Karter terminava de comer minha pipoca — murmurando coisas como "ah, não" e "burro" baixinho —, percebi que um dos homens na fileira da frente não estava prestando atenção no que acontecia na tela. Ele se virou, de forma que olhava para a lateral do cinema, a orelha esquerda voltada na minha direção.

A tela tremeluziu, banhando os assentos em luz intensa enquanto os personagens saiam do local que estavam. O homem se voltou para a tela, abaixando o boné para cobrir o rosto. Agarrei o braço de Karter. Algo estava errado. Karter seguiu meu olhar até o homem na fileira da frente. Preocupação se espalhou por seu rosto.

Um dos homens na fileira dos fundos se levantou e caminhou até o corredor enquanto o outro à nossa frente pigarreou.

Karter de repente se levantou, despejando minha água no chão. Ele agarrou minha mão e me puxou na direção da saída, mas o homem no corredor bloqueou nosso caminho.

— Dá pra sair da frente? — disse Karter, a irritação óbvia em sua voz.

O homem cruzou os braços sobre o peito. Karter tentou empurrá-lo, mas o cara agarrou a parte da frente da camisa dele. Karter afastou as mãos do homem enquanto eu dava um passo para trás e esbarrava em outra pessoa. Um dos estranhos da fileira da frente estava logo atrás de mim. Meu corpo ficou tenso.

Lutar ou fugir.

Ergui meu joelho e chutei para trás com o máximo de força que pude. Toquei meu spray de pimenta, abaixei a trava de segurança, me virei e espirrei o jato bem na cara dele. Ele caiu de joelhos, engasgando e tossindo. O outro homem no corredor avançou na direção de Karter, mas ele saiu da frente e o cara bateu na parede. Agarrei o braço de Karter e corri para a saída.

— Pega ela! — gritou alguém atrás de nós.

Karter cambaleou, batendo o ombro na soleira da porta e parando. Agarrei as costas da camisa dele para endireitá-lo e corremos pelo beco. Quando chegamos à Rua do Comércio, as pessoas ainda passavam sozinhas ou em dupla, mas a rua estava quase vazia.

— Temos que sair daqui! — gritei.

Karter agarrou minha mão.

— Vamos!

Corremos até a caminhonete e mergulhamos lá dentro. Karter se atrapalhou com as chaves. Através da janela dos fundos, vi os quatro homens correndo pelo beco, olhando para todas as direções da rua.

— Vai, vai, vai! — gritei.

Karter engatou a marcha e saímos com um tranco, virando na rua principal e acelerando em direção à minha casa o mais rápido que a sua velha picape conseguia. A cabine inteira trepidava e o motor roncava alto enquanto ganhávamos velocidade.

— Preciso desacelerar — disse Karter. — Ou essa merda de sucata vai cair aos pedaços.

— O que está acontecendo? — Me atrapalhei com meu celular, deixando-o cair no assoalho da caminhonete, onde deslizou para debaixo do banco. — Merda!

— Eu... eu não sei — disse Karter. — O que vamos fazer?

Enquanto nos aproximávamos da via expressa que conduzia à minha casa, um par de faróis na outra faixa invadiu a cabine da caminhonete. Eu ainda não via ninguém atrás de nós, mas diminuímos a velocidade e o motor continuou a falhar como se fosse parar. Eu não queria ficar presa na estrada.

— Pisque os faróis! — gritei. — Pisque os faróis bem alto!

Karter piscou os faróis da caminhonete e apertou a buzina. O carro diminuiu a velocidade e foi para o acostamento.

Reconheci o decalque na lateral do veículo.

— É o pessoal da Segurança Pública! Encosta!

Paramos derrapando na encosta baixa ao lado da estrada e desci quando uma mulher baixa e de ombros largos saiu do veículo da Segurança Pública e correu em minha direção.

— Você está bem? — perguntou ela.

— Não! Fomos atacados no cinema!

A expressão da mulher ficou séria.

— Entre no veículo e tranque as portas.

Enquanto eu subia na caminhonete com Karter, a mulher falou no rádio em seu carro.

— O que ela está fazendo? — indagou Karter. — Ligando para a polícia?

— Não sei.

Alguns minutos depois, um carro parou atrás de nós. Karter agarrou o volante e se preparou para acelerar.

— Espere! — gritei, reconhecendo a pessoa descendo do carro atrás de nós. Era a dra. Grant. Ela correu para o meu lado e eu abaixei o vidro. — Dra. Grant! Uns caras tentaram nos atacar no cinema!

Ela olhou para a estrada, e então pegou seu walkie-talkie.

— Espere! — Abri a porta do passageiro e saí.

— Briseis, o que você está fazendo? — começou Karter.

— Me dá um segundo.

Conduzi a dra. Grant em direção aos fundos da caminhonete.

— Srta. Greene, preciso informar essa situação. Você disse à oficial de Segurança Pública que vocês foram atacados…

— Eu sei, mas espere um minuto. Por favor. — Uma súbita onda de pânico tomou conta de mim. Se a dra. Grant chamasse a polícia, minhas mães me obrigariam a fazer as malas e voltar para o Brooklyn, provavelmente naquela mesma noite. Dinheiro algum nem mesmo ar fresco ou pássaros cantantes seriam suficientes para fazê-las ficar se achassem que eu estava correndo perigo. — Dra. Grant, por favor. Se eu contar para as minhas mães, elas me farão partir, e não posso fazer isso.

Olhei para Karter. Pensei em Marie, no jardim e até no Coração.

— Srta. Greene — começou a dra. Grant. Eu estava preparada para ela me dizer que não tinha escolha, que precisava fazer seu trabalho. No entanto, ela suspirou. — Meu pai foi à sua casa mais cedo?

— Sim — respondi.

— E ele contou a você o que faz?

— Mais ou menos. Ele disse que é um alquimista, como se eu devesse saber o que é isso. Minha mãe acha que significa que ele é um feiticeiro.

A dra. Grant segurou um sorriso.

— Acho que você terá que perguntar a ele se quiser uma resposta exata. Ele estuda alquimia desde antes do meu nascimento. Meu avô também era assim, e a mãe do avô dele antes dele. Gerações de alquimistas. — A dra. Grant encarou o chão antes de continuar. — Imagine a surpresa deles quando falei que queria ser assistente social. — A dra. Grant balançou a cabeça, o rosto suavizando. — Tenho certeza que ele será um cliente regular. Era assim quando Circe e Selene tomavam conta da botica.

— Ele não será um cliente regular porque não estarei aqui se minhas mães descobrirem o que aconteceu. — Um nó se fez na minha garganta. — Você não sabe como era pra mim antes de virmos pra cá. A forma como me sinto desde que chegamos aqui. Isso significa muito pra mim. Preciso ficar.

A dra. Grant inclinou a cabeça para trás e fechou os olhos por um momento.

— Meu único objetivo é tentar manter as pessoas desta comunidade seguras. Nem sempre consigo fazer isso. — O rosto dela tornou a endurecer. — Sinto que estou falhando com você, srta. Greene. — Ela se endireitou e pegou o caderninho. — Me conte tudo o que puder sobre o que aconteceu, qualquer coisa da qual se lembre. Vou investigar discretamente por enquanto. Informarei se descobrir algo, mas, se descobrir, terei que informar suas mães. — Ela balançou a cabeça. — Isso vai contra tudo o que sou treinada a fazer, mas se você partir… — Ela suspirou. — Vocês merecem viver em paz aqui. De jeito nenhum vou deixar um bando de babacas mágicos pensarem que podem mexer com você.

Eu não havia pensado que as pessoas que vieram atrás de nós poderiam ser parte da comunidade sombria de praticantes de magia. Lucille, o pai da dra. Grant, e até Marie e Alec eram legais, apesar de um pouco estranhos — mas a dra. Grant não estava falando deles.

— Quanto devo me preocupar? Tem algo que você não está me contando. Precisamos colocar alarmes?

— Não é má ideia — disse ela. — Por enquanto, me dê qualquer informação que puder sobre o que aconteceu no cinema.

Repassei os detalhes dos quais me lembrava, mas estava muito escuro e tudo acontecera muito rápido. O que eu sabia com certeza é que havia quatro homens e que eles entraram no cinema em pares. Não disseram nada, e não vi se entraram em um carro depois. O que havia cercado Karter era branco, atarracado, mas não reparei os outros. A dra. Grant fechou o caderninho e retornou comigo para a caminhonete, onde voltou sua atenção para Karter.

— Você é Karter? — perguntou a ele.

— Sim, senhora — disse ele. — Karter Redmond.

— Você também é novo na cidade?

Karter se remexeu no assento.

— Eu cresci aqui, senhora.

A dra. Grant o questionou e ficou nítido que ele tinha visto ainda menos que eu. Karter vira alguns dos homens entrarem no cinema e se sentarem, mas não percebeu nada estranho até eu agarrar seu braço. Ela guardou o caderninho e acenou para a outra agente da Segurança Pública.

— Vou seguir vocês até em casa, e então irei embora.

Nós duas trocamos um assentir e ela voltou para o carro.

— O que faremos agora? — Karter se virou para mim. — Teremos que dar um depoimento oficial, não é?

— Escuta — falei. — Vou te pedir um favor que vai soar ridículo, mas preciso que concorde comigo.

Ele me olhou, suspeitando.

— O que é?

— Não quero contar a ninguém sobre o que aconteceu. Se minhas mães descobrirem, terei que voltar para o Brooklyn amanhã de manhã.

Karter abriu a boca para falar, mas se interrompeu. Ele ficou sentado e quieto por um momento.

— Não está preocupada com quem eram aquelas pessoas? O que estavam tentando fazer? Fomos atacados. Aquele cara tentou me bater. Não está preocupada com isso?

— Estou. A dra. Grant me garantiu que vai investigar. Contarei para as minhas mães depois, mas, se eu contar agora, já era. Não posso voltar para como as coisas eram antes. Não posso deixar de ter você como meu amigo. — As lágrimas vieram rápido. — A casa, o jardim, o estado emocional das minhas mães... tudo isso me confirma que estou onde deveria estar. Preciso ficar. Por favor, Karter. Preciso que você compreenda.

Um grunhido baixo soou em algum lugar na escuridão, e um som de batidas atraiu minha atenção para a janela do passageiro. Algumas das árvores menores à beira da estrada haviam se inclinado o máximo que seus troncos permitiam. Seus galhos se alongaram, raspando minha janela como unhas. Olhei para trás para ver se a dra. Grant havia percebido, mas ela encarava o próprio colo, o rosto iluminado pelo celular. Toquei o vidro e inspirei fundo. As árvores se endireitaram.

Karter olhou para mim, a mandíbula retesada.

— Precisa me prometer que vai me contar o que aquela senhora, dra. Grant, descobrir, porque estou preocupado. Não quero que nada aconteça com você. Também não quero que você vá embora. Caso não tenha percebido, não tenho muitos amigos. Não achei que importasse até conhecer você e perceber o quanto eu precisava de um.

Alcancei a mão dele e a apertei.

— Prometo que vou contar a você.

Karter apertou minha mão de volta, e então me levou para casa.

CAPÍTULO 22

A dra. Grant nos seguiu até perto da entrada da casa. Karter me deixou e me observou entrar. Tranquei a porta e rapidamente passei pela sala de estar, onde minhas mães jogavam uma partida agressiva de Uno, torcendo para que não me perguntassem sobre a nossa noite.

— Pula. Compra quatro. Pula de novo. Volta pra mim e… *tcharam*! Carta curinga! A cor é azul.

— Você não pode usar todas essas cartas em uma rodada — minha mãe disse enquanto as manuseava. Ela acenou na minha direção, mas manteve o olhar em mamis, que sorriu.

— Regras da casa dizem que posso.

— Regras da casa dizem que você está roubando.

— Jamais! — declarou ela, rindo. — Você só está brava. Tudo bem perder às vezes, amor. Eu ainda te amo.

Fui para o meu quarto e vesti um moletom, coloquei minha touca na cabeça e me deitei na cama. Fiz o meu melhor para separar o que tinha acontecido no cinema de todo o resto. Os segredos estavam se acumulando e começando a pesar.

Meu olhar foi atraído para o topo do armário que ficava próximo à porta, onde havia um triângulo de papel que sobressaía pela borda superior. Me levantei e fiquei na ponta dos pés para alcançá-lo. O que puxei foi um livro quadrado, coberto por uma grossa camada de poeira. Pelo formato e pelo som áspero que as páginas fizeram, percebi que era um álbum de fotos. Imagens de uma garota que aparentava ter onze ou doze anos preenchiam as páginas de plástico transparente e grudentas. Ela tinha cabelos pretos e espessos e grandes olhos castanhos. Seus óculos, amplo demais para seu rosto, eram uma característica marcante.

Em uma das fotos, ela estava sentada sob uma árvore, com o rosto voltado para o sol e os olhos fechados. A grama ao seu redor exibia um tom de verde vibrante, quase sobrenatural. Em outra imagem, seus olhos estavam bem abertos e um sorriso largo iluminava seu rosto enquanto outra pessoa colocava um pedaço de bolo na sua boca. Um banner colorido de aniversário estava pendurado atrás dela.

Fui folheando o álbum, e a garota foi ficando mais velha a cada página. No fim da adolescência, ela usava tranças, trocara os óculos por lentes de contato e parecia bem mais séria e focada. Em outra foto, ela estava sentada em uma cadeira de balanço na varanda da frente da minha casa. Um arbusto de erva-daninha envasado inclinava-se em sua direção, flores brancas se enrolavam nas pernas da cadeira e ao redor dos tornozelos dela.

Avancei para a última página e puxei um pequeno retrato dela de detrás do plástico. Ela tinha desfeito as tranças, seu cabelo natural encaracolado saindo de um lenço colorido na cabeça, e havia voltado a usar óculos. Usava um longo vestido azul e sorria com tanta ternura que eu podia sentir isso através da foto. Virei a fotografia. “Selene, agosto de 2004” estava escrito atrás. Virei e olhei a foto outra vez. O braço dela estava curvado para baixo, a mão segurando sua barriga levemente arredondada. Ela estava grávida de mim.

“Selene” não era apenas um nome. Ela não era um personagem sem rosto na história da minha vida. Ela vivera, trabalhara na botica e cuidara do jardim. Sabia os segredos daquele lugar, e se a irmã dela sabia da minha imunidade ao veneno das plantas, então talvez fosse porque ambas compartilhavam minha habilidade.

As palavras de mamis ecoaram na minha cabeça. Eu não precisava escolher. Tinha a liberdade de explorar, de aprender mais sobre essas mulheres e suas realizações, e não precisava me sentir culpada por isso. Peguei meu celular e mandei mensagem para Marie.

Bri: Eu gostaria de ver o túmulo dela, se você ainda quiser me mostrar.

Se passaram alguns minutos antes que meu celular vibrasse.

Marie: Nyx vai buscar você amanhã às sete.

No dia seguinte, fiquei em casa. Karter mandou mensagem para saber como eu estava, e a dra. Grant me disse que sua equipe havia acompanhado a polícia para interrogar o funcionário do cinema que cuidava da máquina de pipoca. Ele só vira dois homens entrarem. Eles pagaram, mas, como fora em dinheiro, não havia como rastreá-los. Ela disse que os outros dois talvez tenham entrado quando o funcionário foi ao banheiro. A dra. não encontrara nada mais importante, mas disse que ligaria se encontrasse.

Pouco antes das sete, informei as minhas mães para onde ia e, conforme prometido por mamis, elas aceitaram numa boa. Sem fazer perguntas. Fiz uma dúzia de peônias-ônix florescerem a partir daquelas que eu tinha cultivado para mamãe na cozinha, e mamis improvisou um embrulho com alguns sacos de papel da botica. Elas me perguntaram umas vinte vezes se eu queria que uma delas me fizesse companhia, mas eu queria ir lá sozinha na primeira vez.

Nyx me buscou às sete em ponto e seguimos para fora da cidade, na direção oposta do cemitério principal. Quando paramos, pensei que Nyx havia se perdido. Estávamos no meio do nada. A estrada por onde passamos terminava em uma rotatória sem pavimentação, cercada por todos os lados por uma floresta densa e escura. Porém, através das árvores, havia uma pequena clareira com um conjunto de lápides antigas, esquecida e descuidada.

— A srta. Morris chegará em breve — disse Nyx.

— Ela não quis vir com a gente? — perguntei.

— Ela estava ocupada esta noite, mas não se preocupe, ela virá. Não para de falar em ver você de novo.

Eu a olhei pelo retrovisor.

— Sério?

— Sim — disse Nyx. — É muito irritante.

O sol mergulhou baixo no céu, tingindo-o de fogo. Os tons de vermelho e laranja consumiam a luz, deixando apenas a escuridão fumegante e cobrindo tudo ao nosso redor com sombras. Uma batida na janela me assustou. Marie estava do lado do passageiro do carro. Saí para encontrá-la, observando a beleza de seu rosto, como se fosse a primeira vez que a via. Ela usava calça jeans, um grosso suéter e botas, tudo preto.

Olhei ao redor, esperando ver um carro.

— Como chegou aqui?

— Carona — respondeu ela.

— Você me disse que caronas são perigosas — observei.

— Não pra mim.

Olhei para a estrada.

— Sei quando alguém está mentindo pra mim.

Os olhos dela brilharam enquanto ela os semicerrava para mim.

— Certo. Se eu falasse que menti para o seu próprio bem, você acreditaria em mim?

— Na maioria das vezes, quando as pessoas dizem que é para o seu próprio bem, não é verdade. Então, não.

Marie parecia pensativa.

— E se eu dissesse que era para o *meu* bem?

Minha pele se arrepiou. Um instinto primitivo de medo se enrolou ao meu redor, da mesma forma que acontecera quando fiquei sozinha com ela na casa.

— Eu poderia ter acreditado se você tivesse dito isso.

— Está bem, então — disse ela. — É para o meu próprio bem.

Ela gesticulou em direção ao cemitério. Era cercado por ferro torcido que precisava ser consertado. O portão principal parecia ter perdido as dobradiças há anos, e os ferros pontudos tinham ângulos estranhos entre as árvores.

Marie entrelaçou a mão na minha e senti um frio na barriga. Nyx ficou no carro enquanto Marie me levava pelos portões do cemitério.

O local poderia ter sido tranquilo um dia, mas pedaços pálidos de lápides de mármore saíam da folhagem que crescia como dentes quebrados e irregulares. Era tão silencioso que eu conseguia ouvir as batidas do meu coração, que aceleravam toda vez que Marie reajustava o aperto da sua mão na minha.

Meu celular tocou e o nome de Karter apareceu na tela. Marie parou. Tentei silenciá-lo, mas acabei recusando a ligação por acidente.

— Já está fazendo amigos? — indagou Marie.

— É um rapaz que conheci na livraria na Rua do Comércio. Ele é meu amigo. Só amigo.

Eu quis deixar isso bem claro.

Ela nem tentou esconder o quão feliz ficou com a informação.

— Rua do Comércio? — perguntou ela. — Aquele sebo?

— Sim. Conhece?

— É novo. Abriu há uns meses.

— Ah.

Eu pensei que Karter havia mencionado que trabalhava lá há mais tempo que isso. Estava me esforçando para lembrar o que ele tinha dito, mas então notei que a grama alta parecia estar se inclinando em minha direção. Marie se virou e olhou para o chão. Dei um passo para trás, soltando a mão dela e afastando a grama, tentando impedir que me tocasse.

— Não me surpreendo com muita coisa — declarou Marie. — Mas essa habilidade, esse dom que você compartilha com as pessoas que vieram antes de você, nunca falha em me deixar impressionada. É bom vê-lo de novo depois de todos esses anos.

Parte de mim entendia o que ela sabia sobre mim. Mas, ao ouvi-la dizer isso e seguir em frente como se não fosse grande coisa, me fez sentir como se tivesse me livrado de um grande fardo.

O ardente céu do fim de tarde logo foi engolido pela noite estrelada. Na luz moribunda, os carvalhos que pareciam antigos se contorciam na escuridão. Enquanto passávamos, eles estalavam e rangiam.

— A maioria das pessoas que morreram nos últimos trinta anos estão enterrados no Cemitério Grasmere — contou Marie. — Este lugar é muito, muito mais antigo e contém os restos mortais de famílias cujas linhagens datam de gerações.

Entre as árvores retorcidas havia uma lápide de granito com um anjo esculpido se debruçando sobre ela, em luto. O nome e a data esculpidos em sua superfície dizia BEEKMAN 1623-1707.

O caminho sombrio nos levou para a parte de trás da cerca de ferro, onde duas partes sobrepostas não se encaixavam direito. Marie passou pela abertura e me esperou do outro lado. Hesitei.

— Um pouco mais à frente — disse Marie.

Me espremi pela cerca e a segui para a mata atrás do cemitério.

— Este é o terreno do cemitério original — disse ela. — Cuidado onde pisa.

Lápides, a maioria rente ao solo e tão quebradas que se amontoavam entre os arbustos, pontilhavam o chão. Cambaleei, tentando não pisar nelas. Marie parou de repente e esbarrei em suas costas. Ela pôs as mãos na minha cintura para me segurar. Levantei a cabeça para encontrar o olhar dela, mas seus olhos estavam baixos. Segui seu olhar triste. Lá, entre as ervas-daninhas, grama alta e raízes retorcidas, havia uma pequena lápide branca.

Circe Cólquida

31 de outubro de 1970 – 12 de janeiro de 2020

Minha atenção foi atraída para o túmulo ao lado do de Circe. Estava coberto por heléboro, uma flor preta venenosa com um miolo amarelo vivo. Elas estavam espalhadas por toda a lápide.

Me inclinei e as tirei do lugar. Um formigamento frio correu pelos meus dedos e então desapareceu. Não olhei para o nome na lápide de imediato. Eu já sabia a quem pertencia? É por isso que me inclinei para limpá-lo sem hesitar? Me preparei e olhei para o nome.

Selene Cólquida

8 de setembro de 1977 – 24 de dezembro de 2007

Posicionei as flores que eu trouxera sobre a lápide, e o heléboro se enrolou em volta delas. Uma tristeza avassaladora tomou conta de mim, roubou meu fôlego e trouxe uma torrente de lágrimas silenciosas.

— Elas sempre foram próximas — informou Marie num tom solene. — Como eu disse, eram discretas, com exceção da botica. Acho que faz sentido elas quererem estar aqui juntas, com o restante da família.

Com olhos embaçados, olhei para as outras lápides. Todas em que ainda dava para ler tinham o sobrenome Cólquida. Perse, Danae, Ares, todos com datas de nascimento e morte que variavam de meados do século XIX e alguns até mais antigos.

Uma das lápides não tinha data, mas dizia Perséfone Cólquida e estava tão danificada e quebrada que provavelmente não daria para ler por muito tempo.

— Estão todos aqui — disse Marie. — Esta é a terra deles desde que vieram para cá. A casa em que você vive foi construída no local original da propriedade deles. Estão aqui desde então. — Os olhos dela ficaram marejados. — Mesmo depois que Circe fechou a loja, ela ainda ficava por aqui como um fantasma, caminhando pelos corredores, sofrendo a cada minuto do dia.

Pensei em como isso devia ser para ela. Meu avô Errol era o melhor homem que eu conhecia, e, quando ele morreu, mamis não saiu da cama por semanas. Por um longo tempo, parecia que ela estava vivendo no automático. Mamis se levantava, tomava banho, comia e ia trabalhar, mas era como se houvesse uma sombra sempre pairando sobre ela — sobre *nós*, porque sofremos juntas.

Só melhorou quando fomos à terapia e conseguimos a ajuda de que precisávamos para entender o que acontecera. Eu não conseguia imaginar como as coisas seriam se não tivéssemos ido. Talvez Circe não tenha tido essa oportunidade. Toda coisa nova que eu descobria sobre essas pessoas as tornavam mais reais.

As árvores ao redor dos túmulos curvaram seus galhos para baixo, um reflexo da minha tristeza.

— Eu não trouxe você aqui para deixá-la triste — disse Marie. — Gostaria que você soubesse que existe uma ligação aqui que é mais profunda do que o que ocorre na loja, e o Coração é a fonte dessa conexão. Todos se revezaram para protegê-lo, porém, por mais que eu tentasse entender, eles guardavam seus segredos com ferocidade. Era como se não pudessem permitir que ninguém mais compartilhasse o seu fardo.

— Você não sabe por que elas mantinham o Coração escondido? — pressionei. — Por que ele é um peso?

Marie se aproximou de uma lápide meticulosamente mantida. Um vaso de orquídeas fúcsia frescas estava ao lado dele. O nome dizia ASTREIA CÓLQUIDA 1643-1680. Ela se ajoelhou e tirou a poeira do nome.

— Quando eu era mais nova, estava pronta para conquistar o mundo. Eu queria tanto sair daqui... até conhecer Astreia. Fiquei neste lugar por causa dela. Ela foi minha melhor amiga durante um tempo em que eu não tinha amigo algum. — Marie engoliu em seco. — Em um verão, fiquei doente. Mais doente do que já estivera na vida. Minha irmã e meu pai já haviam morrido, e eu sabia que seria a próxima. Astreia me salvou.

Meu coração doía por ela, mas eu não conseguia fingir que as outras partes do que ela dizia não estavam me incomodando.

— Você acabou de dizer "quando eu era mais nova", como se não fosse jovem agora. Estou confusa.

Marie suspirou.

— Estou pensando em como explicar melhor para você.

— Viu? Dizer coisas assim não faz sentido, e não vou mentir, estou assustada pra caramba. Tipo, me dá medo demais.

Me lembrei de como, duas vezes agora, estar na presença dela fez uma onda de medo tomar conta de mim. Não era a única coisa que eu sentia por ela, mas ainda me preocupava.

Marie balançou a cabeça. Uma expressão dolorosa se espalhou por seu rosto.

— Não é a minha intenção.

— Então precisa começar a ser sincera comigo. Como Astreia foi sua melhor amiga se ela morreu em 1680?

— Só o que sei é que Circe deixou tudo para você — disse Marie, ignorando minha pergunta. — Ela queria que você continuasse a partir de onde ela parou.

— Não pedi por nada disso. Nem sei se quero essa responsabilidade.

Eu estava disposta a cuidar do jardim e reabrir a botica, mas proteger o Coração? Eu não sabia o que isso significava. Protegê-lo de quê? E por quê? Por que era venenoso? Não fazia sentido.

A boca de Marie se tornou uma linha fina.

— Isso é escolha sua. Mas posso dizer que a botica é importante para as pessoas daqui. Pessoas como eu. Estive pensando em uma forma de ser mais aberta com você. Pode ser que... — Ela se interrompeu e arregalou os olhos.

— Pode ser que o quê?

— Shhh! — Ela chegou ao meu lado tão rápido que nem vi seus pés se moverem, mas, antes que eu pudesse dizer qualquer coisa, algo passou depressa por entre as árvores. Marie inclinou a cabeça para o lado e respirou fundo. — Se eu te pedisse para fechar os olhos e mantê-los fechados até eu dizer para abrir, você faria isso?

— E-eu não sei, eu...

Um homem usando um casaco escuro e boné de beisebol surgiu por entre as árvores. Outros três homens o seguiram.

— Bom vê-la de novo — disse o primeiro homem.

Marie olhou para mim e me dei conta de onde vira pelo menos um deles.

— Ele seguiu Karter e eu no cinema — falei, meu coração acelerado.

Marie ficou na minha frente.

— Vão embora — ordenou ela para os homens. Sua voz era baixa como um rosnado, e aquela sensação terrível de estar na presença de algo singularmente perigoso tomou conta de mim outra vez.

— Entregue ela e deixaremos você viver — disse um dos homens mais baixos.

— Vocês vão me *deixar* viver? — repetiu Marie. Eu não conseguia ver o rosto dela, mas o aumento em seu tom fez soar como se ela tivesse falado entre risos.

Eu não conseguia respirar. Cerrei os punhos ao lado do corpo enquanto um coro de grunhidos soava de um grupo de salgueiros largos atrás de mim. A grama malcuidada farfalhou na noite sem vento.

Um dos homens mais altos deu um passo à frente, e Marie ergueu a mão.

— Última chance para repensar. — A voz dela era tão fria que me assustou, mas ela não soava assustada. Soava bastante irritada.

— Levaremos ela à força, se for preciso — disse o homem.

— Me levarão pra onde? O que vocês querem?

— Ela não sabe? — perguntou um dos homens.

— Cale a boca! — gritou o homem mais alto.

— Feche os olhos, Briseis — disse Marie. — Por favor.

Eu tremia tanto que mal conseguia me manter de pé. O primeiro homem avançou e fechei meus olhos. Algo me atingiu de frente. De repente, eu estava sendo arrastada pelo chão. Meus olhos se abriram de súbito e eu me agarrei à terra enquanto um emaranhado de trepadeiras se enrolava em minha cintura, me puxando para as árvores. Um aglomerado de urtigas se ergueu como uma cerca e, para minha total surpresa, junto havia uma planta rara e mortal chamada ferrão-gympie, uma flor amarelo-mostarda com ferrões venenosos e afiados que, quando ameaçada, soltava espinhos que pareciam de porco-espinho.

Um gemido soou no ar. Um dos homens mais baixos caiu no chão. Rolou de costas. Um som doentio de gorgolejo emergiu de sua garganta, que estava estraçalhada. Ele ficou estranhamente quieto. Tentei gritar, mas nenhum som saiu.

As videiras me seguravam com força, se recusando a me soltar. Vi Marie na beirada da clareira, de costas para mim. O homem alto estava diante dela.

— Marie! Corra! — gritei.

Ela não se mexeu. O homem se inclinou para ela. As mãos dela seguraram a lateral da cabeça dele. As videiras me seguraram com mais força, as plantas venenosas como cães de guarda diante de mim.

— Marie? — chamei de novo.

Houve um estalo alto e os braços do homem ficaram frouxos, caindo ao lado do corpo. Marie o jogou no chão como se fosse um boneco de pano. As trepadeiras afrouxaram o aperto e consegui me livrar delas.

— Precisamos ir — disse Marie. A voz dela voltara ao tom melodioso.

— Que merda é essa que está acontecendo?

O homem estava caído de qualquer jeito no chão. O espaço onde a cabeça dele deveria estar era um ponto escuro na grama. Era uma sombra? Um truque de luz? Os outros dois homens haviam desaparecido.

Marie bufou alto enquanto marchava até mim.

— Você ficou de olhos fechados como pedi?

— Está falando sério?

As plantas ao meu redor recuaram.

O cheiro de metal, como moedinhas molhadas, permeava o ar ao lado dela. Os olhos de Marie estavam pretos como fuligem — sem pupilas, sem parte branca. Ela se inclinou para mim.

— Você tem tantos segredos, Briseis. Pode manter mais um?

CAPÍTULO 23

Lutei para manter meus pés firmes sob meu peso enquanto Marie me puxava pelo caminho que levava para fora do cemitério. Nyx estava ao lado do carro, arrumando sua jaqueta.

— Onde você estava? — perguntou Marie.

Nyx gesticulou para o chão perto da roda de trás. Havia um homem deitado ali, os braços e pernas dobrados em ângulos anormais.

— Ele tentou fugir.

— Lidei com os outros três — disse Marie. — Eles já tinham vindo atrás de Briseis.

Nyx franziu a testa.

— Isso é... preocupante.

— "Preocupante"? — quase gritei.

Marie me empurrou para dentro do carro e depois se sentou ao meu lado. Nyx tomou seu lugar atrás do volante, e logo estávamos indo na direção da minha casa.

Senti um espasmo no estômago e o vômito subiu pela minha garganta. Agarrei a lateral do banco.

— Quer, por favor, me dizer o que está acontecendo? Você... você matou aqueles caras?

Marie pegou uma garrafa de água do frigobar e jogou água sobre as mãos e rosto, limpando manchas escuras em sua pele com as mangas do suéter.

— Terei que ser mais sincera com você do que gostaria.

— Não diga — falei.

— Devo ligar para a dra. Grant? — ofereceu Nyx.

Marie assentiu.

— Espera — falei. — Ela sabe que você anda por aí matando pessoas?

— Eu não planejava matar ninguém. Mas aqueles caras no cemitério vieram atrás de você duas vezes. Tudo porque querem o que você tem.

— Eu não tenho nada — insisti.

Marie ajustou a ágata em forma de caveira em seu dedo e juntou as mãos manchadas de sangue na frente do corpo.

— O Coração de Absirto.

— Uma planta velha e caída?

— Lembra o que contei sobre Astreia e como ela me ajudou quando eu estava doente?

Só pude assentir.

Marie abaixou o olhar.

— Ela usou o Coração pra me curar.

— "Curar" não é a palavra certa — interrompeu Nyx.

Marie revirou os olhos.

— Suba a divisória, por favor.

— Acho que vou deixar como está.

Marie olhou feio para ela e então posicionou o corpo de forma a ficar de costas para Nyx.

— Proteger o Coração de Absirto é o dever da sua família. Como uma forma de servir a nossa comunidade, eles cultivaram plantas, venenosas e benignas, usadas no trabalho de feiticeiros, curandeiros, alquimistas, bruxas e outros, desde que eu me lembro.

A imagem da lápide de Astreia apareceu na minha mente. O túmulo dela fora limpo, flores foram deixadas lá e a data da morte dela era 1680. Olhei para Marie.

— O que você é?

— Eu não poderia explicar nem se tentasse.

— Vou precisar que você tente antes que eu surte. — Outra onda de náusea tomou conta de mim e o suor empapou minhas costas.

Marie se recostou no assento.

— A doença que mencionei, aquela que me deixou tão doente que pensei que ia morrer? Era peste. Alguma variante da Peste Bubônica.

— O quê? — Eu não conseguia compreender o que ela estava dizendo. — Está me dizendo que pegou peste? Como isso é possível?

— Faz muito tempo — disse Marie baixinho.

Eu estava cansada de tentar ser educada.

— Quantos anos você tem? Porque estou muito, muito confusa.

— Trezentos e setenta e seis.

Um zumbido alto invadiu nos meus ouvidos. Achei que fosse desmaiar.

— Não. Não mesmo. Impossível. Pare o carro. — Eu não conseguia enxergar direito. — Me deixe sair. — Puxei a maçaneta da porta, eu pularia se fosse preciso, mas não funcionou. — Me deixe sair!

— Por favor, Briseis. — Marie pôs a mão no meu ombro.

— Não me mate! — gritei, tentando ficar o mais longe possível dela dentro do carro.

Nyx começou a rir.

— Srta. Briseis, por favor, tente se acalmar. Ela está encantada demais com você para matá-la.

Marie jogou as mãos para o alto.

— Nyx! Caramba! Estou tentando ser séria. Ela está assustada e você não está ajudando.

Nyx riu.

— Eu jamais machucaria você — disse Marie. — De jeito nenhum, e eu mataria qualquer um que tentasse. Mas acho que não preciso te dizer isso... você viu com seus próprios olhos.

— Talvez devêssemos parar de falar sobre matar... — disse Nyx.

Me virei e enfiei a cabeça pela divisória, vendo se conseguia me contorcer por ali de algum jeito, mas Nyx estava na frente, e ela também matara um homem.

Era algum tipo de piada? As duas pareciam despreocupadas demais, como se Marie ter esmagado o crânio de um cara com as próprias mãos e Nyx ter dobrado um homem adulto como se fosse um pretzel não fosse nada de mais.

Me virei para Marie. Busquei no rosto dela qualquer indício de malícia, qualquer sinal de que ela queria me fazer pensar que era algum tipo de monstro. Vi apenas gentileza em seus olhos, que haviam voltado ao tom normal de castanho.

— Está bem — falei para mim mesma. — Está bem, só... só me dê um instante pra pensar. — Tentei organizar meus pensamentos. — Aqueles caras no cemitério estavam atrás de mim porque tenho o Coração de Absirto?

Ela assentiu depressa.

Endireitei meus óculos.

— E eles querem o Coração de Absirto porque é uma cura para a peste?

— É a cura para a morte iminente, não importa a causa — disse Marie. — Mas o resultado é a imortalidade. Estou aqui da mesma forma como estava no dia em que Astreia usou o Coração para me salvar. Eu sempre terei dezessete anos.

— Mas ainda está lá, o Coração. Eu vi... — me interrompi, lembrando da terra vazia ao lado da planta. — Eram dois?

— Não sei como ela fez isso, mas Astreia usou um deles para me salvar. Imagine o que alguém faria para ter esse tipo de poder.

— E-eu não sei o que dizer. Isso não pode ser real.

Marie suspirou e balançou a cabeça.

— Às vezes eu queria que não fosse real. Não menti quando disse que me senti perdida sem Astreia. Ela sabia o que eu havia me tornado, mesmo quando eu mesma não entendia totalmente. Mesmo depois que usou o Coração pra me salvar, ela nunca me contou como conseguiu a planta, nem como ela e sua família sabiam como cuidar dela, de onde veio, nada. Tudo isso é real e assustador, mas eu… eu preciso que saiba que estou sendo sincera. Não guardarei mais segredos de você. Se eu soubesse como te contar que sou…

— Imortal? — interrompi. — Forte pra cacete?

— É — disse Marie. — Como eu poderia te contar isso sem que você fosse embora?

Ir embora? Era isso que eu queria fazer agora que sabia seu segredo e ela parecia saber o meu? Numa coisa ela estava certa: nada que dissesse poderia ter suavizado o golpe do que compartilhou.

— Não irei embora, mas vou precisar de um minuto pra pensar.

— Justo — disse Marie.

Paramos diante da minha casa e a porta foi destrancada. Peguei a maçaneta, mas hesitei.

Marie estendeu o braço e pôs a mão sobre a minha delicadamente. Senti uma pontada dolorosa de culpa. Ela me salvara no cemitério. Quem sabe o que aqueles caras teriam feito comigo se ela não estivesse lá? Soltei a maçaneta e me recostei no banco.

— Você acha que estou segura agora que aqueles caras estão… — Eu não consegui dizer "mortos".

— Não sei — disse Marie. — Não sei quem os enviou nem o que planejavam fazer. Astreia sempre dizia como era perigoso estar na posição dela. — Ela suspirou. — Vai falar com o legista?

Outra coisa que eu planejava fazer era investigar o porquê de todas as pessoas na família da minha mãe biológica estarem mortas. Aqueles caras na floresta eram minha maior ameaça? Eu não conseguiria cultivar o jardim ou proteger o Coração se estivesse morta por conta de alguma doença desconhecida na minha árvore genealógica.

— Irei até lá amanhã — falei. — E você falou que conversaria com a dra. Grant, certo?

— Sim — afirmou ela.

Saí do carro, e ela já estava de pé do lado do passageiro quando fechei a porta atrás de mim.

— Caramba — falei, agarrando meu peito.

— Desculpe. Desculpe. — Havia remorso genuíno na voz dela. — A noite não saiu como planejei.

— É. Um encontro na cafeteria teria sido legal — falei. — Em vez disso, ganhamos o quê, um encontro de assassinatos no cemitério?

Marie riu. Depois de tudo o que acontecera naquela noite, ela riu. Depois se inclinou e me beijou suavemente na bochecha, e então voltou a entrar no carro e partiu.

Parte de mim ansiava correr atrás dela e pedir que me beijasse como eu queria. Ela tinha matado três homens adultos para me proteger e eu *ainda* queria beijá-la. Entrei e tentei tomar vergonha na cara.

Não dormi. Não consegui cair no sono. Eu tinha visto coisas que pensei que só existissem nos pesadelos. Marie era algum tipo de imortal, capaz de matar três pessoas sem esforço algum, e o Coração a fizera assim. O rosto dela ficou na minha mente. Seu beijo permanecia na minha pele.

Marie e Nyx disseram que ligariam para a dra. Grant, então ela tinha que saber mais do que eu achava que soubesse. Isso queria dizer que ela não poderia manter a mim e as minhas mães em segurança — ou que estava disposta a fazer isso...

Na manhã seguinte, liguei para Karter e perguntei se ele queria ir comigo até a funerária. Marie dissera que um homem chamado Lucian

Holt tinha mais informações sobre as mortes na família Cólquida, e eu queria respostas tanto quanto ela. O enderenço, de acordo com Karter, ficava a apenas vinte minutos da minha casa de carro. Ele me buscou e fomos até lá.

Karter estacionou diante da funerária, mas não entramos logo de cara. Ele ficava olhando para mim, abrindo e fechando a boca, e depois balançava a cabeça.

— O que foi? — perguntei. — Você está com cara de quem quer falar algo.

— Não me leve a mal, mas você está péssima. Está bem? Dormiu?

— Não muito. Estou de cabeça cheia.

— Quer falar sobre isso?

— Agora não. Desculpa.

— Não, está tudo bem. Quando você estiver pronta. — Ele encarou a funerária. — Por que nós continuamos indo para lugares aleatórios? O hospital, um jardim secreto na floresta, uma funerária.

— Tentamos ir ao cinema e você viu no que deu.

— É. Falando nisso, alguma notícia da dra. esqueci-o-nome?

— Grant. E não. Ainda não.

Eu não queria contar a ele sobre Marie ou como a dra. Grant parecia saber bem mais do que estava disposta a me contar. Saímos da caminhonete e seguimos pelo caminho. Uma placa que dizia Funerária do Lu estava diante da casa.

— Imagina ter um bebê e colocar o nome de Lu nele — falei.

— Imagina nomear sua funerária em homenagem a alguém — disse Karter. — Tipo, "Advinha, Lu? Nomeamos em sua homenagem um local onde embalsamamos mortos".

— É tão gentil — falei, sarcástica.

Nós dois rimos, mas era só para afastar o nervosismo. Karter estava todo arrepiado com a atmosfera da funerária, e eu também, mas depois do que eu vira com Marie, estava mais preocupada que esse cara fosse um lobisomem ou algo do tipo. Eu não estava preparada para isso.

A funerária funcionava em uma casa vitoriana com um gramado muito bem cuidado. Dois enormes salgueiros flanqueavam o caminho da entrada. Cortinas de folhas balançavam com a brisa. Elas encostaram em mim enquanto eu passava e subia os degraus da frente. Uma placa escrita à mão ao lado da porta dizia POR FAVOR, ENTRE. Girei a maçaneta e empurrei a porta.

Um buquê de cravos brancos estava sobre uma mesinha na entrada. À esquerda, havia uma sala de estar cheia de poltronas e sofás que pareciam confortáveis. À direita, estava uma sala mais ampla, organizada com cadeiras dobráveis dispostas em fileiras ordenadas. Na frente, uma plataforma baixa, e ali havia um caixão aberto.

— Ah, não — disse Karter. — Tem um corpo ali.

Alguém com um cabelo escuro e blusa vermelha estava lá dentro. Buquês de rosas e tulipas foram organizados ao redor do caixão. Um arranjo lateral em formato de coração estava aos seus pés. As rosas cor-de-rosa que o adornavam haviam começado a ficar marrons e tortas nas extremidades. Entrei na sala.

— O que você está fazendo? — cochichou Karter.

— O arranjo está feio — falei. Minha mãe jamais deixaria flores meio-mortas serem entregues à funerária, ou em lugar nenhum. — Não posso deixar assim.

O corredor central que levava ao caixão era ladeado por arbustos de cravos com crisântemos brancos. Eram frescas e cheias, e mal se moveram quando passei. Karter me seguiu de perto. Quando cheguei ao caixão, olhei lá dentro. Uma mulher mais velha estava nele, a cabeça apoiada em um travesseiro branco de cetim.

Eu tinha ido a poucos funerais na minha vida. O último foi da tia-avó da minha mãe, Bernice. Havia crianças no velório e elas estavam morrendo de medo. Um dos pais disse a elas que Bernice parecia estar dormindo. Isso não era verdade. Pessoas mortas nunca pareciam estar dormindo. A mulher no caixão também não parecia estar descansando em paz. Ela parecia uma figura de cera.

Dura.

Morta.

Passei meus dedos pelas pétalas murchas do arranjo aos pés do caixão. As flores retomaram a forma e a cor sob o meu toque.

— Isso é um talento e tanto — disse uma voz.

Me virei, quase derrubando um arranjo. Karter subiu na plataforma, mas seu pé escorregou e bateu na base do caixão. Agarrei a lateral do caixão para firmá-lo.

Um homem alto e magricela estava à porta. Usava calça caqui e uma camisa de botões, as mangas arregaçadas até os cotovelos. Ele era tão pálido que eu conseguia ver a teia de veias azuis correndo sob sua pele enquanto ele caminhava até a plataforma. Uma mecha de cabelo louro-claro se esticava no topo de sua cabeça. O homem me lembrava o Tropeço da *Família Addams.* Ele olhou para o arranjo de flores.

— Está muito melhor.

— Sou Briseis Greene — falei rapidamente. — Marie me deu este endereço. Ela disse que havia um homem aqui que poderia me ajudar.

Uma careta raivosa tomou conta do rosto dele.

— Marie Morris?

— Sim — falei.

— Aquela troglodita está passando minhas informações pessoais agora, é?

Ele estava com raiva. Tipo, irracionalmente raivoso.

— Quer se acalmar? — falei.

Marie estivera irritada quando me dera o nome e o endereço dele, mas esse cara parecia prestes a explodir a qualquer momento.

— Pode ser a hora errada para perguntar, mas o que é uma troglodita? — indagou Karter.

— Marie — respondeu o homem. — Marie é uma troglodita.

O homem voltou a atenção para mim, e algo como reconhecimento brilhou nos olhos dele. As linhas em sua testa muito enrugada suavizaram. Ele deu um passo para perto de mim, e dei um passo para longe. Karter estava paralisado.

— Quem é você? — perguntou ele, a voz mal passando de um suspiro, sem sinal da raiva que estivera ali um momento depois.

— Acho que você já sabe a resposta — falei.

Ele olhou para as flores de novo. Os olhos dele ficaram distantes, como se estivesse se lembrando de algo.

— Marie disse que eu podia ajudar você com o quê?

Desci da plataforma e Karter cambaleou atrás de mim, descendo.

— Ela disse que você é o legista e o diretor da funerária, e que é difícil conseguir informações de você quando se trata da família Cólquida.

O homem piscou, tentando não deixar transparecer uma expressão de choque completo. Recompondo-se, juntou as mãos à frente do corpo.

— Sim, faço um papel duplo aqui em Rhinebeck. Sou ao mesmo tempo o legista do Condado de Dutchess e o diretor da funerária.

— Falei pra Marie que eu ia investigar o que aconteceu com a família Cólquida — prossegui. — E ela me disse pra não me dar ao trabalho porque os registros oficiais foram destruídos, e talvez não por acidente. Ela fez parecer que obter informações mais detalhadas seria um problema.

O homem bufou.

— Ela não está totalmente errada, mas essa garota jamais diz toda a verdade, não importa o quanto tente. Marie mente há tanto tempo que já é da natureza dela.

— Vocês dois têm questões mal resolvidas? — questionou Karter.

O homem se inclinou para o lado e encarou Karter.

— Você não faz ideia.

— Então, se os registros desapareceram e não posso tê-los, por que Marie me enviou aqui?

— Se importaria de me seguir? Acho que já perturbamos demais a sra. Oliver. — Ele gesticulou para o caixão. — Pobre mulher. Ela caiu em uma escada de concreto. A reconstrução foi difícil, mas acho que ela parece adorável como sempre foi.

— Reconstrução? — Karter olhou para ele. — Como assim?

Os olhos do homem se iluminaram.

— As pessoas querem ver seus entes queridos como estiveram um dia. Um lado da cabeça da sra. Oliver tinha afundado por conta da colisão com os degraus, e sua mandíbula estava fraturada. Eu tive que colar os ossos de volta no lugar e corrigir a cor da pele dela, mas o trabalho ficou incrível, um dos melhores que já fiz.

Ele encarava o caixão em adoração.

Karter parecia prestes a vomitar. Eu não ficava enjoada fácil, mas senti que o homem estava compartilhando demais.

— Por aqui — disse ele, gesticulando para o corredor. Nós o seguimos para fora da sala. — Marie disse a você o meu nome?

— Sim — respondi. — Lucian Holt.

O homem parou. Inclinou a cabeça para trás, os ombros baixos. E então, suspirou profundamente.

— Esse não é o seu nome? — indaguei.

— Não, não é — respondeu ele de uma vez. — E ela sabe. Lucian era meu avô. Os dois tiveram algum tipo de romance quando eram adolescentes. Bem, quando ele era adolescente, pelo menos. Escandalizou toda a cidade, incluindo minha pobre avó. Dar a você esse nome é a forma dela cutucar um pouco mais a ferida.

Sua raiva era nítida, mas parecia focada no ponto errado e bem mais intensa do que precisava ser.

— Você tem raiva do seu avô também? Ou só dela?

Ele bufou de novo.

— Ele morreu há muito tempo, então espero que esteja no lugar certo. Ela, por outro lado… vai viver mais do que todos nós, não é?

Parecia que o cérebro de Karter estava prestes a explodir. Embora Karter não soubesse o segredo de Marie, era evidente que aquele homem sabia, o que fazia tudo que saía de sua boca soar ridículo.

Chegamos a uma porta estreita que levava a um pequeno lance de escada.

— Se Lucian era o seu avô, qual é o seu nome? — perguntei enquanto descíamos os degraus.

— Lúcifer — respondeu ele.

— Como é? — A voz de Karter soou bem mais alta do que o necessário. Ele parou no degrau. — Tá brincando, né?

— Caso não tenha percebido, não sou de brincar — disse o homem. — É a Funerária do *Lu*. Meu avô era um Lu, assim como o pai dele... Lucas, Luís, Lucian. Para manter a tradição, eu agora carrego o nome.

— Em que universo Lu é apelido de Lúcifer? — perguntou Karter.

— Neste — respondeu Lúcifer. — Mas fique à vontade para me chamar de Lu, se isso deixa você mais confortável.

Karter ficou parado no lugar, boquiaberto, e dei um leve empurrão com o ombro nele para que seguisse em frente. A escada levava a uma sala ampla e aberta onde havia duas mesas de aço inoxidável do tamanho de um corpo. Várias bandejas com instrumentos e tubos estavam organizadas cuidadosamente na bancada. Na parede dos fundos, uma porta pesada com uma trava e uma etiqueta de biossegurança colada na frente.

— É onde mantemos os corpos — disse Lu, seguindo meu olhar. — Não se preocupe. Eles permanecem mortos.

Ele se virou e seguiu para a sala adjacente.

Karter passou ambas as mãos pelo cabelo e cobriu a boca.

— O que caralhos ele quis dizer com isso? — perguntou em um tom irritado.

Segui Lu em direção a sala seguinte, puxando Karter atrás de mim.

Lu se sentou diante de uma mesa com pilhas altas de papéis e pastas. Ele se recostou na cadeira.

— Não é coincidência a família Cólquida ter poucos registros. Sempre foram reservadas, e acho que a maioria das informações delas foram passadas de geração a geração. Uma história familiar oral, se preferir.

Olhei ao redor.

— Então você não tem qualquer registro de como eles morreram?

— Eu sou o registro. — Ele tocou a testa. — Está tudo aqui.

Karter me lançou um olhar confuso.

— Então você sabe como eles morreram? — perguntei. — Marie disse...

— Marie acha que tem o direito de saber coisas que não são da conta dela. — O olhar dele era frio e rígido ao dizer o nome dela. — Só porque ela era amiga de Astreia, não significa que posso compartilhar detalhes médicos com ela. Tenho uma maneira específica de fazer as coisas, e, se ela não gostar, problema dela, mas não vou mudar uma prática que data de gerações só porque Marie não concorda.

— Pode me contar? — pedi.

Lu olhou para Karter, desconfiado.

— Eu poderia contar a você. É óbvio que você é uma Cólquida até os ossos, mas ele... — Lúcifer apontou um dedo ossudo para Karter. — Ele é um estranho.

— Confio nele — afirmei, olhando para Karter, que ainda parecia bem chateado.

— Você não entendeu — disse Lu. — O que quero dizer é que ele está por fora das coisas. É um observador.

— Não, ele sabe o que posso fazer — falei, dando um passo na direção de Karter.

— E você acha que esse é o único segredo que vale a pena manter?

Agora era a minha vez de ficar irritada.

— Pode me ajudar ou não?

Lu tamborilou seus longos dedos que pareciam gravetos na mesa e inclinou a cabeça para o lado.

— Os registros foram destruídos, perdidos. E sim, sua família é desproporcionalmente afligida por eventos desafortunados, mas não é má sorte. É por um motivo. — Ele se inclinou à frente, apoiando os cotovelos na mesa. — Em qualquer grupo de pessoas, principalmente as que são parentes de sangue, você encontra padrões, anomalias genéticas que causam várias doenças e problemas.

Meu coração falhou uma batida.

— Eu sabia. Tem algo na minha genética, não é? Algo fatal? O que é?

Lu balançou a cabeça.

— Suas parentes de sangue são abençoadas por não terem câncer, doenças de coração, questões dessa natureza. No entanto, sua família também passa por um número estranhamente alto de homicídios, acidentes suspeitos e declarações de morte depois que alguém desaparece.

Minha pele se arrepiou.

— O quê?

— Houve doze homicídios não resolvidos nas últimas seis gerações da família Cólquida — respondeu Lu. — Quatro afogamentos. Três desaparecimentos não resolvidos.

Eu não conseguia acreditar no que estava ouvindo.

— A amada Astreia de Marie foi assassinada. — Ele olhou para Karter e, por sorte, não revelou a data da morte dela. — Perse Cólquida, em 1904, morreu por um golpe na cabeça. Phoebe Cólquida, em 1945, se afogou... em uma banheira seca. Em 1953, Adelaide foi estrangulada. O assassino nunca foi capturado. Eurídice Cólquida, em 1984, morreu esfaqueada. E a lista continua.

— Todas essas pessoas morrendo nesta cidade e ninguém pensou que valia a pena investigar?

— Não — disse Lu. — Porque se você visse as causas das mortes informadas ao público, não veria nada de agravante além de uma falha hereditária ou evento desafortunado que as enviou de volta para o criador.

— Espere — falei, minha cabeça girando. — Está dizendo que alguém mentiu sobre as mortes delas? Por quê? Por que não contar a verdade?

— Há motivos. Eu garanto a você — disse Lu. Ele começou a dizer mais, mas se interrompeu.

— Quer ir embora? — ofereceu Karter de repente. Se colocou diante de mim, de costas para Lu. — Podemos ir embora se você quiser.

— Não, estou bem — falei. — Só me dá um minuto.

Ele deu um passo para o lado, mas manteve o ombro junto ao meu.

— Preciso saber o que aconteceu com Circe… e com Selene.

A boca de Lu se curvou para baixo.

— Selene era a sua mãe, não era?

— Minha mãe biológica, sim.

Lu inspirou fundo.

— Vou tentar ser o mais delicado possível, embora imagine que será difícil ouvir isso. Selene foi encontrada em uma área de mata de sua propriedade. Ela levou um tiro no peito. Foi fatal. Homicídio.

— Alguém a matou? — A sala saiu do eixo e eu me apoiei na parede para me equilibrar. Karter pôs a mão no meu ombro. — E ninguém investigou?

— O assassinato foi *investigado* da mesma forma que as outras mortes — disse Lu. — Sinto dizer que não deu em nada. — Ele parecia mesmo falar a verdade. — Quando morreu, Selene tinha consigo a foto de uma criança pequena. Na parte de trás da foto, estava escrito o nome Briseis. Quando Circe descobriu que eu sabia que Selene tinha uma filha, ela veio até mim e pediu que eu levasse essa informação para o túmulo. Nenhuma delas queria você aqui em Rhinebeck. Eu concordei. Obviamente, no entanto, algo nas percepções dela mudou, pois você está aqui agora, e não posso negar que estou muito curioso para entender o porquê.

— Eu também — concordei. Por que deixar a casa para mim? Por que me levaram ao jardim e fizeram parecer que eu pertencia àquele lugar se não queriam minha presença? — E Circe? Como ela morreu?

— Ela foi declarada morta no início deste ano — disse Lu. — Desapareceu em 2010, três anos depois da morte de Selene. Nunca mais foi vista.

Fiquei chocada. As cartas dela eram tão antigas assim?

— Mas eu vi o túmulo dela.

— Você não encontrará nada na terra debaixo dele, prometo.

— Mas ela sabia que deixaria a casa para mim. Ela me deixou cartas.

Uma das sobrancelhas pálidas de Lu se arqueou.

— Ela fez o quê?

De repente, Karter juntou as mãos, me assustando.

— Tá bom. Legal. Briseis, vamos. Esse cara é um mentiroso.

— Como é? — Lu se levantou da cadeira, irritado.

Karter deu um passo à frente. Lu era alto e magrelo, e Karter não tinha coordenação nenhuma. Eu não conseguia imaginar os dois brigando.

Agarrei a parte de trás da camisa de Karter e o puxei para mim. Eu tinha mais perguntas, mas não poderia deixar Karter explodir sua fúria em um homem no porão da funerária dele.

— Obrigada por sua ajuda. Nós vamos embora.

Lu voltou o olhar para mim e sua postura relaxou. Ele tornou a se sentar.

— Foi um prazer. Você daria um recado para Marie se a vir?

— Hã, sim — falei.

Ele sorriu e seus lábios finos se esticaram sobre seus dentes amarelos.

— Diga que não gosto de ter que limpar a bagunça dela. Marie é desleixada. Por favor, lembre-a que ela teve tempo de sobra para tomar vergonha na cara.

— Certo. — Imaginei que ele estava falando dos homens na floresta. Peguei Karter pelo braço e o levei escada acima.

Saímos da funerária e fomos para a caminhonete. Me senti melhor após apoiar minha cabeça no painel e respirar fundo. Karter estava sentado no banco do motorista, agarrando o volante.

— Falar aquelas coisas para você daquela forma? O que ele estava pensando? — Ele estendeu a mão e apertou meu ombro. — Sinto muito, Briseis.

Me recostei no assento.

— Não entendo como isso está acontecendo nesta cidade há gerações e todos estão tentando abafar o caso. Pra quê?

— Não sei — disse Karter. — Não consigo superar esse tal de *Lúcifer*. O cara é super esquisito. Você não achou ele esquisito?

— Sim, mas ele trabalha com cadáveres o dia todo.

— Ele *parecia* um cadáver.

Karter queria ficar o mais longe de Lu possível, mas fora eu quem descobrira que várias das minhas parentes tiveram mortes terríveis e que muitas delas, incluindo minha mãe biológica, tinham sido assassinadas. Lu estava envolvido em um encobrimento, mas sua insistência de que havia um bom motivo para isso me deixava nervosa.

Karter me levou para casa, e eu mandei mensagem para Marie para dizer que eu tinha entrado em contato com Lu e que precisávamos conversar pessoalmente. Ela respondeu logo de cara dizendo que Nyx me buscaria dali algumas horas.

CAPÍTULO 24

Depois que Karter me deixou em casa, fui direto para o meu quarto. Me sentei na cama e tentei deixar minha mente se acalmar o suficiente para entender o que Lu compartilhara comigo. Eu ainda não tinha ideia do que fazer com o Coração nem quem poderia estar tentando me usar para obtê-lo. As plantas na lareira se viraram em minha direção, demonstrando do jeitinho delas que entendiam minha frustração. Isso me fez sentir melhor.

Fui até a botica e peguei algumas ervilhas-do-rosário perfeitamente cultivadas para substituir as quebradas no colar de Marie. Dobrei um pedaço quadrado de papel para fazer um envelope improvisado e as coloquei lá dentro.

Meu celular fez barulho. Havia uma notificação de e-mail na parte superior da tela com o nome da dra. Kent no assunto. Coloquei o envelope com o presente de Marie no bolso e abri o e-mail.

Olá, Briseis,

Angie me contou que você está pensando em se graduar em botânica quando entrar na faculdade, mas se mudar de ideia e quiser se aventurar nos estudos clássicos, por favor, me avise.

Você parece ter paixão pelo assunto. Quanto às suas perguntas, vou tentar respondê-las em ordem.

1) Sim, cobro uma taxa, mas não para esta conversa. Me emocionei com sua valorização em buscar o conhecimento de outros. Você é incrível. Sério.

2) Às vezes, as histórias que julgamos serem meras lendas podem ter fundamentos em eventos reais. Um exemplo disso seria a história da Sacerdotisa de Apolo e do Oráculo de Delfos. Muitos acreditam que eram lendas, mas encontramos o templo onde Pítia se sentava para fazer suas previsões. Descobrimos o palácio em Cnossos onde o Rei Minos governava. A esposa dele, Pasífae, era a mãe do Minotauro na mitologia grega. Agora sabemos a localização de Troia, onde os troianos enviaram seu famoso cavalo cheio de invasores. Alexandre, o Grande, fez uma peregrinação para o túmulo de Aquiles para poder prestar suas homenagens. Isso é fato. Essas pessoas, essas histórias, são pautadas em verdades que foram exageradas e distorcidas ao longo do tempo.

3) Quanto à Medeia especificamente, há menos fatos conhecidos a respeito dela além do que as histórias clássicas contam, mas na minha pesquisa encontrei evidências de que ela foi uma pessoa real e que sua história de origem foi anterior à mitologia grega por uma centena de anos. Ela de fato era descrita como bruxa e feiticeira, mas não como as bruxas que conhecemos hoje. Pense nela mais como uma sacerdotisa, alguém iniciada nos mistérios de um grupo de crenças. Acreditavam que a maioria das sacerdotisas eram escolhidas pelos deuses ou pelas deusas que serviam. No caso de Medeia, ela era devota à deusa Hécate, mas Hécate só aparece na mitologia grega no quinto século antes de Cristo, o que significa que, como muitos outros mitos gregos, ela se originou em algum ponto bem, bem anterior. Muito antes dos Olimpianos Zeus, Poseidon e Hades, por exemplo,

aparecerem em cena. Hécate foi introduzida na mitologia grega quando as pessoas se tornaram conscientes dela bem depois, mas uma das primeiras menções a ela é junto a Medeia. Elas sempre foram interligadas, implicando uma conexão mais profunda que ainda será descoberta.

Dizem que Medeia matou o próprio irmão em uma tentativa de evitar ser forçada por seu pai autoritário a se casar, e, por ele ser filho do deus Hélio, ela foi amaldiçoada de alguma forma como punição. O que sei com certeza é que sua lenda foi distorcida, recontada e reimaginada tantas vezes que os elementos originais foram apagados. Não acredito que ela matou os próprios filhos, pois ela só faz isso na peça de Eurípides. Há algumas evidências que apoiam minha teoria.

Existe um fólio nos Arquivos do Vaticano que um colega meu conseguiu acessar uns vinte anos atrás. É uma variedade de documentos que ele acreditava terem sido salvos da Biblioteca de Alexandria. Essas relíquias antigas e inestimáveis estavam em um estado bem ruim. Um deles era a história de Medeia, e essa versão pré-datava as versões que conhecemos agora há séculos. Houveram até boatos de que tinha sido composta por alguém que a conhecia. Meu colega planejava decifrar o grego antigo e tentar emendar o documento, mas seu acesso aos arquivos foi revogado, sem nenhuma explicação. Rumores diziam que o documento tinha sido "perdido", o que significa roubado ou destruído. Acredito que foi destruído, pois é praticamente impossível tirar algo dos Arquivos do Vaticano sem ser pego.

Estou anexando a única imagem conhecida do documento. Eu a fiz ser analisada, mas foi em vão. É uma foto em baixa qualidade e é impossível ver com nitidez suficiente para decifrar. Mas a foto é prova de que essa narrativa existiu, e isso é um fato tentador por si só.

Espero que isso ajude a responder algumas das suas perguntas. A mitologia é um mundo sombrio. É mais ou menos como desvendar um jogo de telefone sem fio com séculos de duração. As mensagens que vemos e ouvimos hoje podem não ter nada a ver com a intenção original.

Por favor, me mande um e-mail se tiver outras perguntas.

Att.,
Professora Kent

Cliquei no anexo e uma foto embaçada apareceu na minha tela: um pedaço esfarrapado de papiro em um plástico, segurado pelas mãos enluvadas de alguém usando um casaco branco de laboratório. Estava embaçada demais para que eu conseguisse entender a letra, mas algo chamou minha atenção. Parecia familiar.

Dei zoom para ver melhor, mas isso só piorou a resolução. As plantas na lareira se retorceram ao meu redor. Uma de suas gavinhas se prendeu no entalhe onde a lareira se abre.

De repente, me lembrei que a chave para a porta secreta no Jardim Venenoso não era a única coisa que eu tinha encontrado escondida no escritório.

Saí da cama e peguei meu caderno de desenho escondido embaixo do colchão. Apanhei um papel que estava preservado em plástico e o segurei ao lado da imagem na tela do meu computador, comparando os dois. Era impossível dizer se as letras eram iguais, mas as partes esfarrapadas em cada documento eram as mesmas.

Peguei meu celular e liguei para Marie.

— Alô — atendeu ela.

— Alô. Nyx vai me buscar?

— Ela está a caminho agora. — Mesmo pelo telefone, eu sabia que ela estava sorrindo. — Você parece animada.

— Preciso usar sua biblioteca, se não for um problema pra você.

— Ah — disse ela. — Me usando pelos meus livros?

— Não. Não, eu não…

Marie riu.

— Tô brincando. Vejo você daqui a pouco?

— Sim — falei.

Guardei o caderno e o documento, que manuseei com mais cuidado do que antes, e os coloquei na minha bolsa. Desci e falei com minhas mães antes de encontrar Nyx na entrada quando ela estacionou. Desta vez, sentei no banco da frente, e então seguimos para a casa de Marie.

Nyx me acompanhou até a biblioteca, onde Marie já me esperava. Ela me atacou de surpresa, me puxando para um abraço. Arfei. Principalmente porque meus pés estavam balançando a uns quinze centímetros do chão, mas também porque, enquanto ela me pegava no colo, seu rosto roçou na pele exposta do meu pescoço.

— Desculpe — disse ela, me colocando no chão. Ela deixou as mãos deslizarem pela lateral do meu corpo, apoiando-as na minha cintura. — Depois do que aconteceu, pensei que talvez você jamais voltasse. Estou muito feliz em ver você.

— Eu também — minha resposta veio depressa. — Vai me fazer perder as estribeiras toda vez que eu te ver?

Ela abaixou o olhar.

— Um efeito colateral do Coração. Sou assim desde que aquilo aconteceu.

Apoiei minha mão no braço dela.

— Por mim, está tudo bem.

Coloquei a mão no bolso e entreguei a ela o envelope com as ervilhas-do-rosário.

Ela espiou lá dentro e seus dedos dançaram delicadamente pelo colar.

— Obrigada.

— Tem muita coisa que preciso contar a você, e não sei por onde começar.

Ela pegou minha mão e me puxou com gentileza para o sofá.

— Karter e eu fomos visitar Lu — falei.

Ela ergueu a sobrancelha.

— Como foi?

— Hã, ele odeia você — falei. — Pensei que ele fosse entrar em combustão espontânea. Ficou com tanta raiva quando mencionei seu nome.

— O sentimento é recíproco.

— Mas ele me deu algumas informações sobre minha família biológica, e não foi nada bom.

Contei o que Lu compartilhara comigo: as mortes estranhas, os homicídios, os desaparecimentos. Marie ficou em silêncio até eu terminar.

— Está me dizendo que Circe não está naquele túmulo?

Balancei a cabeça.

— De acordo com Lu, não.

— Sinto muito que você tenha tido que ouvir isso da boca dele. — Ela pousou a mão no meu joelho. — Ele é um palhaço, mas não acho que seja desonesto. Se é o que ele disse, deve ser verdade. Depois que Astreia morreu, fui embora de Rhinebeck por um bom tempo. Voltava e partia em seguida. Fiquei de olho, mas de longe, sabe? Cheguei a conhecer Circe, mas ela era reservada. Eu não sabia o quanto elas haviam perdido ao longo das gerações.

— E ele está fazendo exatamente o que você disse, encobrindo as mortes, fazendo parecer que tudo está normal por aqui. Ainda não entendo por que, mas há mais uma coisa. — Peguei o caderno de desenhos e o outro documento da minha mochila e entreguei a ela. — Encontrei isto na casa e preciso descobrir o que diz.

Mostrei o e-mail e a foto embaçada da dra. Kent no meu celular.

— Então Medeia foi uma pessoa de verdade? — perguntou Marie. — E tinha algumas das mesmas habilidades que você? — Ela parecia preocupada e ficou olhando para o nada por um momento antes de se virar abruptamente para mim. — Venha comigo.

Marie me puxou do sofá e eu a segui pelo corredor, sendo conduzida até um par de portas duplas localizadas no fim de um corredor estreito. Ela bateu, mas não esperou quem estava lá dentro responder e já foi girando a maçaneta e entrando no recinto.

— Já conversamos sobre sua mania de entrar sem bater — disse a voz de um homem.

Olhei ao redor de Marie. Alec estava sentado atrás de uma ampla mesa de mogno com pernas lindamente esculpidas, repleta de livros e vários monitores de computador. Ele parecia bem melhor do que da última vez em que o vira.

— Tenho uma coisa que você precisa ver — disse Marie.

Alec me viu e se levantou.

— Srta. Briseis, bom vê-la novamente.

— É? — Marie o encarou. — Você puxou um facão pra ela da última vez.

— Levei o facão para cortar os arbustos e ameaçar as videiras que tentavam me matar — corrigiu ele. — Eu jamais machucaria você.

— Não se souber o que é melhor pra você — disse Marie.

Alec parecia desconfortável.

— Enfim — continuou Marie num tom despreocupado, como se não tivesse acabado de ameaçar a vida dele. — Dê uma olhada nisso. — Ela entregou a ele o documento. — Bri ia usar a biblioteca para pesquisar mais sobre, mas talvez você possa economizar o tempo dela.

O rosto dele se contorceu — primeiro em dúvida, e depois em choque enquanto analisava o pergaminho. Alec se endireitou.

— Onde você conseguiu isto?

— Você sabe o que é? — perguntei. — Pode me dizer o que está escrito?

Ele se sentou, as mãos tremendo enquanto segurava o documento à sua frente.

— É antigo. É proto-grego, similar ao grego clássico, mas com algumas características distintas. Era comum no Período Heládico Primitivo.

— Que foi quando, exatamente? — perguntou Marie.

— Quarto milênio a.C. — respondeu Alec. Ele colocou um par de óculos de armação grossa e esvaziou um espaço na mesa para colocar o documento ali. Abriu algo no computador e clicou em uma pasta chamada *Fonemas Proto-gregos Reconstruídos*.

— Sou fluente em várias línguas. Grego é uma delas.

— Já entendemos, você é inteligente — disse Marie. — Ninguém perguntou quantas línguas você sabe.

— Inveja? — retrucou Alec.

Marie revirou os olhos.

— Vou ler em voz alta — disse Alec. — Mas vou precisar de um minuto para traduzir direito. Esperem aí.

Marie se sentou na beirada da mesa dele e dei a volta para ver o papiro enquanto ele traduzia.

— "Medeia era a filha do Rei Eétes de Cólquida, amada sobrinha da feiticeira Circe e, mais importante, a…" — Alec hesitou. — A palavra está ilegível aqui. Sabemos por outros textos antigos que Medeia era devota de Hécate, e essas palavras poderiam se encaixar, mas uma centena de outras também. — Ele anotou algumas coisas e prosseguiu. — "Medeia foi agraciada com o poder da imunidade para todo e qualquer veneno."

Deixei meu celular cair. Marie estava ao meu lado, me devolvendo o aparelho antes que eu pudesse piscar.

— Você está bem? — perguntou Alec.

Assenti, mas não, eu não estava bem.

Ele prosseguiu, olhando da tela do computador para o documento.

— "Medeia se tornou a feiticeira mais poderosa do lugar. O irmão dela, Absirto, era seu protetor e estava sempre presente." — Ele parou, conferindo a tradução. — Aqui, a palavra "δηλητήριο" está em conjunção com a palavra "μάγισσα". "Veneno" e "bruxa", mas não reconheço a forma como está sendo usada.

Ele fez outra anotação, e então continuou a ler enquanto eu tentava não hiperventilar.

— "Medeia era conhecida pela região, então era natural que homens poderosos buscando dinheiro e poder fossem até ela, esperando que emprestasse seus talentos nas empreitadas deles. Ela não podia ser comprada. Não podia ser convencida."

Eu estava segurando meu celular com tanta força que a palma da minha mão ficou suada, e pedaços da tela já rachada se soltaram na minha pele. Medeia não era apenas uma mulher em um retrato antigo. Não era apenas uma personagem em um monte de histórias antigas. Ela era uma pessoa que viera de um lugar chamado Cólquida, que era imune a veneno, que tinha um irmão chamado Absirto.

— "Jasão, comandante de Argo, buscou Medeia e articulou um plano para enganá-la. Jasão disse a Medeia que Absirto e seu pai estavam tramando contra ela, pretendendo casá-la com um homem que eles escolhessem. Medeia ficou devastada. Jasão professou seu amor eterno por Medeia e assegurou que a protegeria de Absirto e do pai dela, mas, para fazer isso, ele precisava encontrar o lendário Velocino de Ouro, que faria com que se tornasse rei.

"Medeia concordou em ajudá-lo a encontrar o artefato, e depois de abandonar a própria casa e a família, ela saiu navegando com Jasão em busca do Velocino. Porém, depois de muitos anos e do nascimento de seus três filhos, eles não haviam conseguido nada e Jasão estava impaciente."

Alec fez outra pausa.

— Você conhece a história de Medeia?

— Eu li — falei. — Mas a versão que conheço não era assim.

Alec balançou a cabeça.

— Nem um pouco. Mas, se considerarmos a linguagem, este documento tem que ser anterior ao que é considerado o original. — Ele dá uma risadinha. — É impossível, mas a familiaridade e a informalidade dele me lembram dos tipos de documentos que surgiram no período em que as pessoas começaram a registrar por escrito suas histórias familiares, em vez de transmiti-las oralmente.

Ele se inclinou e leu a parte seguinte.

— "Sem que Medeia soubesse, Absirto a buscava. Quando a encontrou, contou a verdade à irmã. Nunca houve plano de casá-la. Jasão tinha mentido. Ele a enganou para ajudá-lo a conseguir o Velocino de Ouro. Quando confrontado, Jasão e seus homens levaram os filhos deles e Absirto como prisioneiros e ameaçou matá-los se Medeia não encontrasse o Velocino e o entregasse a ele.

"Medeia buscou a ajuda da deusa, que disse a ela que o Velocino estava no bosque sagrado de Ares, guardado por um dragão sempre desperto. Medeia envenenou o dragão, resgatou o artefato e, então, compreendendo que jamais ficaria livre de Jasão, decidiu matá-lo. Ela preparou o veneno mais mortal que pôde, o destilou em uma taça de vinho e o serviu ao marido. Medeia observou horrorizada enquanto Jasão fazia seus filhos provarem a comida e a bebida antes dele. As crianças caíram ao chão, se contorcendo de dor. Jasão agarrou Medeia, tomou o Velocino para si e executou Absirto, cortando seu corpo em seis pedaços.

"Medeia, em sua profunda tristeza, clamou à deusa por socorro. Hécate apareceu com um..."

Alec se interrompeu, conferindo suas anotações e a tela do computador outra vez.

— O documento está danificado aqui. Há apenas parte de uma palavra escrita, "Κυν____λο", e "κυνηγόσκυλο", que significa "cão", caberia no espaço.

Ele prosseguiu.

— Hécate apareceu com um cão e abriu os portões do submundo. Jasão fugiu com o Velocino de Ouro, e Medeia ficou observando enquanto Hécate matava todos ali. Em um ato de clemência, a imunidade de Medeia floresceu nas veias de seus filhos e eles foram salvos.

"Jasão usou o Velocino e tomou a princesa Glauce como sua esposa, e assim se tornou rei. Medeia e os filhos dela voltaram para a ilha de Ea, lar da feiticeira Circe. Ela passou os dias vagando pelo Jardim

Venenoso, onde enterrou as seis partes do corpo de Absirto. No lugar onde a terra cobriu cada pedaço dos restos dele, plantas peculiares nasceram, que poderiam ser cuidadas apenas pela amada família de Absirto. Medeia as nutriu com gotas de seu próprio sangue e fragmentos do luar."

Senti que havia caído de um penhasco. A sensação nauseante de despencar fez meu estômago se revirar. A mão de Marie estava firme na minha lombar.

— Isto é fascinante — disse Alec enquanto continuava estudando o pergaminho. — A forma como a história é contada aqui, sua idade… nunca vi nada assim fora de um museu. — Ele me estudou com cautela. — Onde você disse que o conseguiu?

Marie arrancou o papel da mesa dele. Ele se encolheu, tentando tocá-lo.

— Cuidado! — disse ele irritadamente. — É delicado.

Marie me entregou o documento, me empurrando gentilmente em direção à porta.

— Obrigada, Alec. Você pode voltar a acessar ilegalmente os arquivos codificados do museu.

— A história pertence a todos — disse ele enquanto as portas se fechavam atrás de nós.

Olhei bem nos olhos de Marie.

— Encontrei a chave.

Ela piscou.

— A chave de quê?

— Da porta no jardim.

— Você não a abriu.

Não era uma pergunta nem uma afirmação, como se dizer isso assim fosse fazer ser verdade.

— Abri. Vi o Coração.

Marie arregalou os olhos.

— Briseis. — Ela não precisava dizer mais nada. Eu conseguia ouvir a decepção em sua voz.

— Você não entende — falei. — Tudo o guiou pra mim, e este documento, seja lá o que for, é prova disso.

Ela balançou a cabeça, evitando meu olhar.

— Quer vê-lo? — perguntei.

Marie me olhou devagar.

— Você me levaria até lá? Circe nunca...

— Não me importo com o que Circe fez ou deixou de fazer. Como vou saber o que ela queria? Tudo o que ela me deixou é uma pista ou uma charada, ou as duas coisas, e estou cansada. Ela não foi específica, então farei as coisas do meu jeito.

— Isso não é justo — disse Marie. — Sua família tem protegido o Coração há gerações. Vai permitir que pessoas aleatórias o vejam?

— Você não é uma pessoa aleatória. Nem Karter. Confio em vocês dois. E, sinceramente, essa família inteira ficou se isolando e guardando vários segredos, mas todo mundo parece saber dos nossos assuntos. Fico encontrando pessoas que sabem mais sobre a casa, a loja e o jardim do que eu. — Suspirei. — Circe tinha seus motivos pra fazer as coisas que fez, e eu tenho os meus.

A frustração cresceu em mim. Não se tratava apenas do Coração. Se tratava de não querer começar cada novo relacionamento com uma mentira.

— Manter isso em segredo não me mantém segura. Você mesma viu. — Peguei meu celular. — E vou contar para Karter. Podemos ir todos juntos e talvez descobrirmos o que fazer com isso.

— Não, você não pode fazer isso — disse Marie. — Não pode mostrar para ele. É perigoso demais. É sua responsabilidade, e só sua.

Me afastei dela.

— Se eu ficar aqui e cuidar da loja, se Karter e eu permanecermos amigos, se você e eu...

O olhar de Marie se iluminou.

— Se você e eu o quê?

— Se quisermos ver no que isso vai dar, não quero guardar segredos.

— Não estou pedindo que você guarde segredos. Estou pedindo que seja seletiva com quem compartilha certas coisas.

Quase ri.

— Está falando sério? Isso é literalmente a definição de guardar segredo. Eu tive que mentir para todos, até para mim mesma, só para existir. Estou cansada de mentir e me esconder.

— Você acha que não conheço esse peso? Sobre se esconder? — perguntou Marie, a voz contida. — Acha que não sei os danos que segredos podem provocar ou como é ter que deixar todo mundo pra trás por causa deles?

Ela desviou o olhar.

Eu não tinha a intenção de magoá-la, mas parecia que era o que tinha feito.

— Desculpe. Eu não queria te chatear. Talvez se eu puder compartilhar isso com você e Karter, não teremos que guardar segredos sozinhos. Nenhum de nós fica pra trás se estivermos juntos nisso.

Ela diminuiu o espaço entre nós em meio segundo. O cheiro de seu perfume e de seu hálito quente na minha bochecha eram quase demais para suportar. Inclinei meu queixo para cima para que nossos lábios quase se tocassem. Me perguntei como seria, qual seria o gosto do beijo dela.

— Verei seja lá o que você quiser me mostrar — disse ela baixinho.

— Seja lá o que eu quiser te mostrar?

Ela riu.

— O Coração.

Meu rosto corou.

— Certo.

Ela passou por mim e eu a segui até o carro, onde Nyx nos esperava para nos levar para minha casa. Mandei uma mensagem para Karter pedindo que ele nos encontrasse lá. Entrei no banco de trás do carro e Marie se arrastou ao meu lado, aproximando-se de mim, com a perna colada na minha. Meu problema seria focar literalmente qualquer coisa que não fosse ela.

CAPÍTULO 25

Karter chegou junto com a gente. Saí para cumprimentá-lo e, quando fiz isso, ele olhou para Marie, que estava atrás de mim, e seus olhos quase saltaram das órbitas como os de um personagem de desenho animado. Eu não podia culpá-lo. Ela tinha esse efeito nas pessoas. Olhei para Marie para ver se havia notado, mas ela não parecia ter visto Karter, já que estava arrumando a camiseta por baixo da jaqueta e fazendo aquela combinação de puxão e pulinho que as pessoas fazem quando a calça jeans começa a escorregar dos quadris.

Abracei Karter.

— Oi.

— Hã, oi — disse Karter, parecendo atordoado.

Marie se aproximou e ficou ao meu lado.

— Sou Marie. — O tom dela era amistoso, mas curto.

— A mesma Marie que aquele babaca do Lúcifer mencionou?

— Você achou ele babaca também? — perguntou Marie.

Karter juntou as mãos.

— Sim! Viu? Briseis também achou ele bizarro, mas está tentando disfarçar.

— Ah, eu gosto de você — disse Marie, sorrindo.

Karter inclinou a cabeça para o lado.

— Ele disse algo sobre o avô dele, mas você é...

— Está bem — falei, cortando a pergunta antes que pudesse ser feita. — Entrem pra que eu possa mostrar uma coisa.

Entramos e cumprimentamos minhas mães, que estavam na sala assistindo a algo no notebook. Conduzi Marie e Karter escada acima, para a torre. Acendi a luz antes de passar a página do grande livro que continha a ilustração do Coração de Absirto.

Karter encarou a ilustração.

— É uma planta?

— É chamada de Coração de Absirto.

— Está no seu jardim? — Ele se virou para mim. — Eu não vi.

— Sim, está no Jardim Venenoso. Eu não a cultivei. Nunca vi nada assim. É venenosa; a coisa mais tóxica que já toquei.

— Você a tocou? — perguntou Marie.

Me encolhi.

— Pensei que seria como todas as outras coisas tóxicas que posso tocar, mas senti como se minha mão fosse cair.

Marie cruzou os braços sobre o peito.

— Preciso que você pare de tentar se matar.

Apertei o braço dela levemente.

— Você estava certa sobre não ser como as outras plantas. — Passei os desenhos do livro. — Todas as outras têm instruções, mas o Coração não. Eu não sabia como cultivá-lo, mas agora sei.

— O que mudou? — perguntou Karter.

— Encontrei um documento e Marie me ajudou a traduzi-lo. É antigo. Conta a história de Medeia. — Gesticulei para a pintura na parede. — Ela era de um lugar chamado Cólquida, o mesmo nome da minha família biológica. — Eu tinha que dizer em voz alta o que minha intuição me dizia ser a verdade. — Acho... acho que sou parente dela.

Marie arfou tanto que começou a tossir.

— Espera, espera, espera. — Karter balançou a cabeça. — Você acha mesmo que sua árvore genealógica é tão antiga assim?

— Faz sentido — falei. — Pensei que Circe e Selene eram obcecadas por ela, mas não é isso. É normal ter retratos de seus parentes pendurados nas paredes, certo?

Karter deu de ombros.

— Acho que sim?

— E ela era uma venenista — completei.

— O que é uma venenista? — indagou ele.

— Alguém como eu — respondi. — Alguém que pode trabalhar com plantas venenosas sem ser afetado. Todas as coisas que descobri sobre esta casa e minha família me levaram até Medeia e para *isto*. — Apontei para a ilustração do Coração. — As pessoas que encontrei desde que estive em Rhinebeck sabem que está lá, mas não mexem com ele. Nem querem falar sobre o assunto, como se fosse um segredo aberto. Elas fazem parecer que é minha responsabilidade. Medeia era a cuidadora original do Coração. Ela conseguia fazer tudo o que consigo. — Me levantei. Só havia uma coisa que eu desejava fazer. — Vamos. Quero ver o Coração de novo.

Marie começou a reclamar, mas desci antes de ela me falar alguma coisa. Os dois me seguiram porta afora, em direção ao gramado. Nem parei quando nos aproximamos da trilha escondida. As videiras e os galhos se abriram.

— Fique perto de mim — lembrei a Karter.

— Sei como é. — Ele olhou para Marie. — E ela?

— Vou ficar bem — disse Marie.

Eu não havia perguntado sobre os limites do poder dela. Ela não parecia muito preocupada com a própria segurança, então prossegui.

A meio caminho do jardim, percebi que as sombras ficaram mais longas. O sol estava no horizonte quando entramos no caminho, mas, depois do e-mail da professora Kent e do que aprendi naquele documento antigo, eu não podia esperar outro dia, ou outra hora.

Quando chegamos na clareira, peguei meu celular e liguei a lanterna. Karter fez o mesmo. As árvores se afastaram para revelar o portão e eu o destranquei, fazendo ele e Marie passarem na frente. O portão se fechou com um baque alto atrás de nós.

Mesmo na escuridão sufocante, vi os olhos de Marie se acenderem com o fascínio. Ela fora sincera quando dissera que nunca estivera dentro do jardim.

— Espere até ver isto — falei, puxando-a na direção do Jardim Venenoso.

A vinha-do-diabo se enrolava ao redor do portão da lua.

— Vamos direto para o muro dos fundos — falei. Me voltei para Karter. — Espere aqui até eu chamar.

— Eu poderia... ajudar — ofereceu Marie. Ela gesticulou como se pegasse um bebê e o embalasse nos braços.

Olhei para ela e depois para Karter. Ela estava sugerindo que poderia pegá-lo no colo e correr com ele para o Jardim Venenoso. Tive que morder o interior da minha bochecha para não rir. Quão ridículo seria ver Karter sendo carregado como uma criança pequena? Ele estava assustado demais para deixar, então balancei a cabeça em negativa.

— Como você poderia ajudar? — perguntou Karter.

Marie fingiu que não o ouviu, e ele enfiou as mãos no bolso, olhando nervosamente ao redor. Passei pelo Jardim Venenoso e parei diante do muro dos fundos. As videiras se afastaram, revelando uma porta oculta. O calistemo floresceu e apontou para a porta. Levantei a mão e a planta recuou.

— Pronto? — perguntei a Karter. — Prenda a respiração e corra. Agora!

Karter correu, tropeçando e quase caindo de cara no chão. De repente, Marie estava ali, segurando-o e o puxando em direção à porta. Eles deslizaram até parar diante de mim.

— Uau — disse Karter, encarando Marie. — Você malha?

Eu o empurrei pela porta e Marie deslizou atrás dele. Fiquei entre eles e as flores em forma de estrela do calistemo.

— Por aqui — falei, gesticulando para os degraus.

Eles desapareceram lá embaixo e eu segui quando garanti que o calistemo não ia inventar moda. Desci a escada para a salinha abafada. Karter e Marie estavam em completo silêncio enquanto as luzes dos nossos celulares iluminavam o pequeno espaço. A planta estava de pé em sua caixa de vidro. Karter se inclinou para a frente e eu logo coloquei um braço na frente dele.

— Este é o Coração de Absirto — expliquei. — É a planta mais mortal com a qual já tive contato. Não quero que vocês se machuquem. Vocês nem deveriam estar aqui, mas eu precisava mostrar. É real. Existe.

Examinei o buraco no teto, e Karter seguiu meu olhar.

— Acho que quando a lua nasce, seu brilho entra por ali — falei.

— Que tipo de planta cresce no escuro? — perguntou Karter. — As plantas não precisam de luz do sol?

— Os cactos da rainha da noite só florescem na escuridão. — Destranquei a porta de vidro e espiamos lá dentro. — Mas essa é outra história.

Marie ficou parada como as sombras.

— Nem sei o que dizer.

Eu me senti da mesma forma quando vi a planta pela primeira vez. Se não tivesse visto o caule murcho e as folhas esfareladas embaixo dele, teria pensado que estava olhando para um coração humano real, que fora preservado de alguma forma.

Para minha aula de biologia, fizemos uma excursão ao museu e vimos um coração humano suspenso em um frasco de formaldeído. Tivemos que identificar as partes em um papel, e essa planta estranha tinha todas aquelas que nomeamos. A planície cerosa dos ventrículos direito e esquerdo apontava para cima. O emaranhado do que poderiam ser artérias serpenteava pelo fundo e alimentava caules longos e grossos.

Karter se inclinou por cima do meu ombro.

— Mas o que é isso? Você tentou molhar? Tentou fazê-la voltar à vida como o restante das coisas lá fora?

— Não. Mas não acho que faria diferença. Não acho que é disso que ela precisa.

— Do que ela precisa?

— Se fosse um coração de verdade, do que precisaria? — instiguei.

Os olhos de Karter se arregalaram à luz da lua.

— Está dizendo que precisa de sangue?

Marie pôs a mão no meu ombro, com um olhar preocupado.

— Sabe o que acontece se fizer isso?

— Você sabe? — devolvi.

Ela balançou a cabeça.

— Não.

— Você sabe se Circe o manteve vivo? Ou se ela o deixou morrer?

Marie evitou meu olhar.

— Ela o manteve vivo. Astreia também. Ela disse que precisava fazer isso.

Esse era o trabalho que Circe mencionara. Não a loja nem o Jardim Venenoso, mas isto — cuidar dessa planta muito especial.

— Eu vi você fazer todo o tipo de coisa impossível — disse Karter de repente. Ele se aproximou e ficou ao lado de Marie. — Então não estou muito surpreso de estarmos aqui fazendo um tipo de ritual de sangue no escuro, enfiados em um cofre subterrâneo fedido. Mas sério... isso parece perigoso. Pelo menos pra mim, porque sua amiga obviamente não está preocupada.

Ele olhou Marie de cima abaixo, porém, não disse mais nada.

— Ah, estou preocupada — retrucou Marie. — Mas não do modo como você espera. — Ela me olhou. — Me preocupo que se você não cuidar do Coração da forma como Circe e Selene cuidaram, ele se perderá, ou será roubado. Se você acha que é parente de Medeia, sua árvore genealógica data de centenas de gerações. — Ela suspirou. — Sempre me perguntei por que essa família se sentia compelida a fazer isso, ainda mais depois de tudo que essa responsabilidade parece tê-las feito passar.

Gesticulei para a planta.

— Elas o mantiveram porque é ele: Absirto. Os Corações são os restos mortais dele.

— Corações? — Karter parecia surpreso. — Tem mais de um?

— Tinha — falei. — Eram seis, originalmente.

Marie se aproximou de mim.

— O que poderia ser perdido se você não fizer isso?

— Briseis — disse Karter baixinho, a voz tremendo. — O que você vai fazer?

Tirei um dos meus brincos e o pressionei contra meu dedo indicador até furar minha pele. Estendi a mão sobre o Coração de Absirto e apertei meu dedo. Uma única gota de sangue caiu nele.

A superfície venosa da planta se expandiu um pouquinho, como se fosse empurrada de dentro para fora. Dei um pulo, meu coração disparado. Karter arfou. Marie ficou boquiaberta enquanto se afastava.

— Ele se mexeu — falei.

— Não diga — disse Karter.

A planta se mexeu de novo. Karter subiu os degraus, dois de uma vez.

— Karter! Espera! — gritei.

Subi a escada correndo atrás dele. Karter estava saindo pela porta quando o calistemo se virou em sua direção, preparando-se para cobri-lo com seu pó mortal. Me coloquei entre ele e a planta e fui atingida no rosto por uma nuvem de veneno cor de ferrugem.

Uma dormência gélida roubou meu fôlego. Algo passou por mim enquanto minha visão se turvava. Cambaleei para trás e meu tornozelo torceu dolorosamente quando escorreguei no lodo verde. Uma gavinha grossa de vinha-do-diabo se enrolou em meus braços e minhas pernas, impedindo-me de cair escada abaixo. Corri para o Jardim Venenoso depois de ser firmada pela planta.

Karter permaneceu de pé do outro lado do portão da lua, de olhos arregalados e respirando com dificuldade. Marie estava ao lado dele, balançando a cabeça. Havia acabado de salvá-lo, provavelmente com força e velocidade suficientes para fazê-lo achar que estava perdendo a noção da realidade.

— Ótimo — falei para mim mesma.

Agora eu teria que contar a ele segredos que não eram meus, e não sabia por onde começar. Fechei a porta escondida, trancando-a. Meu tornozelo direito latejava de dor. Fui mancando até Karter.

— Está ferido? — Eu o examinei.

Não vi nenhum corte nem arranhão, mas não sabia se o choque em seu rosto era por ter quase sido envenenado até a morte ou se ele estava tentando entender toda a esquisitice que vira.

— O que... o que foi aquilo? — perguntou ele. — Você viu aquilo?

De repente, minha meia parecia apertada demais. Meu tornozelo estava inchando.

— Preciso ir para casa. Acho que quebrei o tornozelo.

Marie imediatamente se pôs ao meu lado, sustentando todo o meu peso ao passar um braço pela minha cintura.

— E-eu acho que preciso me deitar — disse Karter. — Tem algo errado.

Meu coração disparou no peito.

— Tocou em algo? Estava prendendo a respiração?

— Ele não está envenenado — disse Marie. — Garanti que ele não tocasse nada. Eu, por outro lado... — Havia um corte irregular no antebraço dela. Uma rede de veias, escuras como o céu noturno, traçava um caminho até o braço.

Agarrei sua mão.

— Ah, não.

— Está tudo bem — disse ela. — Ficarei bem.

Karter me olhou, o suor formando gotículas em sua testa, a boca fechada numa linha fina. Ele se livrou de seu torpor induzido pelo pânico.

— Vamos — disse ele. — Vamos sair daqui.

Com Marie praticamente me carregando, saímos do jardim e tranquei o portão externo. A escuridão era total e sufocante, e Karter precisou liderar o caminho para casa, iluminando a trilha com a lanterna do celular. Continuei tentando encostar o pé no chão, apenas para fingir que Marie estava só me dando uma força, e não carregando todo o meu peso como se não fosse nada. Porém, cada tentativa disparava uma pontada cortante pela lateral da minha perna. Estremeci.

— Se você continuar tentando me "ajudar", vou erguer você tão alto que não conseguirá sequer tocar o chão — disse Marie.

— Como fez comigo? — perguntou Karter, olhando por sobre o ombro. — Vamos falar daquilo? Acha que não percebi que você me carregou como se eu não fosse nada? Como se eu não visse o pé de Bri pairando no ar todo esse tempo em que estivemos caminhando? Sou adulto... quase um homem adulto...

— Eu poderia ter deixado você lá — disse Marie, irritada. — E se tivesse, sua pele estaria descascando dos ossos e sua garganta estaria fechada.

Toda a expressão de Karter mudou. Ele abriu a boca, mas nada saiu.

— E-eu... desculpe. Eu só... como você fez aquilo? Quem é você?

Marie não respondeu.

— Acho que não devemos contar a ninguém sobre o que vimos — falei. — O Coração, as habilidades de Marie, nada. Agora não.

— Nem tenho certeza do que vi — disse ele, olhando para Marie.

— Explicarei tudo — falei. — Prometo. Mas agora preciso ir pra casa. Meu tornozelo está me matando.

Karter assentiu, mas a expressão dele permaneceu fechada e seu olhar continuava sendo atraído de volta para Marie.

Marie me levou até a porta da frente, com Karter logo atrás. Mamis nos esperava.

— Eles voltaram — disse ela.

Com cuidado, Marie me colocou no chão. Um grito estrangulado escapou de mim quando a dor no meu tornozelo disparou outra vez.

Mamis franziu a sobrancelha.

— O que aconteceu com você?

— Tropecei — falei. — Está bem inchado.

Minhas mães me ajudaram a sentar no sofá. Mamãe se ajoelhou e tirou meu sapato e minha meia.

— Merda — disse ela. Meu tornozelo já estava começando a ficar roxo.

— Consegue movê-lo? — perguntou mamis.

Mexi os dedos. A dor era apenas no tornozelo.

— Dói, mas talvez seja apenas uma torção feia.

— Precisamos ir ao pronto-socorro — disse minha mãe.

— Não — falei. — Não. — Me recostei nas almofadas. — Posso colocar algo nele. Podem me ajudar a ir para a botica?

Minhas mães se entreolharam. Marie e Karter estenderam as mãos para me ajudar a levantar.

— Você mesma poderia ajudá-la, né? — disse Karter, encarando Marie.

— Quer saber? — falei. — Esqueçam. Eu faço sozinha.

Me levantei e fui mancando pelo corredor com Marie e Karter logo atrás de mim. Acendi as luzes da loja e tentei subir no balcão, mas escorreguei. Marie passou o braço em volta de mim, agarrando a parte de trás da minha camisa e me puxando para cima antes que alguém visse. Minhas mães entraram e me ajudaram a apoiar a perna sobre o balcão.

— Preciso daquele livro. — Apontei para um grande livro que eu havia trazido da torre, com instruções escritas à mão para um unguento que ajudava a aliviar hematomas e dores. Marie me entregou e eu o folheei. — Preciso de um frasco de arnica.

Karter pegou a escada, indo até a fileira de cima.

— Mãe, pode pegar o almofariz e o pilão?

Ela massageou as têmporas.

— Amor, não acho que esse seja o momento certo para fazer uma poção, ou seja lá o que for.

— Por favor? — pedi.

Ela deslizou relutantemente o almofariz e o pilão de pedra para mim, e Karter me entregou o pote de arnica seca. Verifiquei outra vez as instruções do livro, depois peguei um punhado e esmaguei até formar um pó fino, acrescentei um pouco de azeite e mexi até virar uma pasta grossa. Passei a mistura no tornozelo e cobri com plástico filme. O alívio foi imediato.

Mamis veio até mim.

— Não sei que tipo de bruxaria você está fazendo, mas vai me poupar um bom dinheiro com cuidados médicos, então conte comigo. Se precisar de algo, é só dizer. Quer uma daquelas panelonas que as bruxas usam?

Marie segurou um sorriso.

— Um caldeirão? — sugeriu minha mãe.

— É — disse mamis, sorrindo. — Um caldeirão, um chapéu pontudo, uma vassoura, tinta verde para o rosto, o que você precisar.

— Preciso ir pra casa — disse Karter.

— Obrigada por me ajudar a voltar — falei.

— Na verdade, eu não ajudei muito, mas estou feliz que esteja bem — disse ele. — Vou ligar para você amanhã.

Ele apertou minha mão, fez um aceno rápido para Marie e desapareceu no corredor.

Marie se virou para mim.

— Vou indo também.

Ela apertou com cuidado o braço onde eu vira aquelas veias pretas. O veneno estava percorrendo o corpo dela, mas ela tinha dito para eu não me preocupar. Eu não achava que conseguiria.

Ela me beijou na bochecha, demorando um pouco mais do que o necessário, antes de se dirigir à porta.

— Mães Greene, foi bom vê-las.

Mamis sorriu.

— Volte quando quiser. Farei waffles.

— Vai nada — disse minha mãe. Ela enganchou o braço no de Marie e a conduziu pelo corredor. — Jamais deixarei ela fazer isso com você, querida. Não se preocupe.

Mamis me ajudou a descer do balcão.

— Acho que vou dormir — falei.

— Vou ajudar você a subir a escada.

— Não, estou bem. Consigo. Te amo.

— Te amo mais — disse ela.

Fui para o corredor e subi a escada enquanto mamis se juntava à minha mãe na sala de estar. Arrastei-me para a cama e puxei as cobertas até o pescoço.

A imagem do Coração de Absirto ficou gravada em minha mente. Pesquisei "coração humano" no Google e apareceu um vídeo de um coração de doador que era bombeado por um sistema de tubos e máquinas. Se tivesse sido virado de cabeça para baixo e enraizado no chão, seria igual à planta do jardim. Fechei o vídeo, joguei meu celular longe na cama e tentei dormir.

CAPÍTULO 26

Na manhã seguinte, encontrei mamis na cozinha fazendo ovos mexidos e torrada.

— Precisa que eu pegue o extintor de incêndio? — perguntei.

— Shh — disse ela.

Me sentei à mesa. Meu tornozelo já não estava mais inchado, mas ainda doía. Eu não achava que conseguiria voltar ao jardim ainda, porém, não conseguia parar de pensar no Coração.

Minha mãe entrou na cozinha usando uma touca de cetim vermelha e um robe esfarrapado que parecia ter sido usado por Freddy Krueger para treinar antes de matar aqueles jovens na Elm Street.

— Esse pólen está tentando me matar hoje — disse ela, fungando. — Bri, amor, sei que você está de molho, mas seu braço ainda funciona, né? Temos que acabar com a poeira se quiserem que eu viva. Todas as soleiras que limpei na semana passada já estão com uma camada de pó verde.

— Sim, senhora — falei.

A única coisa que me tiraria da limpeza de domingo de manhã provavelmente seria a morte, então, depois que terminei o café da manhã, encontrei a vassoura e um monte de trapos limpos e fui mancando até a botica para começar.

Abri as janelas da loja, deixando entrar uma brisa quente. O sol entrava pelo vitral na parede externa, lançando feixes de luz azuis e verdes no chão. No final do corredor, ouvi as notas familiares da voz de Sam Cooke e sorri. Elas haviam tocado essa música no casamento delas e eu adorei, mas agora era uma música de faxina, seguida por Earth, Wind & Fire ou Zapp & Roger. Tornozelo quebrado ou não, era hora de limpar.

Peguei um pano e o umedeci debaixo da torneira. Uma espessa camada de poeira se acumulava nos sulcos da janela aberta, tingida de verde por causa do pólen no ar. Limpei e passei para o beiral de madeira que circundava toda a sala. Arrastando o pano, fui até o varal gigante, do tamanho de um armário.

Um pedaço esfarrapado de pano ficou preso na moldura que se soltava da parede. Eu o puxei com força, tentando soltá-lo. Desprendeu-se com um clique suave, e uma porta pequena e estreita se abriu diante de mim. De lá, um sopro de ar doce escapou.

— Mamis! Mãe!

Mamis veio primeiro, segurando uma faca, e minha mãe veio atrás dela, a arma de choque estalando no sol do meio da manhã.

— O que foi? — perguntou mamis, nervosa.

— Olha! — Apontei para a porta. Parecia perfeitamente alinhada com o painel de madeira. Ninguém a teria visto ali. — O pano ficou agarrado em algum tipo de alavanca quando limpei. Acabou de abrir.

Minha mãe me puxou para trás.

— Espera — disse mamis. Ela saiu da sala e voltou um momento depois com uma lanterna. Ligou-a e direcionou a luz para a sala atrás da porta. Um feixe de luz rasgou a escuridão, revelando um espaço amplo, do tamanho de um quarto grande. O ambiente não possuía janelas ou outras saídas. Mamis foi a primeira a entrar, seguida de perto por mamãe. As paredes, pintadas de preto, fazia o espaço parecer menor do que era. O aroma adocicado era ainda mais intenso dentro do quarto, lembrando o cheiro de mel e papel queimado.

Havia uma mesinha nos fundos do quarto. Enquanto nos aproximávamos, a luz da lanterna de mamis dançou em sua mão trêmula.

— O que é isso? — perguntou minha mãe, a voz mal passando de um sussurro.

A superfície da mesa estava coberta por um pano preto. No centro, uma grande estátua de uma mulher de três faces — Hécate, a deusa que Medeia servia. Objetos estavam organizados sobre a mesa: três chaves-mestras enferrujadas, maços que pareciam ser de artemísia e casca de alho. Velas pretas, trilhas de cera derretida já secas e brotos de cebolas que tinha serpenteado pelo tecido preto antes de apodrecerem e se reduzirem a quase nada. Havia cumbuquinhas, pedras pretas e uma coroa de flores murchas ao redor do pescoço da estátua — até uma jarra de vidro repleta de pés de pássaro pretos.

— É um altar — disse minha mãe.

— A tia Leti tem um — falei.

— Mas não é assim — respondeu ela. — O dela é para o trabalho, para...

Ela deixou as palavras morrerem. Semicerrou os olhos, e segui seu olhar. Na base da estátua havia uma fotografia, rasgada em um canto e manchada de marrom na parte baixa, como se algo tivesse derramado nela, encharcando-a toda. Imediatamente, reconheci a menininha alegre, que não tinha mais que um ano.

Era eu.

Mamis estendeu a mão para a foto, e minha mãe segurou o pulso dela.

— Não toque. Não toque em anda. — A voz dela estava mais alta, o rosto retorcido. Minha mãe pegou o celular e discou. — Leti, eu... eu preciso da sua ajuda.

Não gostei do tom de voz dela. Havia medo real no modo como falava, e me senti desconfortável de repente. Mamis se aproximou e ficou ao meu lado, colocando o braço ao redor dos meus ombros, e eu a abracei com força.

— Tem um altar na casa — disse minha mãe ao celular. — Uma estátua de uma mulher com três rostos. — Ela parou quando tia Leti fez uma pergunta. — Alho, cebolas, flores pretas, pés de corvo. — O rosto dela relaxou enquanto minha tia falava. — Leti, espere aí, vou colocar você no alto-falante. — Ela estendeu o celular. — Pode falar.

— Isso não é minha especialidade, Thandie. Sabe disso.

— Sei — mamãe concordou. — Só diga a elas o que me disse.

— A deusa tripla é Hécate. Também conhecida como Rainha das Bruxas, Protetora das Chaves, Guardiã das Encruzilhadas. Na mitologia grega, dizem que ela ajudou Deméter a buscar Perséfone.

Os pelinhos dos meus braços se arrepiaram.

— É antiga — disse tia Leti. — Uma deusa original, rotulada assim por falta de um nome adequado para a sua entidade. As flores pretas, os pés do corvo, as pedras escuras, as velas... são tudo para ela. Como uma oferenda. Costumam dizer que ela é acompanhada por um cão preto. Ela é guardiã das mulheres e das crianças, então eu não me preocuparia muito.

— É tarde demais para isso, Leti — disse mamis.

— Tem uma foto de Briseis no altar — mamãe completou.

Ela inspirou fundo e ficou em silêncio por um longo tempo.

— Me tira do alto-falante — disse tia Leti.

Minha mãe continuou a conversa com ela por mais alguns minutos, enquanto mamis examinava alguma coisa na parede atrás de mim.

— Briseis, olha — disse ela.

Algo fora desenhado ali — um labirinto entrelaçado de linhas retorcidas, como videiras, cada folha nova com um nome. Havia centenas de galhos, cada galho abrigando dezenas de gerações abaixo dele. "Cólquida" estava pintado em uma caligrafia fluida bem no topo, e logo abaixo havia um brasão — o mesmo da porta escondida no

Jardim Venenoso, da escrivaninha na sala atrás da minha lareira, do desenho que a sra. Redmond me deu.

— Ilumine ali — falei.

Mamis direcionou a luz para o topo da parede. O rosto inconfundível de Medeia emergiu da escuridão, seus olhos escuros olhando para nós. Seu nome estava escrito sob seu retrato, e cada galho vinha dela. Ela era a fundadora desta árvore genealógica. Tracei os galhos até encontrar, próximo à base, onde as folhas rareavam, meu nome gravado sob o de Selene: Briseis Cólquida.

Mamãe veio por trás de mim e pareceu ver toda a parede com um único olhar.

— Amor, isso é incrível. Olha só até onde vai.

Observei a parede. Perto do topo, diretamente à direita do rosto pintado de Medeia, havia outro retrato — de um homem. Os galhos dele se enrolavam aos de Medeia, mas se separavam de repente.

— O que a tia Leti disse? — perguntei.

— Ela vai retornar a ligação — disse minha mãe. Ela trocou um olhar com mamis, que assentiu, e as duas me tiraram da sala.

— A árvore é tão extensa — comentou mamis. — Acha mesmo que é real? Quero dizer, como podemos ter certeza?

Era real. Tinha que ser. Havia um motivo para meu sangue despertar o Coração de seu sono. Meu sangue era o sangue de Medeia, e ela fora a guardiã original da planta. Eu precisava contar a elas sobre isso e sobre mim. Não dava para esperar mais.

— Escutem, preciso dizer algo e vai soar impossível, mas é importante.

— Amor, você pode falar sobre tudo com a gente — minha mãe garantiu. — Sabe disso.

Eu devia ter confiado isso a elas antes. Esperei que elas entendessem os meus motivos.

— Sei que as coisas estão esquisitas desde que chegamos aqui. Estranhos aparecendo, a loja, o jardim. Mas acho que tudo está conectado. — Tentei pensar em uma sequência lógica. — Circe me deixou algumas cartas.

Mamis se endireitou.

— Essas cartas me conduziram ao jardim. Ela conhecia minhas habilidades com as plantas. Porém, ela sabia de algo sobre mim que eu mesma descobri apenas alguns dias antes de virmos pra cá, quando cortei o dedo. — Inspirei fundo. — Mamis, quando você me assustou naquele dia, eu estava manuseando uma cicuta. Uma das plantas mais venenosas do mundo.

— Por que você mexeria com algo assim? — mamãe questionou.

— Cultivei a planta no parque e levei um pedaço pra casa, pra estudar. Só ia fazer algumas anotações e me livrar dela. Eu a cortei e havia veneno na lâmina do bisturi quando furei meu dedo. Isso deveria ter me matado.

Lágrimas encheram os olhos da minha mãe.

— Amor, você devia ter nos contato. Nós teríamos levado você ao hospital.

— Não haveria tempo. Não *devia* ter havido tempo. Eu devia ter morrido nos primeiros cinco minutos, mas não morri.

— O que você está dizendo? — Mamis parecia confusa.

— Sou totalmente imune. Entrei em contato com todas as plantas venenosas que vocês podem imaginar desde que chegamos aqui, e nada aconteceu. Circe sabia que eu era imune e que poderia cuidar do jardim que encontrei. Lá dentro há plantas tão tóxicas que ninguém além de mim poderia manejá-las. É por isso que as pessoas vêm até aqui. Consigo cultivar espécies que elas não encontrariam em nenhum outro lugar. Circe e Selene também conseguiam, e a família Cólquida mantém esta loja há gerações.

Minhas mães me encaravam, sem palavras.

Inspirei fundo e prossegui para a parte que sabia que seria a mais difícil para elas entenderem.

— Além disso, encontrei um documento que diz que a deusa Hécate, a mesma para quem o altar foi montado, deu o poder de imunidade a Medeia, e que os filhos dela herdaram esse poder. Foi passado para cada um da geração dela. Agora eu o tenho, mas...

Me interrompi.

— Mas o quê? — indagou minha mãe.

Juntei minhas mãos na frente do corpo.

— Circe e Selene cultivavam uma planta chamada Coração de Absirto. Absirto era o irmão de Medeia que foi assassinado e desmembrado. Medeia manteve seis pedaços do corpo dele enterrados no jardim. Esses pedaços deram origem a uma planta: o Coração de Absirto. E eu tenho uma no meu jardim. A família Cólquida vem administrando essa botica e protegendo o Coração, mas acredito que Selene estava tentando me manter longe de tudo isso.

Se não fosse por Circe, eu jamais saberia. Esse detalhe ainda era confuso, considerando a suposta proximidade entre ela e Selene.

— Alguém está atrás do Coração — prossegui. — Tem propriedades muito especiais. É por isso... — Hesitei. As gavinhas de tudo o que eu aprendera se contorceram juntas como as videiras no Jardim Venenoso: inescapáveis e mortais. As pessoas que vieram atrás de mim queriam o Coração. Talvez alguém sempre tenha estado atrás dele, matando os membros da família Cólquida para tentar pegá-lo. Um pedaço do Coração tornara Marie imortal, e, obviamente, alguém queria esse poder para si, desejava o suficiente para matar por ele. Tudo o que eu aprendera levava a uma conclusão. — Acho que é por isso que Selene foi assassinada.

Minha mãe piscou e pôs a mão no peito.

— Briseis, está falando sério? Quem disse isso a você?

— O legista — falei.

— Pensei que ela estava doente — disse mamis. — Foi o que a agência nos disse.

— Houve algum problema com os registros — falei. Senti que estava mentindo e contando a verdade ao mesmo tempo. A questão era que Lu tinha um trabalho a fazer em Rhinebeck e isso estava intimamente ligado à tentativa de manter os segredos da família Cólquida intactos.

Um alarme soou no celular de mamis. Ela suspirou.

— Preciso ir à floricultura ver como Jake está. Também preciso fazer um depósito no banco, mas pode esperar.

— Pode ir, mamis — falei. — Está tudo bem.

— Não é o que parece, Briseis — replicou ela.

— Precisamos que o depósito seja feito — disse minha mãe. — Eu não quero que você vá, amor, mas meio que *preciso* que vá.

Mamis suspirou e apertou a ponte do nariz.

— Eu sei. Eu sei.

— Até Leti retornar a ligação, vamos dar um passo de cada vez — disse minha mãe. Ela pôs a mão no meu ombro. — Podemos falar sobre Selene se isso estiver te incomodando, e podemos, com certeza, garantir que a morte dela seja investigada a fundo, caso ainda não tenha sido. Você estava descobrindo todos esses detalhes e não nos contou? Querida, isso me preocupa.

— Desculpem — falei. — Eu não queria arruinar tudo.

— Não somos frágeis assim, bebê — retrucou mamãe. — E você não está arruinando nada. — Ela pegou minhas mãos e as segurou com força. — Eu observei você e seu poder crescerem durante todos esses anos. Às vezes, me pergunto o que significa, de onde vem. Agora parece que teremos respostas.

— Você não acha que parece impossível? — perguntei.

Minha mãe balançou a cabeça.

— O que parece não faz diferença pra mim. Não é só algo em seu sangue. É *você*. É quem você é. Como eu poderia duvidar do que está dizendo quando vi o que consegue fazer?

Lágrimas escorreram pelo meu rosto. Ainda havia perguntas para as quais eu precisava de respostas, mas elas podiam esperar. Minha mãe colocou os braços em volta de mim e me puxou para perto. Mamis veio e nos abraçou como sempre fazia quando eu e minha mãe começávamos a chorar muito.

CAPÍTULO 27

Mamãe deixou mamis na estação de trem para que ela pudesse ir ao Brooklyn checar como Jake estava. O resto do dia passou numa névoa. No início da tarde, aconcheguei-me com minha mãe no sofá, aguardando a ligação de tia Leti. Enviei a Karter um monte de mensagens perguntando se ele estava bem, mas não tive resposta.

A campainha tocou.

— Eu atendo — disse minha mãe. Ela saiu para o corredor e, alguns segundos depois, ouvi a voz de Karter.

Me levantei para encontrá-lo, mas, quando ele entrou na sala, parecia chateado. A parte branca de seus olhos estava vermelha.

— Posso falar com você?

— O que aconteceu? Eu te mandei mensagem.

— Podemos conversar a sós? — perguntou ele.

Minha mãe bufou.

— Não é um bom momento, Karter.

Ele deu um passo na minha direção com a expressão mais desesperada.

— Desculpe, mas você precisa me ouvir. Vocês precisam ir embora. Todas vocês. Precisam sair daqui.

— O quê? Por quê? — Eu estava confusa.

Karter agarrou meus braços.

— Pode confiar em mim? Pode, por favor, só ouvir o que estou dizendo?

— Estou ouvindo, mas não está fazendo sentido — respondi. — Se está falando do Coração, não precisa se preocupar. Contei para as minhas mães. Elas sabem. Está tudo bem.

— Não é isso. Quero dizer, em parte é, mas escute: já ouviu falar de algo chamado Elixir da Vida?

Tentei não demonstrar qualquer expressão enquanto o choque percorria meu corpo. Eu já tinha visto instruções para algo chamado daquele jeito, mas estava em um caderno de desenhos atrás de uma porta secreta no meu quarto. Algo não estava certo. Como ele sabia daquilo?

Minha mãe deu um passo à frente para levá-lo porta afora.

— Karter, querido, não é um bom...

— Me escute — disse Karter, erguendo o tom de voz. — Você e eu vimos a planta. Vimos o que ela fez, e acho que a planta faz o elixir. Sabe o que as pessoas fariam para pôr as mãos em algo assim? Sabe o perigo que você está correndo? Ouviu o que o Lu disse. Acha que é brincadeira?

Mamãe se colocou entre nós.

— Você precisa ir — disse ela. — Saia antes que seja colocado para fora.

A campainha soou de novo.

— Ai, caramba, estamos dando uma festa, é? — Ela abriu a porta, irritada. — Bom vê-la, doutora — disse minha mãe bem alto. — Karter está de partida.

A dra. Grant entrou na sala e olhou nos olhos de Karter, inclinando a cabeça. Embora eu não soubesse se ela era mãe, o olhar que lançou a Karter indicava nitidamente que não queria ser incomodada. Ele se virou e saiu sem outra palavra. Seus passos soaram nos degraus da varanda e, pouco tempo depois, sua caminhonete deslizou no cascalho.

— Meu pai pediu que eu viesse aqui — disse a dra. Grant. — Tenho algumas informações para compartilhar, mas, antes, posso perguntar o quanto você sabe sobre Karter?

Fui pega de surpresa pela pergunta.

— Karter?

— Depois que encontrei você naquela noite — ela observou minha mãe com cuidado —, dei uma investigada. — Ela pegou um caderninho e o abriu. — Ele nasceu no mesmo ano que você, mas não frequentou a escola em Rhinebeck. Não sob esse nome, pelo menos. A livraria foi aberta há seis meses. Antes disso, era uma cafeteria. A placa na caminhonete dele pertence a um homem que morreu há dois anos. Isso pode acontecer às vezes quando alguém esquece de trocar a titularidade, mas pareceu estranho. O que mais você sabe sobre ele?

— Ele trabalha na livraria há muito mais do que seis meses. A mãe dele tem um escritório em cima da loja. Ela é advogada especializada em imóveis. Foi ela quem nos trouxe aqui. Mas, espera, pensei que sua *investigação* já tivesse terminado.

Os caras que ela devia estar investigando, os homens que vieram atrás de mim no cinema, estavam mortos.

A dra. Grant me entendeu.

— E terminou. Só queria garantir que você conhece as pessoas com quem está se envolvendo.

— Por quê? — mamãe começou, uma pontada de irritação em sua voz. — Sou a mãe dela. Acho que posso lidar com quem ela está fazendo amizade.

— Não. Eu sei. Eu... — Ela se atrapalhou com as palavras e olhou para o chão. — Desculpe. Eu falhei com você.

— Não entendo — falei. — Está falando sobre o que aconteceu com Marie?

— O que aconteceu com Marie? — perguntou minha mãe.

Ainda não havíamos chegado a essa parte, mas agora não era o momento.

— Estou falando de Selene — disse a dra. Grant. — Eu estava na delegacia na noite em que ela morreu. Estava trabalhando com o departamento em outro caso quando ouvi o endereço, e reconheci de imediato. Fui com o policial.

— Você sabia como ela morreu? — consegui perguntar. Minha garganta estava seca, meu peito pesado. — Sabia que alguém tinha assassinado ela? Você... você estava lá? E não me contou nada?

— Ela era minha amiga — disse a dra. Grant. — Minha amiga, e não consegui salvá-la — prosseguiu ela. — Quando me dei conta de quem você era, jurei que não deixaria nada acontecer com você.

Minha mãe pousou a mão no braço dela. O tom dela era firme, mas reconfortante.

— O que aconteceu não é culpa sua. Não acho que devia carregar esse peso.

— Mas eu carrego. — A dra. Grant suspirou. — Carrego, mas não fico parada me lamentando. Usei todos os meus recursos para tentar resolver o assassinato de Selene e o desaparecimento de Circe.

— Espera — interrompeu minha mãe. — Essa Circe está desaparecida? Achei que ela estava morta. Ela deixou este lugar para Bri.

— Ela foi declarada morta no começo do ano. Não explicaram isso a vocês? — perguntou a dra. Grant.

Minha mãe e eu negamos.

— Ela desapareceu depois que Selene morreu — afirmou a dra. Grant. — Não encontramos nenhum sinal de crime. É possível que Circe tenha planejado algo para garantir que você herdasse a casa caso ela falecesse, mas isso é algo que a advogada da propriedade poderá te explicar melhor.

O celular dela tocou e ela olhou para a tela.

— Preciso atender, mas ficarei em contato.

Mamãe a levou até a porta e eu me sentei no sofá.

Meu peito estava apertado e eu conseguia sentir uma dor de cabeça se formando. Minha mãe voltou e se jogou ao meu lado.

— Acho que encontramos a pegadinha, não é? — falei. — Pensamos que era bom demais para ser verdade. Uma casa grande quitada, com todas as memórias tristes dos meus parentes mortos e um monte de plantas mortais.

— Pensei que a pegadinha seria encanamento ruim ou cupins, não linhagens secretas e deusas e um Jardim Venenoso — disse minha mãe enquanto fechava os olhos e massageava o pescoço. — Com certeza deviam ter colocado isso na papelada. Vou pegar um analgésico e ver se sua tia descobriu algo. — Ela me abraçou. — Vai ficar tudo bem, meu bebê. Prometo.

Ela subiu para o andar de cima, e retornei à sala secreta da botica, equipada com duas lanternas e um isqueiro que peguei na gaveta da cozinha.

Acendi as velas pretas ao lado da estátua de Hécate. Minha foto estava posicionada entre as oferendas do altar. Um arrepio percorreu meu corpo enquanto a luz das velas dançava pelo espaço. Tia Leti mantinha seu altar abastecido com flores frescas, rum, charutos e café preto e, embora eu não conhecesse os detalhes de sua prática, sabia que era importante manter frescos os itens do altar.

Fui à botica e peguei a lata de lixo atrás do balcão. Joguei os alhos e as cebolas podres na lata, anotando onde estava tudo, depois fui até a cozinha e trouxe alho fresco e um pano úmido para tirar o pó da estátua.

Se eu estava disposta a acreditar em tudo que tinha aprendido sobre a família Cólquida, Medeia e seu irmão Absirto, então também tinha que acreditar que a deusa a quem aquele santuário era dedicado era a responsável pela imunidade a venenos que eu possuía. Se Hécate era real e estava disposta a recompensar Medeia por sua lealdade, talvez ela fizesse o mesmo por mim.

A campainha tocou novamente e minha mãe soltou uma série de palavrões antes de descer a escada. Fui até o corredor para ver quem era.

— Sra. Redmond? — Minha mãe soava surpresa. — Está tudo bem? Você parece… mal.

A sra. Redmond cambaleou para a entrada, e me esforcei para manter minha expressão neutra, mas estava horrorizada pela aparência dela.

Seu olho direito estava inchado e completamente fechado, a pele ao redor estava tão roxa que parecia quase preta. O lado esquerdo do rosto e pescoço apresentavam manchas. Seu joelho esquerdo estava enfaixado, mas uma mancha vermelha escura atravessava o curativo. As feridas nas mãos sangravam, e o cabelo estava todo desarrumado.

Minha mãe balançou a cabeça.

— Que diabos aconteceu com você?

— Houve uma confusão com o banco — disse a sra. Redmond, evitando meu olhar. — Aparentemente Circe e Selene deviam vários anos de impostos, e agora há uma penhora nessa propriedade. A casa e a terra serão vendidas em leilão. Vocês devem sair imediatamente.

— Como é? — falei, perplexa. — Você disse que a casa era minha, que elas queriam que ficasse para mim. Disse que os impostos eram pagos por um fundo.

— Eu sei o que eu disse — disse a sra. Redmond, irritada. O exterior profissional dela desaparecera. — Eu estava finalizando o documento para você e encontrei o erro. Circe devia ter sido uma empresária melhor. Vocês precisam entregar as chaves. — Ela me encarou. — Todas elas. E saírem da propriedade em 24 horas.

— Espere — falei. — Talvez possamos falar com o banco. Podemos pagar os impostos, fazer um plano de pagamento.

— Por que você não sabia disso? — perguntou minha mãe, lançando um olhar furioso para a sra. Redmond. — Você é advogada de imóveis, certo? Não deveria ter descoberto isso antes?

— Isso também é novidade pra mim, mas garanto que fiz tudo que estava ao meu alcance para honrar os desejos da srta. Cólquida.

Acabou que ela era uma mentirosa e não estava sendo honesta quanto à propriedade. Sabe quanto tempo desperdicei tentando facilitar essa posse para vocês?

— Eu mesma vou ao banco — falei.

A sra. Redmond abriu a pasta e pegou uma pilha de papéis.

— Está tudo aqui, não há nada que possa ser feito. — No topo da pilha, vi o aviso nos ordenando a sair da propriedade. Ela o jogou sobre a mesinha. Olhou para mim e estendeu a mão. — As chaves.

Minha mãe ficou entre nós.

— Saia.

— Espere um momento — falei. — Sra. Redmond, o que aconteceu com você? Por que está agindo assim? Sabia que Circe estava desaparecida todo esse tempo? Como ela sabia que devia me deixar cartas e…

— Nem tente entender o tempo e os recursos que coloquei nessa transação — declarou ela, irritada. Deu um passo para perto de mim. — Não torne isso mais difícil do que precisa ser. Me dê as chaves.

Ela estendeu a mão, e minha mãe a afastou com um tapa.

— Tente tocar minha filha mais uma vez para ver o que acontece.

— Está me ameaçando? — questionou a sra. Redmond.

— Entenda como quiser — mamãe a enfrentou. — Parece que você já tomou sopapo hoje. Não vai querer piorar as coisas.

A sra. Redmond olhou ao redor dela.

— Quando saírem da propriedade, deixem as chaves, ou farei a polícia prendê-las. Eles já sabem da situação de vocês. Sinto muito que tenha que ser assim.

— Você não parece sentir nem um pouco — falei. — Talvez se fizesse seu trabalho direito, isso não teria acontecido. A dra. Grant me disse que Karter não nasceu aqui. Que outras mentiras vocês contaram?

A sra. Redmond me encarou.

— A dra. Grant devia cuidar do emprego que paga as contas dela.

Ela se virou e caminhou até a porta da frente. Minha mãe e eu a seguimos.

Começou a mancar até o carro, mas parou no último degrau da entrada.

— Talvez seja melhor assim. — Ela olhou para o nosso carro, que estava em um ângulo estranho. Os pneus tinham sido cortados de novo. — Parece que não querem vocês por aqui mesmo.

Minha mãe tirou os chinelos e, com um grunhido irritado, avançou em direção a mulher. Eu a segurei pela camisa, tentando impedi-la de socar a sra. Redmond.

— Mãe! Não vale a pena! Pare!

A sra. Redmond sorriu com ar de superioridade, como se tivesse vencido aquela pequena batalha. Enquanto ela acelerava, entramos. Minha mãe estava com raiva e chorando quando ligou para mamis para contar o que tinha acontecido. Me sentei no chão e folheei a papelada que a sra. Redmond havia deixado para trás.

— Tem uma ordem de despejo — falei, confusa pelos termos jurídicos no papel. — Como podem nos expulsar se esta casa é minha?

— Você precisa pagar os impostos — disse minha mãe, ainda com mamis ao celular.

— Sim, mas a sra. Redmond não devia saber disso? Tipo, não haveria avisos ou algo do tipo? Pularam direto para o despejo? — Eu não era especialista, mas aquilo não fazia sentido nenhum. Folheei a papelada, mas não encontrei nada sobre impostos ou contas vencidas. Parte da papelada tinha linhas apagadas. Não havia número de telefone nem endereço do banco. — Como sabemos com quem devemos falar sobre isso? — Frustrada, joguei os papéis na mesa. — Preciso de ar fresco.

Fui até a varanda. Isso não estava certo. Eu não podia me sentar e esperar que a sra. Redmond voltasse com a polícia. Pensei em ligar para Nyx para me dar uma carona, mas o Uber estava a apenas cinco minutos. Chamei a corrida, voltei para dentro e enfiei a papelada na mochila, dando um beijo no topo da cabeça da minha mãe.

— Aonde você vai? — perguntou ela.

— Já volto. Tente não se preocupar muito, está bem?

Entrei no meu Uber.

Havia meia dúzia de bancos em Rhinebeck e decidi ir a todos eles com minha identidade e a papelada da sra. Redmond para ver o que eu descobriria.

As três primeiras paradas não deram em nada. Demorou meia hora em cada um para que verificassem os registros e me dissessem que não tinham nenhuma informação para mim. À medida que a tarde se arrastava, temi não conseguir checar toda a lista antes que os outros bancos fechassem. Fui de um lugar para o outro, com o tornozelo latejando e a frustração aumentando a cada impasse.

No quarto lugar, uma agência do Hudson Valley Bank & Trust, entreguei minha identidade à mulher no balcão. Ela parecia confusa e senti que estava prestes a gritar.

— Me deixa adivinhar — falei. — Você não faz ideia do que estou falando?

A mulher balançou a cabeça.

— Não, é que... pode esperar um momento?

Fiquei sentada no saguão enquanto a mulher se retirava com meus documentos. Ela voltou alguns minutos depois e me levou a um escritório particular, onde uma outra mulher mais velha, com uma blusa verde áspera, estava sentada atrás de uma mesa larga, com minha pilha de papéis à sua frente. Uma pequena samambaia estava no parapeito da janela e lentamente se deslocou em minha direção.

— Srta. Greene — disse ela. Ela se inclinou à frente e estendeu a mão. — Sou Evelyn Haley, gerente aqui. Sente-se, por favor.

Me sentei enquanto a outra mulher saía, fechando a porta atrás de si.

— Sinto muito incomodá-la — falei.

— Não é incômodo algum — disse ela. — Preciso falar, srta. Greene, acho que você pode querer ter um dos seus pais ou guardião com você antes de prosseguirmos.

— Por quê? Entendo que temos dívidas de impostos na propriedade, mas, se pudéssemos negociar um acordo ou algo do tipo, seria ótimo. Precisamos de um pouco mais de tempo. — Eu estava tão irritada com quão casualmente a sra. Redmond havia puxado nosso tapete. — Por favor. Me diga o que fazer. Encontrarei uma forma de pagar.

— Srta. Greene, vejo que isso causou bastante estresse, mas devo admitir que estou muito confusa agora.

— Confusa?

Ela procurou na gaveta e pegou uma pilha de papéis bem-organizados, deixando-os na mesa. Ela pôs a mão sobre eles.

— Srta. Greene, *estes* são os documentos da propriedade de número 307 na Old Post Road. Foram feitos em janeiro deste ano, quando a srta. Cólquida foi legalmente declarada falecida. Você precisa entender que quando não existe testamento...

— Espere. A sra. Redmond disse que Circe me deixou a casa em seu testamento.

A mulher balançou a cabeça.

— Não há testamento, papelada, nada. A casa está paga, e os impostos foram quitados por um fundo por quase cem anos.

— Não entendo. — Senti que uma pedra pesava o fundo do meu estômago. — Então por que temos que partir?

— Srta. Greene, vocês não deviam estar na casa para começo de conversa. Pelo menos, não ainda. — A sra. Haley franziu os lábios. — Esses documentos — ela tocou nos papéis que a sra. Redmond tinha deixado comigo — são inválidos. Registramos que as informações deles são inválidas porque desapareceram.

CAPÍTULO 28

Agarrei os apoios da cadeira.

— O quê?

— Até que a srta. Cólquida fosse legalmente declarada morta, a casa não poderia ser leiloada, vendida, nem nada do tipo. Em janeiro deste ano, quando a declaração foi feita e certificada, preparamos um leilão. No entanto, recebemos a visita de uma mulher representando uma agência de adoção em Red Hook. Ela nos contou que Circe tinha uma parente viva e nos deu suas informações. Esses documentos deveriam ter sido entregues a você há várias semanas, mas aconteceram alguns imprevistos que atrasaram o processo. A sra. Taylor, a especialista em clientes responsável por esta transferência, não veio trabalhar. Ela estava de posse da papelada original, mas infelizmente... — A voz dela estremeceu. — Infelizmente, fomos informados há vários dias que o corpo dela foi encontrado aqui perto. A polícia acredita que foi assassinato.

As notícias que eu vira no escritório da sra. Redmond falavam de um corpo ter sido encontrado.

— Estabelecemos imediatamente novos números de conta para os bens da Srta. Cólquida para proteger a segurança do patrimônio, mas o processo de restabelecimento de tudo demorou muito mais do que havíamos previsto. — Ela deu um longo suspiro, pigarreou e se endireitou. — Onde você conseguiu a papelada anulada?

— Uma mulher foi ao nosso apartamento no Brooklyn. Ela entrou em contato com a minha mãe primeiro, e depois apareceu pessoalmente. Ela tinha esta papelada e disse que podíamos nos mudar. Viemos até aqui…

— Ela deu a vocês acesso à propriedade?

— Ela me deu as chaves.

A mulher parecia perplexa.

— Precisaremos assinar a papelada e seus responsáveis legais precisarão estar presentes, mas esta ordem de despejo é falsa. — Ela balançou a cabeça como se estivesse enojada. — Já ouvi falar desses tipos de golpes. Existem vigaristas que exploram famílias de pessoas que morreram recentemente, mas não parece que ela estava tentando conseguir dinheiro, nem mesmo a propriedade. Parece que ela estava tentando colocar você na casa sob falsos pretextos. É tão estranho. — Ela balançou a cabeça, nervosa. — Precisamos chamar a polícia.

Minha mente girava em círculos.

— Você estava aqui quando a mulher da agência veio? Você a viu?

— Sim.

— Como ela era?

Ela pensou com cuidado.

— Faz um tempo, mas era alta, com cabelos pretos e uma mecha grisalha bem no centro da cabeça.

Sra. Redmond.

— Chame a polícia — falei. — Chame a dra. Grant. Agora.

A mulher imediatamente pegou o telefone e começou a discar. Fui ao saguão e mandei uma mensagem para as minhas mães, informando o que estava acontecendo. Depois, mandei uma mensagem para Karter.

Bri: Todo esse tempo, você sabia o que sua mãe estava fazendo?

Eu não queria acreditar que ele sabia. Depois de tudo que mostrei a ele, tudo que compartilhei. Eu me senti burra. Meu celular tocou com sua resposta.

Karter: Você deve voltar para o Brooklyn. Agora mesmo. Não é seguro para você aqui.

Tentei ligar para minha mãe. Nenhuma resposta.

Uma agitação na frente do saguão chamou minha atenção. A dra. Grant entrou correndo.

— O que está acontecendo? — perguntou ela.

Eu a conduzi até o escritório da gerente.

— Você estava certa sobre Karter, e a mãe dele é ainda pior. Ela vem mentindo pra mim, pra minha família e pra todo mundo esse tempo todo. — Olhei para a gerente. — Por favor, explique tudo a ela. Preciso ir.

— Não — disse a dra. Grant. — Não vá.

— Vou buscar minha mãe e encontro você aqui.

Não esperei que ela protestasse. Saí do banco depressa e liguei para minha mãe, depois para mamis e então para minha mãe de novo. Ninguém atendeu. Chamei um Uber. Meu celular tocou.

— Mamis! — gritei.

— O que foi?

— Onde você está? — perguntei.

— Voltando, mas vai levar um tempo. Sua mãe está tão chateada. O que está acontecendo?

— Quando foi a última vez que você falou com ela? Com minha mãe?

— Mais cedo, quando ela me pediu pra voltar. Por quê? — O medo invadiu a voz dela. — Briseis, o que está acontecendo?

— Você precisa vir pra cá. Está pegando o trem?

— Não. Aluguei um carro. Estou dirigindo, mas não estou nem na metade do caminho ainda.

— Mamis, a sra. Redmond mentiu. Não tem nada de errado com a casa, pelo menos não da forma como ela disse.

— Ah — disse mamis, suspirando aliviada. — Está bem. Isso é bom. Espere... por que você está tão chateada, então?

— Ela não era a pessoa que deveria ter entrado em contato com a gente pra falar da casa. Todos aqueles documentos estavam com uma mulher do banco que desapareceu e depois foi encontrada morta.

Mamis arfou, surpresa.

— A sra. Redmond sabe sobre mim — falei. — Ela fingiu ser da agência de adoção e deu ao banco nossas informações para que a documentação da casa fosse lavrada. Circe não nos deixou esta casa e não acho que ela tenha me deixado essas cartas. Era a sra. Redmond o tempo todo.

— Por quê? — perguntou mamis.

— O Coração — falei. — Sempre se tratou disso.

O Uber chegou e eu entrei.

— Você precisa chegar logo — falei para mamis. — Vou buscar a mamãe e encontrar a dra. Grant de volta no banco.

— Estou indo — disse mamis, e desligou.

Liguei para minha mãe mais dez vezes, uma atrás da outra. Mandei mensagens para ela repetidamente. Meu peito ficava mais apertado e o tempo parecia desacelerar a cada ligação e mensagem não respondida. Eu não podia permitir que minha mente vagasse pelas possibilidades negativas. Talvez ela estivesse tomando banho ou em outro cômodo onde não conseguia ouvir o telefone. Disse a mim mesma que estava exagerando, mas a mensagem de Karter se repetiu em minha mente.

Você deve voltar para o Brooklyn. Agora mesmo. Não é seguro pra você aqui.

Chegamos e pulei antes que o carro parasse. Meu tornozelo latejava enquanto eu corria para dentro.

— Mãe!

O silêncio que encontrei foi mais alto do que o zumbido do sangue em meus ouvidos, enquanto meu coração disparava em um ritmo frenético. Subi a escada correndo, ignorando a dor na perna, e chequei o quarto dela, os quartos de hóspedes, depois desci em disparada. Uma sensação de pavor total tomou conta de mim.

Corri para a botica.

— Mãe!

Eu me atrapalhei com meu celular enquanto tentava enviar uma mensagem para mamis outra vez. Parei. Ali, sobre o balcão, havia uma folha de papel com três palavras rabiscadas.

Olhe pela janela

Corri até a janela e a abri. Minha mãe estava perto das árvores e a sra. Redmond estava atrás dela.

Larguei meu celular e corri para fora. Ao meu redor, a grama se retorcia violentamente, com raiva. Quando atravessei o gramado dos fundos e me aproximei da sra. Redmond, minha mãe se encolheu. Eu parei no meio do caminho. A sra. Redmond encostou uma faca no pescoço dela.

Seu cabelo estava desgrenhado, e seu único olho bom, arregalado.

— Mais um passo e eu mato ela.

— Por favor, não a machuque — implorei. Dei outro passo à frente.

A sra. Redmond apertou a faca contra o pescoço da minha mãe.

— Você é burra?

— O que você está fazendo? Sei sobre a casa e a papelada e…

— Você não sabe de nada! — gritou ela. — Não tenho tempo pra isso! Já esperei demais! — Ela gesticulou para a cortina de videiras. — Abra. Nos leve até o jardim e, se tentar algo, se até mesmo uma única grama se mover na minha direção, eu mato a sua mãe. Entendeu?

Encarei minha mãe.

— Fique na trilha e não toque nada quando chegarmos no jardim.

— Silêncio! — gritou a sra. Redmond. A mão dela estava firme no cabo da faca. Ela faria exatamente o que ameaçara fazer sem pensar duas vezes.

A cortina de videiras que protegia a trilha escondida se abriu quando me aproximei. Entramos no caminho enquanto o sol se punha no horizonte. Avançando, a sra. Redmond manteve a faca no pescoço da minha mãe, xingando e reclamando a cada passo. As árvores rangiam, contorcendo os troncos em minha direção, os galhos se estendiam como braços ansiosos, prontos para me abraçar. Fui obrigada a ignorá-las. Elas poderiam se aproximar e arrancar a sra. Redmond de sua própria pele, mas não antes de ela cortar a garganta da minha mãe. Mantive o foco no chão à minha frente, algo que não foi fácil na escuridão que aumentava cada vez mais.

Quando chegamos à clareira, a sra. Redmond olhou para o muro do jardim enquanto grossas cordas de eufórbia serpenteavam para se misturar com a hera.

— Tentei chegar aqui sozinha — disse a sra. Redmond, sem fôlego. — Saber que *ele* estava aqui e não conseguir alcançá-lo... — Ela riu baixinho.

Os ferimentos dela faziam sentido agora.

— E aí, valeu a pena? — retruquei, irritada.

Minha mãe deu um grito estrangulado quando a sra. Redmond pressionou a faca.

— Quer continuar falando pra ver o que acontece?

Rangi os dentes com tanta força que pensei que fossem quebrar.

— Tentei conversar com Circe e Selene — disse a sra. Redmond, empurrando minha mãe para o portão. — Elas não ouviram. Talvez você seja mais esperta que elas. — Ela me encarou. — Abra o portão.

Minha mente estava a mil por hora. A faca estava pressionada com tanta força contra o pescoço da minha mãe que gotinhas de sangue desciam pela pele dela. Eu não tinha opção. Peguei as chaves do meu colar e destranquei o portão.

— Sra. Redmond, por favor, não faça isso.

Eu não sabia qual era o plano dela, mas ela parecia bastante desesperada. Ela não fazia ideia do quão perigoso era.

— Entra — disse ela firmemente.

Entrei no jardim.

A sra. Redmond olhou ao redor.

— Siga em frente.

— Não podemos ir até lá.

— Por que não? — perguntou ela.

— Você sabe por quê — devolvi.

Ela deu um sorrisinho.

— Então você começou a entender?

Ela empurrou minha mãe para a frente. Enquanto a lua cheia começava a brilhar sobre nós na entrada do Jardim Venenoso, me virei para encará-la.

— Por favor — falei. — Minha mãe não pode entrar, e nem você. Não é seguro.

A sra. Redmond me olhou.

— Acha que não sei disso? Acha que você é especial? Descendente da própria Medeia, com a imunidade correndo em suas veias! De que adianta esse poder quando você não sabe o que fazer com isso?

— Como você sabe tanto sobre mim?

— Acha que é a única que descende da grandeza? Pense de novo, queridinha. — A sra. Redmond fez uma careta enquanto eu tentava entender. — Você é descendente de Medeia, mas eu sou descendente do homem que a fez ser quem ela era: Jasão, bisneto de Hermes. — Ela inclinou a cabeça para o céu em uma reverência silenciosa.

A história dizia que Jasão teve outra esposa depois de Medeia, e agora eu entendia por que a sra. Redmond estava a ponto de matar minha mãe para poder ficar com o Coração. Ela e eu estávamos em lados opostos de uma briga familiar de milênios.

— Jasão não fez Medeia ser quem ela era — falei com raiva, lembrando da história que Alec me ajudara a decifrar. — Suas habilidades se originaram de outra fonte, não de um babaca assassino sedento por poder.

— Ninguém se lembra do nome dela. Todo mundo conhece Jasão e do Velocino de Ouro. Medeia ficou esquecida. Ela era patética.

— Acha que sabe tudo sobre ela? Sobre mim? Você está errada.

— Sei que você é perfeita para cultivar o Coração de Absirto — afirmou a sra. Redmond. — Você é a única que restou e ainda pode fazer isso. Mas pode usar o poder dele? É adequada para lidar com esse tipo de responsabilidade? Você nem se sentiu atraída por este lugar. Eu tive que conduzir você até aqui.

Ela estava errada. Eu *sentia* uma conexão com a casa, com as pessoas que moraram aqui antes e com o próprio jardim. Era por isso que eu não queria ir embora, mas suas provocações revelaram o que eu suspeitava.

— Você forjou todas as cartas.

— Todas, exceto o mapa. Circe deixou isso pra trás. Gostou da sua pequena caça ao tesouro? É impossível entrar aqui mesmo com a chave do jardim externo, mas eu tentei, Briseis. — Ela ergueu o braço ferido. — E então percebi que estava ainda mais trancado do que eu imaginava, *e* que eu não tinha a droga da chave! — Ela riu, maníaca. — Talvez tenha sido sorte, destino ou magia o que conduziu você para a última chave, mas agora que a tem, pode me trazer a única coisa que busquei durante toda a minha vida.

Um pensamento nojento surgiu na minha mente.

— Você matou a mulher do banco?

Minha mãe inspirou fundo.

A sra. Redmond semicerrou os olhos.

— Fiz o que tinha que fazer.

— Você disse que ela era sua amiga.

Ela deu um sorriso torto e perverso. Isso tinha que ser mentira também.

— Não vou pegá-lo pra você — falei. — Você não pode ter o Coração.

A sra. Redmond ergueu a mão e bateu o cabo da faca na cabeça da minha mãe. Ela caiu no chão. A sra. Redmond inclinou-se sobre ela, pressionando a ponta da faca sobre seu coração.

— Não! — gritei.

— Quero o Coração de Absirto, e quero agora. — A voz dela falhou. Pela primeira vez, vi algo em seus olhos que não era pura maldade ou bondade fingida. Era puro desespero.

— Preciso saber por quê — falei. — Por que você o quer tanto? Quer viver para sempre? E Karter?

Eu estava com tanta raiva dele. Ele tinha mentido para mim, traíra minha confiança do modo mais terrível ao fingir ser meu amigo quando eu precisava tanto de um. Mas ele também me alertara de que eu não estava segura. Eu queria acreditar que algo dentro dele estava ao meu lado.

— Não ligo pra ele — grunhiu a sra. Redmond. Ela balançou a cabeça e rangeu os dentes como se tivesse dito algo que devia manter em segredo. — Minha família sempre buscou o Coração, e os motivos deles sempre foram mesquinhos e egoístas. Eu o quero para algo maior e mais profundo do que eles poderiam ter imaginado. — Ela respirou devagar. — Meus antepassados ainda caminham sobre a terra. Pense nisso. Deuses entre nós. Se for necessário abandonar Karter para assumir meu lugar de direito entre eles... que assim seja.

O desprezo dela pelo filho era tão óbvio, mas lutei para compreender o resto do que ela dizia.

— Como assim, eles ainda caminham sobre a terra?

— Hermes vive — sussurrou ela. — Assim como muitos outros. Eu vim deles. Meu lugar é com eles. Busquei e encontrei sinais deles, pistas. — Ela tremia enquanto falava. Parecia prestes a surtar. — Sei que estão por aí, mas não posso continuar procurando neste corpo mortal. Preciso de mais tempo. O Coração me proporcionará todo o tempo necessário e, quando eu encontrá-los, eles irão me acolher.

Ela pressionou a faca e um círculo de sangue surgiu na camisa da minha mãe.

— Pare! — gritei. — Vou pegá-lo pra você! Por favor, não a machuque!

A sra. Redmond se levantou e marchou até mim. Pôs a faca sob o meu queixo, seus olhos enlouquecidos, a mão um pouco trêmula.

— Me leve até lá.

Sua motivação para esse elaborado esquema de herança fez mais sentido quando entendi que ela esperava ocupar seu lugar entre seres antigos e divinos. Não achei que ela estivesse contando toda a verdade, mas isso não importava. Ela acreditava e estava disposta a machucar a mim e às pessoas que eu amava para conseguir o que queria. Tentei pensar em uma saída para essa situação que protegesse minha mãe e o Coração, mas não conseguia imaginar nenhuma possibilidade.

Olhei para minha mãe caída no chão. Seu peito subia e descia, e o branco dos olhos era visível sob as pálpebras entreabertas.

A sra. Redmond apontou para o Jardim Venenoso.

— Você levou meu filho até lá. Você mostrou o Coração a ele.

— Queria não ter mostrado — falei. — Faz ideia de como é venenoso?

— É óbvio — disse ela, revirando os olhos e olhando para o relógio. — Por isso preciso de você. Vou com você, mas saiba que se algo acontecer comigo, mamis pode sofrer um acidente muito triste quando chegar em casa. Coisas ruins acontecem o tempo todo, Briseis. Sabe disso, não sabe? Mas mamis não terá uma abominação indigna para protegê-la.

Meu sangue virou gelo quando percebi que ela estava se referindo a como Marie me protegeu dos homens no cemitério.

— Como você sabe disso?

Ela agarrou a faca.

— Karter planejou direitinho a ida ao cinema, mas nem tudo saiu de com o esperado. Tive que ajustar a rota.

— Karter? — Eu caíra no plano deles. A traição destruiu minha última esperança de que ele pudesse ser melhor que sua mãe. — Você fez aqueles homens irem atrás de mim?

A sra. Redmond tirou uma máscara de pano do bolso e amarrou-a no rosto. Porém, mesmo com a boca coberta, eu podia ver que ela estava sorrindo.

— Anda! — gritou ela.

A sra. Redmond me empurrou, posicionando a ponta da faca nas minhas costas. Levei-a até o muro dos fundos, onde as videiras se afastaram da porta escondida. Enquanto eu me atrapalhava com as chaves no colar, lancei um olhar rápido em sua direção. Ela não estava tossindo, mas seus olhos estavam injetados e ela puxou a camisa até cobrir o nariz e a boca. Aparentemente, a máscara não era proteção suficiente. Fiquei na porta, esperando que o veneno no ar afetasse ela.

— Rápido!

Ela me empurrou contra a porta de metal e minha cabeça colidiu com o brasão esculpido. Uma dor aguda atravessou meu crânio. Agarrei minha cabeça para conter a dor.

— Imunidade a venenos, mas não a ferimentos na cabeça, estou vendo — disse a sra. Redmond.

Abri a porta e cambaleei no espaço escurecido. Ela entrou atrás de mim, tão próxima que eu podia sentir o cheiro de seu suor. Ela agarrou meu ombro, enfiando as unhas, e me puxou escada abaixo enquanto o calistemo mirava seu veneno nela.

— Se eu não voltar para a casa às onze, mamis estará morta — ela me relembrou.

Pus a mão diante do calistemo, que se fechou e recuou.

Entramos na câmara subterrânea enquanto o luar lá fora entrava pelo buraco no teto, banhando a planta ainda murcha com uma luz pálida. Abri a caixa.

A sra. Redmond olhou lá dentro.

— Você não o alimentou?

— Alimentar? — Eu odiei a ideia disso, como se o Coração fosse algum tipo de monstro. — Espetei meu dedo.

— Espetou o dedo? Tá achando que é quem, a porra da Bela Adormecida? Estenda a mão.

A sra. Redmond agarrou meu pulso e passou a faca pela palma da minha mão, abrindo um corte profundo. Eu gritei quando ela enfiou minha mão na caixa. O sangue jorrou da ferida e derramou-se pela superfície do Coração.

Desta vez, ele fez mais do que se deslocar dentro da caixa de vidro. O Coração se contraiu e depois ficou rosado no lóbulo arredondado e bulboso onde meu sangue havia caído. Fitas vermelhas ondulavam pelos caules que serpenteavam pela terra. E então, enquanto raios de luar entravam pelo buraco no teto, o Coração de Absirto começou a bater.

CAPÍTULO 29

O Coração batia como se ainda lembrasse como alimentar um corpo de carne e osso. Seu ritmo era audível e reverberava pelos meus ossos. A nova infusão do meu sangue bombeou através de seu caule e se infiltrava no solo.

— Puxe-o — ordenou a sra. Redmond.

Eu mal havia tocado uma de suas folhas secas e esfareladas antes e isso me fez sentir como se tivesse quebrado todos os ossos da minha mão. Como eu faria para arrancá-lo completamente?

A sra. Redmond se afastou da caixa. Por mais desesperada que estivesse, ela conhecia seu poder e tinha medo dele. Pensei em jogá-lo nela. Eu tinha certeza de que isso iria matá-la, mas mamis ainda não havia voltado e eu não sabia quem a sra. Redmond deixara de guarda na casa.

Estendi a mão, que ainda sangrava, e agarrei a base da planta. Um frio intenso entorpeceu minha palma. Dei um puxão forte e as raízes do Coração se soltaram do solo. O frio se espalhou pelo meu braço e pelo lado direito do meu peito. O choque arrancou meu fôlego. Tropecei, caí de joelhos e soltei a planta. Ele continuou a bater, caindo no chão como um peixe fora d'água.

— Levante! — ordenou a sra. Redmond.

Agarrei o Coração, tropeçando nos degraus enquanto o frio invadia cada parte do meu corpo. A sensação se espalhou para um lado do meu pescoço e do meu rosto. Uma onda de náusea tomou conta de mim. Me encostei na parede de pedra úmida para me equilibrar enquanto o segurava, pedaços de terra e sangue pingando de suas raízes recém-expostas. A sra. Redmond gritou para eu continuar andando.

Cambaleando para fora do Jardim Venenoso, caí de joelhos outra vez, soltando o Coração para apertar meu peito. A dor entorpecente começou a diminuir, mas não antes de a sra. Redmond me ameaçar de novo. Peguei a planta e o frio se intensificou. Eu não conseguia recuperar o fôlego.

Seguindo em frente, consegui chegar ao portão da lua antes de ter que largar o Coração novamente. A sra. Redmond arrancou a máscara e ficou perto da minha mãe, que rolara para o lado, segurando a cabeça, ainda atordoada. A sra. Redmond a agarrou pelos braços e a colocou de pé.

— Não consigo respirar — arfei. Meu coração parecia bater rápido demais. Luzes brilhavam na minha visão. — Eu não consigo carregá-lo.

A sra. Redmond enfiou a faca no braço da minha mãe. Ela gritou enquanto a sra. Redmond torcia o cabo.

— Pare! — implorei.

Ela arrancou a faca e minha mãe cambaleou, mas a sra. Redmond a manteve pé.

— De volta para a casa. Vamos.

Saímos do jardim com a sra. Redmond empurrando minha mãe atrás de mim. Videiras deslizavam em volta dos meus tornozelos; gemidos e farfalhar nos cercaram por todos os lados enquanto cambaleávamos pelo caminho.

— Se alguma coisa vier na minha direção, corto a garganta dela — disse a sra. Redmond.

Avancei o mais rápido que pude, mas o veneno do Coração havia se espalhado em cada junta do meu corpo. Cada passo era uma tortura dolorosa, como se meus ossos estivessem se esmagando uns contra os outros.

Quando enfim chegamos ao gramado dos fundos, meus braços e pernas estavam pesados e minha visão estava embaçada através dos óculos. A sra. Redmond empurrou minha mãe para dentro de casa, e ela gemeu. Mamãe não dissera nada desde que recuperara a consciência e ainda tinha uma expressão atordoada no rosto.

Quando entramos, tentei largar a planta outra vez, mas a sra. Redmond balançou a cabeça.

— Vamos para a botica.

Ela nos levou para lá e sentou minha mãe em uma cadeira, mantendo a faca apontada para ela.

— Vá buscar algo para amarrá-la — ordenou.

Coloquei o Coração no balcão e tentei me equilibrar. Seria isso mesmo o que significava ser imune ao Coração de Absirto? Não havia como alguém ter entrado em contato com esta planta sem cair morto.

Encontrei um rolo de fita adesiva no armário do corredor e o levei para a sra. Redmond.

— Deite no chão! — disse ela, empurrando meu peito. — Rosto para baixo, mãos atrás da cabeça, e nem pense em se mexer.

Não hesitei. Minha mãe ainda sangrava pela ferida no braço, e um rastro de sangue seco descia pela testa dela, onde a srta. Redmond a atingira mais cedo. Fiquei parada e a srta. Redmond prendeu minha mãe na cadeira com a fita, e então ficou atrás dela com a lâmina contra sua garganta.

— Levante-se — disse para mim. — Pegue o oleandro. — Ela gesticulou para a escada.

Me segurei nos degraus, mal conseguindo coordenar os braços e as pernas o suficiente para subir e pegar o frasco. Quando enfim consegui recuperá-lo e colocá-lo sobre o balcão, senti como se tivesse corrido uma maratona. Meus ossos doíam. Meus músculos espasmavam. Minha mão latejava. O corte na palma da minha mão parecia uma boca ensanguentada e desdentada. A sra. Redmond pegou o telefone e fez uma ligação.

— Venha para a botica.

Alguns minutos depois, ouviu-se o som da porta de um carro se fechando e a porta da casa se abrindo. Passos soaram no corredor, e Karter apareceu na porta.

Enquanto ele ficava ali observando a cena — minha mãe presa a uma cadeira com fita adesiva, sangrando, eu à beira do colapso —, sua expressão permaneceu inalterada. Karter fechou a porta e girou a grande fechadura de latão. Quando ele a trancou, uma nova onda de pânico se instalou em mim.

— Pensei que ninguém mais ia se ferir. — Karter encarava minha mãe.

— E pensei que você tinha dito que não ia mais reclamar — disse a sra. Redmond friamente. — Não teria que machucar mais ninguém se elas cooperassem. Trouxe os outros suprimentos?

Karter largou uma sacola que carregava. Ele a vasculhou e tirou uma cumbuca de pedra esculpida com símbolos estranhos, dois pequenos frascos de líquido e um pote cheio de mel cor de âmbar, colocando-os sobre o balcão.

— Karter, o que você está fazendo? Como pôde fazer isso comigo?

Um sorriso maldoso se espalhou pelo rosto da sra. Redmond.

— O quê, pensou que ele gostava de você o bastante para trair a própria mãe? Achou que tinha um amigo? — Ela riu. — Ele me ajudou todo esse tempo. Cortou seus pneus, manteve você ocupada quando precisei. — Ela balançou a cabeça. — Por que as pessoas da sua família são tão burras?

— Mãe... — começou Karter.

— Cale a boca! Venha aqui segurar isto.

Karter se aproximou e pegou a faca dela. Ele pressionou a lâmina contra o pescoço da minha mãe sem hesitar. A sra. Redmond foi até o balcão e arrumou os itens que o filho havia preparado.

— Faz ideia do quanto sonhei com este momento? — perguntou ela, a voz trêmula. — Reunir os mais raros ingredientes do planeta, juntá-los, só para me sentir como uma fracassada porque não conseguia o ingrediente final. — Ela passou as mãos pelo cabelo e as pressionou no balcão. — Selene era teimosa. Circe também. As convicções delas, sua lealdade à memória de Medeia e seu afeto pelos costumes antigos não as deixavam desviar da rota. Quando elas saíram de cena, pensei que minha busca chegaria ao fim. — Um sorriso maligno apareceu nos lábios dela. — Mas eu não sabia sobre você, a menina que elas tentaram salvar.

Um estrondo repentino e terrível reverberou pelo chão. Choveu poeira do teto e o medo obscureceu o rosto da sra. Redmond.

— Temos que nos apressar — disse ela. Agarrou meu braço, enfiando as unhas na minha pele. — Moa o Coração de Absirto. Inteiro. Agora.

Ela me empurrou para o balcão, e eu encarei Karter. Ele desviou o olhar. Covarde.

A sra. Redmond seguiu meu olhar.

— Mate ela se a srta. Briseis tentar algo.

Karter desviou o olhar, mas assentiu.

Meus dedos ainda doíam quando segurei a planta. O Coração parou de bater. As folhas murcharam e os lóbulos ficaram pálidos. O cheiro de podridão era tão intenso quanto a sensação de frio. Rasguei o Coração em pedaços e os coloquei no pilão, depois esmaguei-os.

A sra. Redmond empurrou a cumbuca de pedra em minha direção.

— Coloque aqui.

Inclinei o pilão e os pedaços moídos do Coração deslizaram para dentro da tigela. Ela pegou os dois frascos de líquido — um de ouro e um de prata — e os despejou dentro. Acrescentou três colheres de mel. O conteúdo brilhou e uma espessa névoa acinzentada se elevou. A sra. Redmond ficou paralisada, mas dei vários passos para trás. A cumbuca chacoalhou e os potes nas prateleiras bateram uns nos outros.

— Coloque a mão aqui — disse ela. — Complete a transfiguração.

Não me mexi. A sra. Redmond gesticulou para Karter. Ele enfiou os dedos na ferida no braço da minha mãe. Ela gritou baixinho e então soluçou, o corpo convulsionando.

— Está bem! Está bem!

Enfiei minha mão cortada na cumbuca, tentando recriar a sensação que tive quando o pai da dra. Grant me mostrou como transfigurar o conteúdo que colocamos na placa de cobre. Fechei os olhos e tentei me concentrar. Uma sensação de calor surgiu sob minha palma, dissipando o frio. Os líquidos e pedaços do Coração combinaram-se sob minha mão. Eu me afastei enquanto meus músculos contraíam.

A sra. Redmond olhou para dentro da cumbuca enquanto um estalo ensurdecedor cortava o ar. E então, houve silêncio. Ela pegou a cumbuca e despejou o conteúdo em um frasco de vidro vazio. O líquido era vermelho como sangue e espesso como mel.

CAPÍTULO 30

— O Elixir da Vida — anunciou a sra. Redmond, sem fôlego. Ela ergueu o frasco, admirando o conteúdo. — Teve milhares de nomes ao longo dos anos, mas o Coração de Absirto sempre foi a parte mais importante da fórmula. Faz ideia do que isso significa para mim?

Karter estava olhando para sua mãe — não com reverência ou admiração, mas com tristeza. Sua mandíbula estava tensa, seus dedos se contorcendo no cabo da faca. Não aguentei. Eu tinha que acabar com aquilo.

Enquanto a sra. Redmond olhava boquiaberta para o elixir, contornei o balcão, abaixei meu ombro e avancei contra ela, acertando-a no estômago. Caímos no chão e meu ombro bateu no balcão enquanto descia, causando uma pontada de dor em meu braço.

O frasco de vidro voou da mão dela e deslizou pelo chão.

— Pegue! — gritou ela.

Karter saltou sobre mim, agarrando o elixir. Agarrei sua perna e ele caiu de cara no chão com um estalo nauseante. Ele permaneceu estático por um instante, mas logo começou a se arrastar com dificuldade, gemendo e segurando a mandíbula deslocada. Karter se contorceu no chão e tentei segurá-lo, mas ele esticou a perna e me acertou na lateral da cabeça. Tudo ficou escuro.

— Briseis — murmurou Karter. — Me-me desculpe.

Quando minha visão voltou ao foco, senti o sangue escorrendo do topo da minha orelha para a boca aberta. Tinha o gosto do Coração de Absirto, como metal molhado. Karter pegou o frasco enquanto eu o agarrava.

— Fique longe dele! — gritou a sra. Redmond. Ela não se importava com o filho. Ela se importava apenas com o elixir. Estava agora atrás da minha mãe, segurando um punhado de plantas. O frasco de oleandro seco estava aos seus pés. — Selene tentou manter o Coração longe de mim. — O ódio queimava nos olhos dela. — Ela pagou com a vida.

Levei um momento para entender o que ela admitira. Me pus de pé.

— Você… você a matou? *Você* matou Selene?

Uma dor entorpecente percorreu meu corpo e não tinha nada a ver com tocar o Coração.

A sra. Redmond olhou para mim.

— Parece que terei o raro privilégio de fazer de você uma criança órfã de mãe duas vezes na vida.

Ela enfiou o oleandro na boca da minha mãe e tapou os lábios dela com a mão. Avancei na direção delas, mas Karter me pegou pelos braços, me segurando. Minha mãe se mexeu contra as amarras, mas havia perdido tanto sangue que não teve forças para revidar.

— *Mãe!*

Minhas pernas cederam sob meu corpo. Bolhas surgiram no rosto de mamãe. Ela arfou enquanto a sra. Redmond enfiava outro punhado de folhas na boca dela, ferindo os próprios dedos no processo.

O dano estava feito. A sra. Redmond correu para a pia, segurando a mão sob a torneira. Karter afrouxou o toque e me livrei dele, correndo para o lado de minha mãe. Puxei as folhas da boca dela e segurei sua cabeça enquanto seus olhos reviravam. Um gorgolejar soou da garganta dela.

Não consegui respirar. Não consegui enxergar direito. Karter entregou o frasco para a mãe, e eles se abraçaram. Eu os odiava com todas as forças.

De repente, mamis estava chutando a porta, gritando e se arrastando pelo chão. Ela arrancou a fita das mãos e dos pés da minha mãe. Nós a deitamos no chão e mamis a segurou, com lágrimas escorrendo pelo seu rosto.

Mamãe não falou nem chorou. A cor desapareceu de seu rosto. Eu sabia que o veneno era rápido e a sra. Redmond lhe dera o suficiente para matar cinquenta pessoas. Ela ficou tão imóvel que não parecia real.

E então, ela partiu.

Um grito rouco saiu de mamis e cortou o ar. Raiva e tristeza se acumularam dentro de mim. Me levantei e fechei os punhos ao lado do corpo. Não havia mais razão para me conter. Centenas de raízes e videiras quebraram as janelas e explodiram o chão, rasgando as ripas de madeira. Elas se contorciam como tentáculos, deslizando por cada fenda.

A sra. Redmond gritou enquanto videiras enrolavam sua cintura. Uma menor se enroscou na perna de Karter e ele a cortou com uma faca. Me concentrei na sra. Redmond, indo em direção a ela enquanto me entregava à minha raiva e à minha dor. Um trio de raízes fininhas atravessou a janela e agarrou suas pernas. Eu queria que elas arrancassem a vida dela.

Karter se libertou e correu para o corredor, mas parou.

Uma forma enorme, semelhante a uma fera, obscurecia a porta.

Meu coração, já batendo descontroladamente no peito, quase parou.

Um rosnado gutural irrompeu das sombras, e um cão do tamanho de um urso entrou na sala, com os lábios úmidos retraídos sobre os dentes amarelos e brilhantes. Karter tropeçou nos próprios pés enquanto se afastava da criatura. A sra. Redmond lutou contra as videiras. Eu estava paralisada.

Só então, uma figura alta e encapuzada apareceu no corredor sombrio.

Ela usava uma túnica preta ampla que combinava tão perfeitamente com a escuridão que pensei que minha mente, atormentada pelo medo, pela raiva e pela tristeza, estava me pregando peças. Apenas o suspiro aterrorizado de mamis me permitiu saber que era real.

Quando a figura se agachou para passar pelo batente da porta, o capuz caiu sobre os ombros. Uma nuvem de espirais brilhantes emoldurava sua cabeça. Sua pele, da rica cor dos copos-de-leite pretos, brilhava na escuridão. Circulando sua cabeça havia uma espécie de coroa com seis ou sete pontas irradiando como os raios dourados do sol. Seus olhos pretos se estreitaram enquanto ela deslizava para dentro da sala. O cão se aproximou dela como um cachorrinho e ela o acariciou entre as orelhas.

Tentei não gritar.

— Acalme-se — disse ela para o cão. Sua voz era uma sinfonia de trovão, vento e fogo.

Karter se afastou, indo na direção do balcão, derrubando almofariz e pilão no chão. A mulher misteriosa fez um barulho como um suspiro e o cão pulou sobre ele, mordendo sua canela. Karter gritou e a sra. Redmond relutou outra vez.

A mulher se voltou para mim.

— Solte ela — disse em tom agradável.

Dei um suspiro longo e lento. As videiras caíram da sra. Redmond e vieram deslizando em minha direção. A sra. Redmond tropeçou e a mulher alta a agarrou pelo pescoço, levantando-a do chão como se ela não pesasse nada. Foi só naquele momento que percebi que a mulher devia ter uns três metros de altura.

Ela segurou a mão da sra. Redmond, esmagando-a dentro da sua. A sra. Redmond soltou um uivo parecido com o de um animal ferido. O frasco do Elixir da Vida caiu de seus dedos e rolou no balcão. Karter se contorceu nas garras do cão preto.

— Calcanhar — disse a mulher. O cão se afastou e Karter agarrou a perna para conter o sangramento. A mulher se voltou para a sra. Redmond. — Katrina Valek.

— O-o quê? — gaguejei.

A mulher estreitou os olhos para a sra. Redmond de um jeito que me atravessou como uma onda de puro terror.

— Negou seu próprio nome? Melissa Redmond, Louise Farris, Angela Carroll. Mentiras.

Minha mente deu voltas. Aqueles nomes estavam no livro-caixa da botica. Ela estivera ali, tentando acessar o Coração por anos, décadas.

— Como você as encontrou? — perguntou a mulher encapuzada. Ela apertou ainda mais os dedos ao redor do pescoço da sra. Redmond, Katrina Valek, quando ela não respondeu. — As Guardiãs do Coração. Como você as encontrou?

Katrina balançava as pernas loucamente. A mulher afrouxou o toque um pouco.

— A linhagem de Jasão permanece — arfou Katrina. — Estivemos caçando elas desde a origem do Coração. *Nós* é quem devemos colher os benefícios de sua magia.

Sangue descia pelo canto de sua boca.

— As Guardiãs do Coração determinam quem é e quem não é digno de tê-lo — disse a mulher.

— Por quê? — perguntou Katrina, com raiva. — Por que elas decidem? Selene era egoísta. Queria mantê-lo para si!

— Para protegê-lo — disse a mulher. — E você a matou como um animal.

Me encolhi. Doía ouvir o que a sra. Redmond — Katrina — fizera com Selene. A mulher hesitou por um momento, olhando para mim. Seu olhar era hipnótico. Havia algo sobrenatural na forma como ela se mexia, no modo como falava.

— Você não o terá — disse ela. — Você não é digna do poder dele.

— Eu mereço estar entre eles! Entre os deuses!

A mulher alta inclinou a cabeça para trás e deu uma risada que chacoalhou as paredes e o chão.

— Você não merece nada disso.

Katrina atingiu a mulher no rosto. Ela nem sequer estremeceu. Com um movimento do pulso, a mulher jogou Katrina no chão. O cão a atacou, cravando os dentes em seu ombro. Ela gritou em agonia.

Tropecei de volta para onde mamis estava sentada com o corpo sem vida de mamãe. Meus ouvidos estalavam como se a pressão do ar na sala tivesse mudado. Um enorme vazio preto apareceu próximo à porta. O calor irradiava dele, tão sufocante que levantei a mão para cobrir os olhos. Queimou meu nariz e o interior da garganta.

O cão puxou Katrina em direção à abertura. Em algum lugar lá dentro havia uma luz como uma brasa fumegante. Num movimento furioso, o cão balançou a cabeça e jogou-a no vazio. A última coisa que vi antes de Katrina desaparecer foram seus olhos selvagens e aterrorizados.

A mulher pegou o frasco do Elixir da Vida e foi até onde Karter estava deitado. Ela se agachou sobre ele.

— Saia daqui e nunca mais volte.

Karter tropeçou até ficar de pé. Mancando em direção à porta, ele olhou para mim. O cão gigante rosnou com raiva e Karter saiu correndo da botica.

A mulher alta levantou-se e veio em minha direção. Mamis recuou, arrastando minha mãe com ela, mas eu me pus de pé e a encarei. Ela estendeu o braço e segurou meu rosto em suas mãos. Sua pele era fresca e suave ao toque. Ela tinha cheiro de fogo.

Uma sensação estranha tomou conta de mim. Era como se eu a conhecesse. Meu profundo medo foi temperado com um profundo senso de compreensão.

— Por favor. Minha mãe, ela... ela está ferida.

— Ela está morta — disse a mulher.

O sofrimento tomou conta de mim de novo. A mulher limpou minhas lágrimas com a manga de seu manto.

— A morte só é dolorosa para os vivos.

O olhar dela percorreu meu rosto. Ela traçou minha mandíbula. A mão dela, da palma às pontas dos dedos, era mais longa que todo o meu rosto. Os ombros dela eram sobrenaturalmente largos, e ela era mais alta que eu mesmo ajoelhada. Eu encarei a mulher cuja aparência parecia mudar enquanto estávamos nas sombras.

O rosto dela ficou mais suave, os olhos mais luminosos.

— Você me conhece?

— E-eu não sei — gaguejei. Eu não conhecia, mas senti que devia conhecer.

— Todas vocês se parecem bastante, os membros dessa família tão antiga. *Minha* família.

Pisquei. Essa não era Medeia, se os retratos pendurados pela casa estavam certos, mas parecia um pouco ela. As mulheres estavam interligadas de alguma forma...

De repente, me dei conta de quem ela era.

— Hécate.

Os olhos dela se tornaram ouro líquido na escuridão. Ela assentiu gentilmente.

— Mas Medeia... as histórias... ela era sua devota.

— Minha filha — corrigiu ela. — E Absirto, meu filho.

Meu coração disparou quando a revelação penetrou em meu cérebro. Essa família não era composta apenas por pessoas devotas de uma deusa. Elas faziam parte dela, assim como Medeia e seu irmão Absirto, assim como eu.

Hécate se levantou.

— Eu guiarei sua mãe pela jornada dela no submundo. Ela ficará segura sob minha vigília.

O frasco do Elixir da Vida brilhava na mão dela.

— Não podemos usá-lo? Para trazê-la de volta? — perguntei.

Hécate balançou a cabeça.

— Para fazer a vida durar para sempre, deve haver vida. Sozinho, não é suficiente para trazer os mortos de volta. Mas...

Ela deixou as palavras morrerem.

— Mas o quê? Por favor. Farei qualquer coisa. Por favor, me ajude. Ajude ela.

Ela alternou o olhar entre minha mãe e eu, inclinando-se e aproximando seu rosto do meu.

— Pode fazer o que nunca fez antes? O que ninguém conseguiu fazer desde que os pedaços do Coração foram separados pela primeira vez?

Pensei no diário de Circe. *Absirto completo, mestre da morte.*

— Os seis pedaços. Poderei salvá-la, se os reunir?

— Ela precisa vir comigo agora — disse Hécate. — Não posso salvá-la da morte para sempre, mas posso mantê-la distante por um ciclo completo da lua. Reúna os seis pedaços e a ressuscite.

— Mas não sei onde estão! Onde posso encontrá-los?

Hécate pressionou a palma da mão na lateral do meu rosto, colocou o frasco do Coração de Absirto transfigurado na minha mão, depois se virou e se ajoelhou ao lado da minha mãe. Mamis enrijeceu, mas não se mexeu. Fiquei observando enquanto a deusa encapuzada deslizava os braços sob o corpo de minha mãe, embalando-a como uma criança. Ela caminhou até o vazio, com o cão atrás dela, e desapareceu no abismo.

CAPÍTULO 31

Hécate era real e minha mãe estava morta — mas tínhamos a chance de salvá-la se conseguíssemos reunir os seis pedaços do irmão de Medeia, Absirto. Eu era a única que podia fazer isso. Eu era a única remanescente dos descendentes de Medeia. Da família de Hécate.

Liguei para a dra. Grant. Quando ela chegou, mamis e eu tentamos contar tudo o que havia acontecido. Ela olhou para nós como se não pudesse acreditar no que estava ouvindo. Sentamos na sala de estar, tropeçando em nossas próprias palavras, tentando explicar tudo.

Liguei para Marie e contei tudo enquanto ela corria para casa. Quando ela chegou, não disse nada. Parecia exausta e manteve o braço machucado coberto, mas segurou minha mão enquanto Nyx ficava na porta da frente.

— O que fazemos agora? — mamis perguntou entre as lágrimas. — O que faremos?

— Temos um mês — falei baixinho. — E temos este pedaço. — Estendi o frasco. — Já está transfigurado.

Marie pegou minha mão.

— Bebi o elixir que Astreia me deu — sussurrou ela.

— Então temos um frasco e uma pessoa que consumiu o elixir. Isso são dois. — Encarei Marie. Ela seria considerada uma parte do Coração? Eu não conseguia entender como, mas Hécate tinha dito que os seis pedaços poderiam ser reunidos. Olhando para o rosto de Marie, não gostei das perguntas que surgiram, ou da forma como me faziam sentir.

— Onde estão os outros quatro pedaços? Se Circe e a família não conseguiram encontrá-los durante todo esse tempo, como nós os acharemos em um mês?

Havia marcadores naquele mapa atrás da lareira, mas era minha única pista.

— Por onde começamos? — Mamis me encarou. Ela começou a chorar de novo, e a dra. Grant lhe entregou um lenço.

— Também tem a questão do Karter, ou seja lá qual for o nome real dele — disse a dra. Grant. — Você disse que ele saiu daqui bem ferido. Vou conferir em hospitais e clínicas, mas ele não deve ficar por aqui.

Senti as lágrimas chegando de novo. Me levantei e saí da sala.

— Amor, espere — disse mamis.

— Preciso de um momento.

Eu sentia que estava presa em um pesadelo. Só queria acordar.

Voltei para a botica. Fragmentos de frascos quebrados estavam espalhados pelo chão lascado. O balcão estava torto na base. O pote de oleandro estava aberto no chão e um grande círculo de madeira enegrecida, onde Hécate havia desaparecido com minha mãe, manchava o piso perto da porta.

Atravessei os restos despedaçados da botica e entrei na sala atrás do painel oculto. Olhei para o retrato de Medeia, evitando o galho de Jasão na árvore genealógica. Eu não aguentava olhar para aquilo. Me sentei diante do altar, baixei a cabeça e chorei até sentir que não conseguia respirar.

Uma comoção me tirou do desespero — a dra. Grant estava gritando e, de repente, tudo ficou em silêncio. Corri pelo corredor e entrei na sala de estar.

Mamis e Nyx estavam uma ao lado da outra. Uma mulher alta, com tranças até a cintura, segurava Marie pelo braço. Marie não estava lutando, mas parecia chateada. A dra. Grant se encolhia no canto da sala. Havia outra pessoa lá, ao lado da dra. Grant, de costas para mim.

A mulher de tranças percebeu minha presença e levou as mãos à boca enquanto inspirava profundamente.

— Desculpe! — gritou a dra. Grant.

— Você esteve aqui todo esse tempo? — perguntou a estranha, furiosa. — Não imaginou o que poderia estar acontecendo? Depois do que aconteceu com a minha irmãzinha, não achou que talvez devia ser mais vigilante? Você é mais esperta que isso, mas Jesus, Khadijah, o que tem de errado com você?

— *Tenho* sido vigilante! Estou há quatorze anos tentando consertar isso! — insistiu a dra. Grant. — Estive tentando ajudar!

— Circe — disse a mulher alta de pé com Marie. — Circe, olhe.

A mulher se virou e encontrou meu olhar. Ela usava um lenço verde escuro torcido em um nó elaborado. Fios de seus cachos pretos se projetavam por baixo dele. Nós tínhamos os mesmos olhos castanhos escuros e ela até usava um par de óculos enormes que empurrou até a ponta do nariz.

— Briseis — disse ela, a voz tomada de emoção. — E-eu nunca pensei que a veria outra vez.

Um baque atraiu minha atenção para a entrada.

Não um baque. Uma batida. Como o ritmo de um coração.

Na entrada havia duas caixas de vidro idênticas, fechadas com cadeado e com os painéis pintados de preto. O som emanava deles. Voltei-me para a mulher — para Circe, que sorriu calorosamente.

— Tenho tanta coisa para contar — disse ela.

AGRADECIMENTOS

Quando eu tinha três anos, o filme *A Pequena Loja dos Horrores* foi lançado e logo depois entrou no meu cronograma regular, junto com *Annie & The Wiz* e *O Mágico de Oz*. Por anos, fui obcecada pela planta carnívora, a ponto de participar de vários concursos de arranjos de flores (vocês sabiam que eles existem?), e até ganhei algumas medalhas de primeiro lugar, tudo na esperança de um dia conseguir minha chance de cuidar de uma planta estranha e maravilhosa. Aos dez anos, o filme *Jardim Secreto* foi lançado e interpretei isso como um sinal de que deveria viver em alguma propriedade soprada pelo vento, na qual pudesse possuir meu "pedaço de terra". Mas, sendo o tipo de criança que eu era, imaginei como seria ter uma Audrey II atrás daquele portão trancado.

Brinquei com essa ideia por anos quando comecei a pensar em escrever profissionalmente, mas a guardei enquanto trabalhava em *Cinderela está Morta*. Só em 2017, quando encontrei um artigo sobre o Jardim Venenoso no Alnwick Garden da Inglaterra — um pedaço de terra murado que abriga algumas das plantas mais venenosas do mundo —, decidi revisitar a ideia de um jardim abrigando uma planta rara e mortal. Após ler o artigo, me sentei e escrevi um rascunho do que se tornaria *O coração envenenado*.

Tantas das coisas estranhas e maravilhosas que adoro entraram nesta história — plantas venenosas, mitologia grega, legados ocultos e casas antigas e assustadoras — que me diverti muito enquanto a escrevia.

Ao meu parceiro, Mike, aos meus amores, Amya, Nylah, Elijah, Lyla, e ao meu irmão, Spencer, eu amo muito vocês. Obrigada por serem meus maiores apoiadores, meus animadores de torcida mais barulhentos. Ao meu pai do céu, Errol Brown, sinto muita falta de você. Sei que você ficaria orgulhoso de mim. Continue me mostrando o caminho e seguirei trabalhando.

Agradeço à minha extraordinária agente, Jamie, que não desistiu de mim quando apresentei uma ideia composta essencialmente por plantas venenosas, mitologia grega e uma atmosfera de inspiração gótica. Sem uma trama definida, apenas conceitos. Sou grata por sua defesa incansável do meu trabalho.

Às minhas incríveis editoras deste projeto, Mary Kate Castellani e Annette Pollert-Morgan, obrigada por sua contribuição inestimável e avaliação brilhante e perspicaz. Obrigada também a todos da Bloomsbury, Bloomsbury UK e Bloomsbury AU/NZ, incluindo Ksenia Winnicki, Erica Barmash, Beth Eller, Lily Yengle, Lucy Mackay-Sim, Namra Amir, Claire Stetzer, Phoebe Dyer e Tobias Madden, por todo o apoio, a dedicação e o entusiasmo. Eu não poderia ter pedido uma equipe melhor e estou muito emocionada por termos trazido essa história ao mundo juntos.

Serei eternamente grata aos maravilhosos autores, profissionais editoriais e amantes de livros que conheci ao longo do caminho. Obrigada pelo apoio e incentivo e espero poder fazer o mesmo por todos vocês sempre que puder. Esta comunidade tem sido um salva-vidas. Um grande abraço ao Grupo. Vocês sabem quem são. Estou muito feliz por estar em uma comunidade com todos vocês.

Para todos os blogueiros de livros, estrelas do booktube, bookstagramers e a equipe do livro TikTok — eu amo muito vocês! Obrigada por todo o trabalho, por cada postagem, cada impulso, cada foto, cada cosplay. Um agradecimento especial à Melody Simpson, do Melanin in YA.

Todo escritor tem certas coisas que tornam sua vida de escritor um pouco mais fácil, então gostaria de reservar um momento para agradecer muito ao café, aos biscoitos Biscoff e ao meu confiável AlphaSmart. Eu não poderia ter feito isso sem vocês!

Como sempre, aos leitores, sou muito grata por seu apoio contínuo, sua criatividade sem limites e seu entusiasmo sem fim. Ver meu trabalho chegar às suas mãos é a honra da minha vida. Espero que fiquemos juntos nesta jornada por um bom tempo. Boa leitura.

Este livro foi composto na tipografia Adobe Caslon Pro,
em corpo 12/16,5, e impresso em papel off-white
no Sistema Cameron da Divisão Gráfica
da Distribuidora Record.